佛教正覺同修會　敬贈

淨土聖道

——兼評選擇本願念佛

正德老師 著

ISBN 957-28743-8-1

目錄

平實導師 序

正德老師所造《淨土聖道》一書，對於淨土與聖道之關係，有極為精闢之闡揚，令佛法淨土門與聖道門之精義，顯示於淨土行者之面前，將對淨土與禪宗一切行者產生極大之利益，消除淨土與禪門行者以往對淨土眞義、淨土內涵之誤解，提升大眾對淨土一門之正知見。是故正德老師將其所著《淨土聖道》一書之初稿示余，以邀余之序文，讀後生大歡喜，乃造此序略抒管見，以申余之所見及所喜焉。

古來多有淨土宗祖師教導學人念佛求生極樂世界者，然而彼諸祖師所說之語，常有誤導眾生之處，譬如倡言：「生西之後即是已經脫離三界生死。」然而事實則非完全如是，謂生西之後尚非完全等於已出三界生死輪迴故；此謂一般淨土行者若得果遂往生極樂之願者，大多為中品中、下生，間有上品下生及下品三生者。此意乃謂：以往淨土行者眞能了知大乘菩提義理者極少，多屬被諸淨土大師所誤導，而將解脫道之修行法理，誤認為即是大乘菩提法者；是故大多難以取證上品之中生與下生品位，而成中品中下生之往生者，生西之後唯能取證二乘所證之解脫果，不能證得佛菩提果。或者多屬誤認行善即是佛法者，便以爲世世行善而不取無餘涅槃者，即是修行大乘佛菩提；如是等人雖有大乘種性，卻因善知識之誤導，以致不能如實了知大乘之眞實義，而以樂於行善、利益眾生之大乘種性，在知見不足之情況下，成爲上品下生者。如是等品往生者，皆不能甫生極樂之後便立即出離三界生死，皆須住於極樂世界聞法熏習，多時進修之後，方能取證解脫果，佛菩提之見道則需待時久矣。

　　如是淨土行者，亦是修善止惡之大乘行人，卻因久被淨土宗古今善知識誤導故，往往不愼誤犯大妄語業，自稱可以生西之後即得解脫；卻不知生西之後，其實仍然不離三界中之有爲境界相，仍有十八界法中之一一界，仍是三界中境界。只因蒙受　彌陀世尊之大慈大悲攝受故，暫得免除三界中之生死輪迴果報；如果不是中品上生或上品上生者，生西之後皆未能立即出離三界有爲生死，仍在三界境界之生死法中，需依　彌陀世尊之攝受，方得壽命無量，暫得無死，然後緩緩進修佛菩提道。

必須是中品上生或上品上生者，往生之後始能立即斷除分段生死（初地無生法忍之智慧可以斷思惑而故意不斷之，留惑潤生，故亦方便攝在已斷分段生死位中），其餘皆待聞　佛說法之後，多時進修以後，方能斷除思惑，方是眞實已出三界生死者。此一事實，淨土宗祖師古來多有不知者；是故彼諸開示，多有誤導眾生之處；今者正德老師於此事實多有闡釋，凡我淨土行者讀已，當可即時改正，因此或可速入淨土之聖道門中，成就淨土之聖道。

二者，日本之本願念佛法門，傳來台灣已久，多有道場信受弘揚之者；然而本願念佛法門之見解，始從創宗之法然「上人」（源空）時起，便已處處曲解淨土三經，使令淨土三經所說之淨土易行道，被廣泛扭曲；由於廣被扭曲故，便將使得信受其說之淨土行者，下墮成爲下品生人；或者成爲懈怠之淨土行者，難與淨土門中本有之聖道門相應。乃至法然、親鸞二人貶抑淨土門中之聖道門，高抬日本淨土門中之下品往生者之證境，與經中佛語相違，已令淨土眞宗所弘法義成爲虛妄說。

又因淨土眞宗極力排斥淨土門中本有之聖道門，乃至加以無根之誹謗，已成就誹謗方廣正法之大惡業，成爲極樂世界 彌陀世尊所不攝受之一闡提人；如是，心求往生而修淨土眞宗之法，修學以後卻必須下墮三途，成爲 彌陀世尊所不攝受之人，乃是大可憐憫者。而此受害之原由，卻是因於修習日本之本願念佛法門所致；如是以善因而得惡果，實屬世間最大之悲哀，余人既已知之，寧無善念而欲救之？由是緣故，正德老師造此《淨土聖道》一書，揭櫫正見，比對日本傳來之本願念佛法門之種種邪見，令諸淨土行者悉能了知，速謀補救之道，非唯可令淨土眞宗行者免除下墮之惡業，可以消除障礙生西之惡業，兼可提升生西之品位，眞乃功德無量，正應極力讚歎而廣流通，以利眾多淨土門中之修學者。

三者，聖道門之淨土義，與淨土門之聖道義，自古以來，常有錯說妄解者；凡此錯解妄弘者，皆肇因於聖道門之內涵未曾如實理解，多所誤會；亦肇因於淨土之眞實義涵不能如實理解所致，是故古來淨土祖師非議禪宗聖道門者，以及禪宗祖師非議聖道之淨土門者，比比皆是，造成佛教內部之互諍互鬥，亦令學人心生疑懼，不知何適。然而淨土門既是佛經中所說者，聖道門亦是佛經中所說者，法本是一，則分宗分派之後，應唯有高下廣狹之差別，而不應有所互異；若是互有大異而不能融合者，當知彼二門中，必有一門法義行門錯誤，或是二門之弘傳者俱墮誤解之中，是故導致二門互爭之狀況，令二宗學人各執其是、非其所非。

如是，自古以來，欲求禪淨圓融者，即難可得；所幸十年來之台灣地區，由於倡導禪淨之道場漸多，漸成共識，禪淨二宗互爭之狀況已有改善；然而至今仍不能加以如實之匯通，何況能圓融之？由是緣故，余於公元一九九六年夏，宣講《禪淨圓融》，後亦整理成書而流通之，欲整合禪宗與淨土宗之宗義，欲合禪淨爲一門之法；以此爲始，漸漸整合各宗，欲令回復 釋迦世尊住世時之唯一佛乘正法：不分宗派，皆令回歸唯一佛乘正法。不樂再見唯一佛乘正法，被分宗分派而使正法漸漸成爲分崩離析之狀況，將使今時後世學人更難修證大乘正法。

由因欲將分崩離析之現時佛教紛亂狀況，回歸一佛乘之正法內涵，是故乃有《宗通與說通》一書之出版，又以《邪見與佛法、心經密意…》等書，欲求達成此一目標。若此目標得能達成，則此後修學佛法之學人，皆可迅速而且正確了知佛道之內涵，皆可正確了知三乘菩提互相之關係，則欲修學佛道者，皆可事半而功倍。今觀正德老師之《淨土聖道》一書，能將禪宗聖道門與淨土宗之淨土門融和、結合爲一門，正可大利禪門學者同生淨土而得增上果證，亦可大利淨土行者同證聖道而得增上生西品位，乃是兩利之舉，亦可傳之後世、久遠廣弘，廣令後世學人皆得大利；讀之不禁大喜，因抒管見，宣余所見。普願天下佛法學人，皆得因於此書所宣之勝妙正理，同得大利。如是抒發管見已，即以爲序！

佛子　**平實**　敬序

公元二〇〇三年立秋

自序

於五年多前，末學曾與幾位早期已明心之師兄會談，所說之主題不離「煩惱習氣之難以對治，於此五濁惡世人間，修道困難」，亦有人舉示「選擇本願念佛」之書籍而倡言：「只要信 阿彌陀佛第十八願本願，即能決定得生極樂世界……」等等，末學當時不知他們是想要以其另覓之法門，勸轉末學信受於彼，並退於正法之修學，所以當時末學提出不同看法與其論議辨正。彼等主張：其已明心，今乘著信受 阿彌陀佛本願之正機，已決定得生極樂；生於極樂已，則一切煩惱習氣皆不再現行，所以現在不必辛苦的去對治自己那粗重、染污之習氣，也不必再修學任何方廣經論及唯識種智了。然而末學僅提一問：「佛未曾於經中說往生西方極樂世界習氣即自然消失，若是閱讀經中 佛之開示法語，應該全面信受，不可只信 佛於經中符合己意之說，忽略不利於己意之說而不予信受。」如此之問，彼等無語以對，然而對於末學之問卻極端惱怒，因此當著末學之面倡言：彼等各個皆已心得決定，必定往生極樂世界無疑了。便不再與末學談論了。

事情發生以後，彼等將情況告知末學當時之親教師（可能是說末學頑固不屈，很難勸轉），親教師來電詢問情況，末學告知：淨土法門是可以去深入瞭解的，然而在 平實導師座下明心開悟以後，再修學唯識種智，同時消除煩惱性障，這樣並沒有妨礙往生西方極樂世界（當時尚未於極樂九品往生多做瞭解，所以沒有談到可以提升品位及證果），這樣的回覆，末學之親教師亦是默然以對。末學隨後又表示意見：「如果各個明心之人，只想自己能夠往生極樂世界，不能護持 世尊的正法並在正法上繼續進修用功，讓正法之法脈能夠延續下去，那麼 世尊之正法就無法弘傳，平實老師也很難再弘法下去。」末學之親教師當時回答說：「那是 佛的事，並非是各人之能力所可決定之事。」（此乃聲聞心態，難怪無法承受正法寬廣之智慧）半年後，末學之親教師與彼等，皆因各人之私願，無法於共修團體之制度運作下達成，而串連一起退出同修會，乃至後來輾轉導致《平實書箋》一書之問世。

選擇本願念佛法門乃是日本戰國時代，在廣大的升斗小民的苦難背景下，所塑造出之心靈依託，因此於日本歷史戲劇中，或者日本戰國歷史小說中，常常的、也是必然的會出現選擇本願念佛法門之門徒（即是一向宗門徒或者本願寺門徒）高扛著「南無阿彌陀佛」的旗幟，出現於戰場上參與戰鬥、殺戮敵人；這是令修學 佛之正法與念佛法門的我們，所不能理解之處，必須深入理解本願念佛法門出現的背景以後，才能如實理解本願念佛法門的本質。恩師 平實導師發現到，此選擇本願念佛法門，非是眞正佛法中之念佛法門，日本法然上人之《選擇本願念佛集》，有許多錯誤之見解，亦有其獨特的歷史背景，因此期許末學能著手評論其錯誤之處，藉此評論而顯示正確之淨土往生及淨土聖道法要，此乃本書得以成就之因緣。

日本戰國時代之歷史背景，由於蔡禮政老師之幫忙，獲得一本由日本大學教授所執筆，日本小學館所發行之《日本之歷史》第四冊，專門講述日本戰國時代諸雄爭霸之過程，並由陳永吉師兄會同其公司之日本顧問，將書中有關本願念佛（一向宗）之歷史記載予以翻譯，得窺日本一向宗本願念佛法門出現之歷史背景，以及一向宗在戰國時代發展過程之全貌。

淨土念佛法門，在台灣與大陸，幾乎所有道場都在弘傳，並且是接引初機學人最常用的法門；然而念佛一法，有其深妙而廣大的內涵，弘傳者實應循序漸進的將「如何是佛、爲何念佛、如何是念佛、念佛之次第、念佛與淨土之眞實義理」，宣說予跟隨修學之人，一方面建立念佛人正確之佛法知見，一方面引導念佛人能趣向眞正之佛道，如此兼顧往生門與聖道門而弘傳淨土法門，才是如理作意之行。若有念佛行者閱讀此書後，返向本所親近之善知識請問書中之義理時，懇請被詢問之善知識莫因此而生煩惱，請藉此因緣，重新思考過去弘揚淨土法門時，所忽略之淨土門本有之深度廣度與連貫性之佛法理路；若能因此重新思考探究而得大利益，並皆迴向於諸修學　佛之眞實正法者，得能於佛法道業上勇猛精進，早日遇眞善知識而得心開見佛，坐金剛台、上品上生親履極樂世界，則能以地上之身，迴入娑婆利益廣大眾生，速證佛果！願淨土宗皆具大善根之諸多前輩，垂聽末學此言。

末學　**正德**　敬序

公元二〇〇三年孟秋

再版序

《淨土聖道》初版印刷時，由於印刷廠之電腦字型與原稿電腦字型不一致，導致有若干字漏空而未顯示，未能於藍本校對中發現而更正，使得書籍必須借由人工補蓋橡皮章方式將字體補印於書上，此項未盡事宜之瑕疵，於此對讀者致上深深的歉意。並對諸多同修會義工菩薩費時蓋章之勞，謹於此致上感恩之意！

藉著電腦檔案字型變更爲與印刷廠相同字型而重新製版之機會，將初版時書中內容對於評論選擇本願念佛之「教、行、信、證」，於此再做補充說明：

稱爲日本淨土宗開宗立教、淨土本典，由日本法然所寫之《選擇本願念佛集》，及慧淨法師所編譯之《法然上人文鈔》，並無條理分明之所謂「教行信證」立論點與詳細之解說。《選擇本願念佛集》中雖列了目次，諸如：「捨聖道歸淨土、捨雜行歸正行、以念佛爲往生本願」等等，實際之內容卻以諸多之問答來顯示，僅強調其所「選擇」的 彌陀世尊四十八願中之部分文字如何、若何；而《法然上人文鈔》中，散雜著法然對其徒眾之開示、問答及書簡，也未見有關「教、行、信、證」四種之歸類與申論。在慧淨法師所編定，親鸞所撰述之《教、行、信、證》書中，慧淨法師說爲是法然《選擇本願念佛集》之註釋，雖見其分類而編輯，然而卻不見對照解說之處；書中文字大部分在強調其淨土眞宗簡化後之「一念之信」，並非著重在詮釋法然日本淨土宗之教義。

而對於選擇本願念佛這一法門而言，無論是法然之《選擇本願念佛集》或者親鸞之《教行信證》，都是在 彌陀世尊之四十八本願中之第十八願文字上做文章，拆解經文文字以後，僅選擇其所需之文字而推爲一切淨土最眞實之教。以這般狹隘又錯解之教而談信與行，甚至於排除一切聖道門眞實的修證行門而妄說佛果之證，漠視 釋迦世尊三藏十二部歷歷在目之佛菩提道次第言教，卻以極簡略而且層次極低之粗糙內容，冠冕堂皇的、不如實的列出了眞實教、眞實行、眞實信、眞實證之文字，實是狂妄無比。

世尊所說之佛法，解脫道以及函蓋解脫道之佛菩提道教法，必定有明確之宗旨，此宗旨即指向最終之果證，然而想要達到宗旨所指之最終果證，所必須歷經之聞、思、修、證就是行門，能夠如實依 佛之言教而熏聞、思惟、修習、親證，那就是眞實之信根、信力、慧根、慧力。以二乘之解脫道而言， 佛所開示之明確宗旨，就是斷除後有五陰而盡生死，不再有五陰生死輪迴即是解脫；解脫之最終果證就是無餘涅槃，涅槃之義就是究竟安隱，不再有生死輪迴之苦故；要達到究竟安隱涅槃，就要經歷知苦、斷集、證滅、修道的初果、二果、三果、四果之次第修證；修學解脫道之二乘行者深信佛語故，對於 佛所說之斷除五陰我之我見、我執煩惱之現行，最終把五陰、十八界我滅盡而僅存涅槃本際異熟識之理；二乘行者於聽聞 佛之言教時即能如說而行的斷除三界有之貪愛而長養信根生起信力，信無餘涅槃不是斷滅境界；受到 佛之攝受而信力具足，不疑五陰十八界我滅了以後無人證得涅槃，因此得能如實的依於 佛之言教而證解脫。因此 佛於阿含中如是說：「**今我為弟子說法，則能使其得究竟道．究竟梵行．究竟安隱，**

終歸涅槃。我所說法，弟子受行者，捨有漏成無漏，心解脫、慧解脫。於現法中，自身作證：生死已盡，梵行已立，所作已辦，更不受有。」（《佛說長阿含經》卷五）

信受 佛之眞實言教而行、而修、而證者，解脫道不能違背於佛菩提道之究竟第一義諦之理，也就是解脫所證之涅槃必定是如來藏心之本來自性清淨涅槃；佛菩提道之修證次第必定要函蓋解脫道之事修與果證，也就是成佛前就已圓滿證得阿羅漢或者辟支佛所證已盡生死之究竟安隱涅槃。而往生他方佛國淨土之後，依舊不能脫離解脫道與含攝解脫道之大乘佛菩提道教義、行門與修證，十方諸佛所說之法皆不離於第一義諦心如來藏故，一切佛法之行門所修所證，只因有情眾生之心量根器差別而施設解脫道或者往生淨土之方便，理上仍不離於自心如來藏之本來自性清淨涅槃，事上亦不離於三界有之我見、我執煩惱習氣之修除，不離無生智及無生法忍智（道種智、一切種智）之進修增長乃至究竟圓滿。舉凡 世尊所說三藏十二部法要，皆能貫穿函蓋此理與事而不互相違背及自相矛盾，這樣才是 佛之眞實教；依教奉行者如實修證，才是眞實信與眞實行，所證得之解脫果或者佛菩提果，皆不離於自心如來藏之本來自性清淨涅槃，這樣才是眞實證。

反觀法然及親鸞之選擇本願念佛，僅以　釋迦世尊所說《無量壽經》彌陀世尊四十八願中第十八願某幾句文字說爲眞實教，卻排除　佛於同一部經中所說之其他聖教言語，以及其他淨土經典，排除其餘方廣諸經所說成佛必修之菩薩道行，僅以一念之信而說爲眞實信與眞實行，單以　彌陀世尊最下品攝受往生之條件，說爲最究竟而超越九品往生，謂此薄福寡德少智之下品往生人，生已即能獲得等同　彌陀世尊之果證，如此而說爲眞實證，豈是　佛於淨土經中所說之眞實教理？

本書中內容雖然評論選擇本願念佛之教行信證，然而並未依照親鸞所撰述之《教、行、信、證》內容而次第引據辨正，而是以　世尊所說含攝解脫道之佛菩提道所具備之眞實教、眞實行與眞實證，作爲辨正之理路，選錄了法然之《選擇本願念佛集》、《法然上人文鈔》，親鸞之《教行信證》及《楊仁山居士遺書》之有關內容穿插其中，舉證凸顯其處處違教悖理之文字戲論。對於原本修學選擇本願念佛法門之信徒而言，閱讀時感覺上是跳來跳去，藉此機會一窺何者方爲 佛之眞實教、眞實行、眞實信、眞實證，此是末學當初之苦心。礙於篇幅雖未能完全辨正，然而若是能夠信解聖道門之眞實義理，即可提綱挈領達到舉一反三之效果，期望選擇本願念佛行者能夠耐心閱讀而思惟領受。今藉再版機會，以此序文做此補充說明。

末學 **正德** 敬序

公元二〇〇四年季冬

第一章 緒言

長久以來，念佛迴向發願往生西方極樂淨土，已是諸多修淨土法門學人最耳熟能詳、最期盼能如願者。然而於念佛法門之修學方面，卻也是百家爭鳴，令人眼花撩亂無所適從，或有以唸佛之大小聲為軌則者，或有訂定佛號之次數為目標者，或有以唸佛之天數年數為標竿者，或以觀想佛之像貌做為念佛之所依者；或以聚眾念佛為主修者，然而於張口唸佛之際，心念往往攀緣於所繫之煩惱，或游走於過去、未來之妄想而無法停息者，每至唱誦佛號完畢之際，方由妄想之境回到現實。這樣的用功念佛是否往生極樂有望？可能只有期待下次念佛時少打一點妄想吧！

然而單純的念佛，畢竟還是值得讚歎的，由於有的淨土法門，在接引學人方面這樣強調：「念佛就單純念佛，不必再修學佛法的教義，隨緣行善，末法時代不必求明心見性，煩惱過重、根器低劣，世間五欲難捨。」因此，教導修學淨土之念佛人隨順於世間五欲，認爲只要念佛即能往生西方極樂淨土，即能解脫生死，免於輪迴之苦，不必、也不敢求往生品位之提升。此種現象是屬於消極的修學念佛法門，只是將念佛法門狹隘化而已。

另有一種，一開始念佛人就被教導要輕忽自己，將自己認定是罪惡極重之人，認爲於此娑婆世間念佛以求往生極樂，是最殊勝的；只要相信念佛往生極樂是 阿彌陀佛之本願，就可以隨順自己的煩惱而自在的現行做作，不必再持六度，不必讀閱淨土三經以外之經典，遊戲人間而等待捨報時日，相信自己必定往生有望，甚至還因此產生誤解：認爲這是 佛所說之究竟教理，其餘皆是方便說。倘若有人不是這樣的修學，便說他人要靠自力修學而求往生淨土，或想要兼修聖道門者，貶抑他人是屬於修雜行者，將往生極樂世界之邊地；他們的理由是：因爲不信 佛之本願故，違背 佛之本願故。此即是日本「選擇本願念佛法門」一向所主張之理論。

一般修學淨土法門者，必定相信有西方極樂世界可以往生，必定相信

有 阿彌陀佛現在仍於極樂世界說法，心裡認爲只要能生西就滿足了。這是很安份守己的想法；也可能僅是縮小心量、自我侷限於念佛一門，不想深入經論了知佛法之全貌，缺少善知識之助緣勸進與開導攝受罷了。然而有一種表相善知識，也以念佛法門接引行者，但是實際理地之宗旨，卻完全與念佛之行門不能連貫，他們教導隨學者於寺院所辦諸多法會中念佛發願，迴向往生西方極樂世界；他們於書中撰寫淨土法門義理時，卻說 阿彌陀佛是太陽崇拜的淨化，卻說東方淨土爲天界星宿的淨化；他們縱然寫出再多的行門理路，對經典做了再多的考究與分析，事實上只是遮掩他們不承認有十方諸佛與十方佛剎之事實，此即是印順法師的人間佛教所主張之理論，由佛光山與慈濟奉行推廣弘傳。

十方百千億那由他不可數之佛剎國土，乃是諸佛於因地發菩提心、發大願心，並經由無量數劫之勇猛精進，廣修難行之菩薩行，以茲成就佛道並莊嚴清淨之國土，以諸佛各各因地所發之別願而度其所應度之有緣眾生。雖有諸多佛國淨土可讓此娑婆世界閻浮提眾生求願往生，然而與此娑婆　釋迦牟尼佛刹因緣較深者，乃是西方淨土極樂世界　阿彌陀佛刹，因此本書將以西方淨土爲所闡述之重點，將西方極樂世界之修道次第直往聖道門，與此娑婆世界閻浮提之淨土念佛法門直往聖道門，加以剖析說明比對，讓行者能對淨土法門有全新而正確之認知，藉此能利益修學淨土念佛法門諸上善人，也期望能勸進諸上善人發大願心、發無上菩提心，轉進修學大乘了義正法，以期提升往生之品位，早日迴入娑婆住持　世尊正法，廣度闇無明之有緣苦難眾生，速成究竟佛道。

於此同時，爲避免行者於修學念佛法門時，由於未具擇法眼，無法於善知識之言論或著作中發現不如法之說或矛盾之說，被誤導而不自知，或者於財力、物力、時間、精神全力付出之後而徒勞無功；或者不知所親近之善知識表面看似弘揚佛法，實際上是誹謗　佛與誹謗正法者，或有因於情執太重，而跟著善知識誹謗正法、誹謗菩薩勝義僧，反而不能以念佛之因成就其求願往生極樂之果報，眞是令人憐憫。因此將若干已存在之實例舉出，以警示行者勿重蹈覆轍，或者盡快遠離如是誤導眾生之善知識，免受錯誤之說法所害；並將扭曲淨土法門，違背　佛於經典所說之意旨者——選擇本願念佛法門——於本書中列出其片面狹隘與錯誤之理路，加以如理作意之評論；同時舉示故楊仁山居士往昔已曾評議之文章以茲呼應，寄望能利益修學淨土法門之行者，對淨土聖道門有正確及更深入之認知。

第二章　淨土之闡釋

「佛子！出世間果者，從初地至佛地，各有二種法身；於第一義諦法流水中，從實性生智故，實智為法身。法名自體，集藏為身；一切眾生善根，感此實智法身，故法身能現應無量法身——所謂一切界國土身、一切眾生身、一切佛身、一切菩薩身，皆悉能現不可思議身；國土亦然。佛子！土名一切賢聖所居之處，是故一切眾生賢聖，各自居果報之土。若凡夫眾生：住五陰中為正報之土，山林大地共有，名依報之土。初地聖人亦有二土：一、實智土，前智住後智為土；二、變化淨穢經劫數量應現之土。乃至無垢地，土亦如是。一切眾生，乃至無垢地，盡非淨土，住果報故。唯佛居中道第一法性之土。是故我昔於普光堂上，廣為一切眾生說淨土之門。」

（《菩薩瓔珞本業經》）

古德云：「惟此一心具四種土：一曰凡聖同居，二曰方便有餘，三曰實報無障礙，四曰常寂光也。」所說之「一心」，即是指實相心如來藏阿賴耶識，又從上文經中 佛所說「一切眾生賢聖，各自居果報之土」可以得知，若從眾生各自之自心法性土而言，以此心所含藏有漏無漏種修證之狀態而說凡聖同居、方便有餘、實報莊嚴，則凡聖同居土可以說是凡夫眾生未於解脫道或者佛菩提道有所修證，而其自心如來藏之本來自性清淨涅槃，無始劫以來，從不因眾生未修證解脫道或者佛菩提道，而有所變化或消失，所謂眾生本來常住清淨涅槃；因此而說凡夫眾生一向與此清淨涅槃之「聖法性」同住，正當輪迴六道之時，住於五陰正報之土，即是凡聖同居土也。

此外，以眾生自心法性土—即是唯心淨土—而言方便有餘土：二乘之阿羅漢或辟支佛，雖已經由四聖諦十二因緣之觀行修證，於此世修除引生後有之一念無明四住地煩惱（見一處住地、欲界愛住地、色界愛住地、有愛住地），並實證此五陰之空相，斷了人我見及五陰人我所衍生之「身、受、心、法」法我見。由於信受　佛語─相信滅了覺知心及意根自我以後並非是斷滅─有一本際存在，不墮於斷滅見而無有恐怖，於身壞命終捨報時，能把自我滅了，不再生起中陰；或者於捨報後生起中陰，於第七天中陰毀壞後，即不再生起第二中陰身，僅存體性如虛空之如來藏獨存，而安住於本來自性清淨涅槃中。然於此生未捨報之前，自心如來藏中此時雖然已無引生後有之染污種子，已解脫於後有五陰之束縛，其本來自性清淨涅槃之自心如來，尚爲此世五陰所依，因此說二乘聖人於未捨報入涅槃時之五陰正報之土，爲方便有餘土。

以眾生自心法性土而言實報莊嚴土：大乘初地以上之菩薩，於初住至六住位中修學般若波羅蜜，正觀現前─親證自心如來藏─並值諸佛菩薩及善知識所護念及攝受，入於第七住位常住不退。以此親證自心如來藏眞見道所得之總相智（實相般若）爲基礎，以此相似第一義諦觀，次第進修別相智—相見道後之一切種智，漸次修習，調伏了能引生三惡道粗業之煩惱，歷經能如說而行之十行位；能如說而行故，能將所修學之別相智與所行六度之功德，迴向佛菩提道與救護眾生之十迴向位，修滿永伏三惡道之業道（即永伏性障如阿羅漢）、消除煩惱障與所知障之異生性障，如實通達中道第一義諦而入住初地。

佛說於第一義諦法流水中，從實性生智故，實智爲法身。初地以上至無垢地（等覺地）之聖人有二土：一、實智土，前智住後智爲土；二、變化淨穢經劫數量應現之土。因此大乘初地以上之菩薩，由於從自心如來藏第一義諦法之實性證得法空智，非如二乘無學不知不證眞心本際之實性，唯於五陰之空相中證得生空智，並於捨報後入無餘涅槃（定性聲聞不迴心者），不能再延續其果報之土來利益眾生而莊嚴其法性土。大乘初地以上之菩薩有能力於捨報時或第一中陰滅時如二乘無學般取證無餘涅槃，然而於初地入地前所發之十無盡願之大願力及悲心，使菩薩留一分思惑不斷而繼續受生，進而於利益眾生、成就眾生的同時，莊嚴其法性土，因此而說大乘初地以上菩薩住於實報莊嚴土。

一般凡夫眾生、二乘無學及大乘初地以上至無垢地（等覺地）菩薩，各各自住於其果報之土，由於尚是果報之土，因此 佛說非是究竟淨土，唯有佛住於眞正中道第一法性之土，此乃是眞淨土，也就是常寂光淨土。常寂光淨土，意指佛之法身自住境界；此時之眞如法身—無垢識—已究竟清淨圓滿一切功德，如古德所說：「常即法身，寂即解脫，光即般若。」此時之法身是眞正的常，其所含藏之「無漏有爲法」及「無漏無爲法」之種子，皆已圓滿而不再變易及增長，不再有自心流注生滅之現象，皆已究竟清淨圓滿一切果德，所以是眞常。此時之眞如法身，永離煩惱障與所知障之現行與隨眠，成就了無上寂默之法，不住涅槃也不住生死，是無住處涅槃之眞解脫境界。此時之眞如法身究竟圓滿上品妙觀察智、平等性智及成所作智、大圓鏡智，此四智心品依於眞常之眞如法身清淨法界—無垢識及無垢識所生佛地七識心而顯現，由於本願力度化有情無盡期，此四智心品也永無斷盡之時，也說是常。

大圓鏡智能現自受用身淨土相，此自受用身淨土相即是 佛之常寂光淨土，唯佛與佛始能得見；平等性智能現他受用身淨土相，此他受用身淨土相，隨於諸地菩薩之心量或小、或大、或劣、或勝， 佛觀諸地菩薩之所宜而現種種身爲之說法；成所作智能現變化身及淨土相或非淨土相，此變化土隨著未登地之有情化爲淨佛土或穢佛土，隨所化有情根性而變化其身與變化所居之土。因此說 佛地眞如法身是常寂光淨土，是眞淨土。

《大乘悲分陀利經》中記載，往昔某劫人壽八萬歲時， 阿彌陀佛因地爲無量淨王時，於寶藏如來所發了菩提心：

「我樂求菩提，我於三月以一切所須供養世尊幷無數比丘僧，我以是善根迴向阿耨多羅三藐三菩提，唯不在此穢濁佛土。世尊！我於此七年思惟莊嚴佛土已，世尊！其中無有地獄餓鬼畜生，如是處，我成阿耨多羅三藐三菩提，願令其中有命終者不墮惡趣。」

「願其中一切衆生，得不退轉阿耨多羅三藐三菩提，願其中衆生悉皆化生，使其中無有女人，亦使其中衆生壽命無量，除隨願者。」

「世尊！我為菩薩時行如是等難行，我以如是嚴淨佛土。世尊！是我丈夫行，然後乃逮阿耨多羅三藐三菩提。」

「惟願世尊！我求如是佛土如是淨意衆生，如是佛土中我當逮阿耨多羅三藐三菩提。」

當時之無量淨王於過恒河沙數阿僧祇劫後，始入二恒河沙數阿僧祇世界中成佛，名 阿彌陀佛，世界名安樂。阿彌陀佛以本願故取淨佛土，並於淨佛土成就無上正等正覺，九品攝受眾生往生安樂國，並攝受存疑者往生至邊地，唯除誹謗賢聖、誹謗正法者。阿彌陀佛所成就之安樂國土爲純善之淨土，由於往生至此安樂國之眾生係「帶業往生」，以 佛之願力攝受眾生得不入三惡道，必定要在蓮苞中清淨其我見等粗重煩惱業種以後，才能花開聞法或見佛聞法，因為 阿彌陀佛之本願所成就國土中之眾生都是淨意眾生故。業未消者及粗重煩惱種未消者，無法往生極樂世界中生活修道，所以要先在蓮苞中聞法淨除業障等。上品上生往生者，不必住於蓮苞中，立即聞法見佛成地上菩薩，即自住實報莊嚴土，中品上生往生後，花開聞法而成阿羅漢者，自住於方便有餘土；下品位往生者，花開聞法而成地前菩薩或初果人，則自住於凡聖同居土， 彌陀世尊之自性法身，住於常寂光淨土，因此古德所說極樂世界是凡聖同居土，即是此意也。

雖說娑婆世界是堪忍世界、是五濁惡世，乃是由於眾生之心性染污不淨，造諸惡業與癡亂心行， 釋迦世尊為度化此下劣人故，而顯示此眾惡不淨之土，此為 世尊大悲本願故取不淨國土，於此惡世成就佛道。相對於 阿彌陀佛於因地時所發之菩提心：取清淨佛土於淨土成佛，攝取清淨意、種諸善根易化眾生，所以有八品眾生往生時，須先住於蓮苞中。 釋迦世尊大悲故，不忍重結煩惱之惡世眾生置於無佛之國，離諸善根，集諸不善法；

不忍眾生於惡世熾盛時處於闇昧之中，因此 釋迦世尊因地爲海齊婆羅門時，於寶藏如來所，發了這樣的菩提心：

「世尊！是一切大菩薩皆發大悲，然棄彼時惡世熾盛眾生，處在闇昧之中，皆是所棄。世尊！我亦於當來世，過一恒河沙數阿僧祇，二恒河沙阿僧祇，三恒河沙阿僧祇之餘，於賢劫中，待世人壽千歲時，我能於爾所時，處在生死，行菩提行；我能不以願力取度眾生，當行六波羅蜜而取化度。……乃至眾生百二十歲，極甚愚癡、憍嫉恃色，自倚種族、昏濁無識，多懷嫉恚、處在五濁闇冥；是諸眾生，貪欲瞋恚愚癡甚重，憍慢嫉妒，染著非法，非法自活，邪見倒見，乏聖七財，非母非父，非沙門非婆羅門；不知作恩，不作福德，不畏後世；……惡心眾生爾時充滿娑訶世界，諸眾生為一切薩婆若所棄，處無佛剎；謂無布施、持戒、修定，無善業，集諸不善法，我當以八分聖道度生死海，置無畏城。爾時眾生緣惡業重故，娑訶佛剎當極弊惡，為諸福德種善根者所見棄捨；……是苦難世，爾時我當從兜率天下，為度衆生熟善根故，於最妙轉輪王種第一夫人腹中受胎而住。……我逮菩提已，說一種句法：有衆生求聲聞乘者，令彼得解聲聞法藏說；有衆生求緣覺乘者，令彼得解因緣法說；有衆生求無上大乘者，令彼純解摩訶衍說；有衆生未具功德，欲求菩提者，令彼得解布施法說；有衆生乏無福德，求生天樂者，令得解戒說。……我當為如是造無間業乃至不攝意志衆生故，以多種種若干句義、文字變化而為說法，示現陰界入無常苦空無我，令住善安隱妙寂無畏城。……我為一一衆生故，步涉多百千由旬，多種種若干句義文字方便變化，忍此疲惓，終至置於涅槃。乃至以誓力，我當五分壽減一，欲般涅槃時，我當碎身舍利如半芥子。為悲衆生故，然後當入涅槃，令我涅槃後正法住世千歲，像法住世復五百歲。」（《大乘悲分陀利經》）

釋迦世尊因地時，於　寶藏如來前聽聞諸多菩薩所發之菩提心，皆是攝取清淨佛土，排除地獄畜生餓鬼，捨棄聲聞緣覺，取度淨意易化、已種善根者，並都立願要於無聲聞緣覺、無集不善根、無女人、無地獄畜生餓鬼之佛土中，成就究竟佛道，捨棄了下劣無智眾生。因此 釋迦世尊發了具足大悲之五百大願，爲的就是不捨五濁惡世，不捨造無間業乃至集不善根者而攝度之，此娑婆世界乃 釋迦世尊爲度五濁惡世惡業眾生而攝受之國土，於其中受 佛正法或遺法之教化，或有得阿羅漢、辟支佛者，自住於方便有餘土；或有得無生法忍地上果位者，自住於實報莊嚴土；或有初發菩提心者，或有得聲聞初果者，或有修善持戒者，或有闇昧愚癡造惡者，皆自住於凡聖同居土； 釋迦世尊之眞如法身則自住於常寂光淨土，如此而言此娑婆世界亦是四土具足之淨穢土。

此娑婆世界或其他佛刹世界器世間，亦皆屬於凡聖同居土，何以故？每一佛刹國土皆是 佛之化土，與各佛刹有緣之眾生，於同一佛世界之器世間居住，其中有凡夫眾生，未於佛法之解脫道或者佛菩提道有任何自內所證者；有自住於方便有餘土之二乘聖者，亦有自住於實報莊嚴土之大乘聖者，並且各佛剎之 佛皆自住於常寂光淨土，因此亦說各各佛剎世界皆是凡聖同居土。

然而，此 釋迦牟尼佛剎娑婆世界亦是淨土，何以故？於《維摩詰所說經》中 佛已有開示：

《「舍利弗！眾生罪故不見如來佛土嚴淨，非如來咎。舍利弗！我此土淨而汝不見。」爾時螺髻梵王語舍利弗：「勿作是意，謂此佛土以為不淨。所以者何？我見釋迦牟尼佛土清淨，譬如自在天宮。」舍利弗言：「我見此土，丘陵坑坎荊棘沙礫，土石諸山穢惡充滿。」螺髻梵言：「仁者心有高下，不依佛慧故，見此土為不淨耳。舍利弗！菩薩於一切眾生悉皆平等，深心清淨，依佛智慧則能見此佛土清淨。」於是佛以足指按地，即時三千大千世界若干百千珍寶嚴飾，譬如寶莊嚴佛無量功德寶莊嚴土，一切大眾歎未曾有，而皆自見坐寶蓮華。佛告舍利弗：「汝且觀是佛土嚴淨。」舍利弗言：「唯然！世尊！本所不見，本所不聞，今佛國土嚴淨悉現。」佛語舍利弗：

「我佛國土常淨若此，為欲度斯下劣人故，示是衆惡不淨土耳；譬如諸天共寶器食，隨其福德，飯色有異。如是舍利弗！若人心淨便見此土功德莊嚴。」》

此娑婆世界之眾生由於煩惱過重，無量劫以來隨著習氣業力而於此娑婆之三界六道輪迴而不能止息，於虛妄分段之生死流中載浮載沉。迷於本性圓明之如來藏心一切功德性用，於此功德性用生起虛妄見而造作種種後有之業行，由此眾生之顛倒，引生如舍利弗之所見：「丘陵坑坎荊蕀沙礫，土石諸山穢惡充滿」，然而眾生見此污穢國土之不淨相，並非是 佛之過咎，乃是眾生自己身心不清淨所感得之依報相貌。世尊以足指按地所現之無量功德寶莊嚴淨土，舍利弗等大阿羅漢承 佛之神力，乃能見此娑婆之淨土相。唯有證得實報莊嚴土之地上菩薩，方能隨分見此功德莊嚴淨土。

何以故？如同螺髻梵王所說：「菩薩於一切衆生悉皆平等，深心清淨，依佛智慧則能見此佛土清淨」，其菩薩心、平等之心，即是指眾生各各本來具足之自心如來藏；親證此因地佛心，方得深心、清淨心而能得見清淨佛土。

再者，正覺同修會眼見佛性分明者，亦能少分見此娑婆世界之清淨佛土相，猶如《圓覺經》佛說：「此菩薩及末世眾生，證得諸幻滅影像故，爾時便得無方清淨，無邊虛空覺所顯發。覺圓明故顯心清淨，心清淨故見塵清淨，見清淨故眼根清淨……如是乃至鼻舌身意亦復如是。善男子！根清淨故色塵清淨，色清淨故聲塵清淨，香味觸法亦復如是。善男子！六塵清淨故，地大清淨……四大清淨故，十二處十八界二十五有清淨……一切實相性清淨故一身清淨，一身清淨故多身清淨。」

眼見佛性證得世界如幻、身心如幻之同時，亦以此肉眼親見此依報土之清淨相，耳根所觸之聲塵、鼻根所觸之香塵、舌根所觸之味塵、身根所觸之觸塵，皆是清淨無染之見塵，與佛於經中所說完全相契合。世尊說：「舍利弗！彼土何故名為極樂？其國眾生無有眾苦，但受諸樂故名極樂。」

何爲眾苦？即是苦諦之八苦，所謂：老、病、死、生、愛別離、怨憎會、求不得、五陰熾盛苦；往生極樂者於蓮華化生以後，得 彌陀世尊之威神力，身形像貌莊嚴成滿三十二大人相，與 彌陀世尊同樣都是壽命無能限量，於極樂世界之一世中，無有老病死生之事，除其本願欲至他方世界弘法度眾，而自在縮短壽命捨報。於極樂世界無任何「愛結」束縛，已於蓮苞中清淨其意故。極樂國中更無男人女人相，無種種不善名之眾生，唯是集諸善根之易化眾生，衣服、飲食、聞法等皆隨其所念自然在前可得。又極樂國之眾生，依 彌陀世尊之本願，不起想念貪計莊嚴色身，已從蓮華化生者，必定已斷身見我見方得出離蓮苞故，所以也沒有愛別離、怨憎會、求不得、五陰熾盛諸苦。由於沒有諸苦（生於邊地之眾生雖然也沒有八苦之苦，但是五百歲常不見佛、不聞經法，不見菩薩、諸聲聞眾，無由供養世尊修諸善本，不知菩薩法式，不得修習功德，雖有眾樂，卻以此爲苦），其貪瞋癡慢等根本煩惱相應之習氣隨眠無從現起，所思所修所行，皆是勝妙之解脫道或佛菩提道之法，所行之道無有三途苦難之名，心意清淨，所受法樂與漏盡比丘相等，與諸上善人俱會一處，因此極樂國之眾生得以清淨心而見清淨國土。

因此於《維摩詰所說經》佛云：「菩薩隨其直心（即自心如來藏）則能發行，隨其發行則得深心，隨其深心則意調伏，隨意調伏則如說行，隨如說行則能迴向，隨其迴向則有方便，隨其方便則成就眾生。隨成就眾生則佛土淨，隨佛土淨則說法淨，隨說法淨則智慧淨，隨智慧淨則其心淨，隨其心淨則一切功德淨。是故寶積！若菩薩欲得淨土，當淨其心，隨其心淨則佛土淨。」

《華嚴經》亦說：「一切諸國土，皆隨業力生；汝等應觀察，轉變相如是。染污諸眾生，業惑纏可怖；彼心令刹海，一切成染污。若有清淨心，修諸福德行，彼心令刹海，雜染及清淨。」既然眾生是自居果報之土，經中所說淨土者以說唯心淨土為主，依報之土為清淨世界或垢穢世界，亦以自心如來中之清淨業或染污業而現不同之土相，修學淨土法門者應對淨土有此多角度之認知，方能增廣求法之心量，於此一世中，在此亦是淨土亦是穢土之 釋迦牟尼佛剎娑婆世界，仍然可以證得實報莊嚴土或者方便有餘土，端賴於自心如來藏內無漏法種子所生所顯之法而定，也就是《金剛經》所說的「一切賢聖皆因無爲法而有差別」。至於到底是 阿彌陀佛剎之極樂世界淨土易入聖道？或者 釋迦牟尼佛剎之娑婆世界淨土易入聖道？將於第五章作較深入之申述。

第三章　西方極樂淨土之聖道門

第一節　九品往生略述

《觀無量壽佛經》世尊向阿難及韋提希開示說：「凡生西方，有九品人，上品上生者……生彼國已，見佛色身眾相具足，見諸菩薩色相具足，光明寶林演說妙法，聞已即悟無生法忍。……上品中生者，……行者自見坐紫金臺，……如一念頃，即生彼國七寶池中。此紫金臺如大寶花，經宿即開。行者身作紫磨金色，足下亦有七寶蓮華，佛及菩薩俱放光明，照行者身，目即開明，因前宿習普聞眾聲，純說甚深第一義諦，即下金臺禮佛合掌讚歎世尊。經於七日，應時即於阿耨多羅三藐三菩提得不退轉。……上品下生者，……一日一夜蓮花乃開，七日之中乃得見佛。雖見佛身，於眾相好心不明了，於三七日後乃了了見，聞眾音聲皆演妙法，遊歷十方供養諸佛，於諸佛前聞甚深法，經三小劫，得百法明門，住歡喜地。……中品上生者，……蓮花尋開，當華敷時，聞眾音聲讚歎四諦，應時即得阿羅漢道。……中品中生者，……經於七日，蓮花乃敷，花既敷已，開目合掌讚歎世尊，聞法歡喜得須陀洹。……中品下生者，……生經七日，遇觀世音及大勢至，聞法歡喜得須陀洹。……下品上生者，……經七七日，蓮花乃敷。當花敷時，大悲觀世音菩薩及大勢至菩薩，放大光明住其人前，為說甚深十二部經，聞已信解，發無上道心；經十小劫，具百法明門，得入初地。……下品中生者，……經於六劫，蓮花乃敷。當華敷時，觀世音大勢至以梵音聲安慰彼人，為說大乘甚深經典；聞此法已，應時即發無上道心。……下品下生者，……於蓮花中滿十二大劫，蓮花方開；當花敷時，觀世音大勢至以大悲音聲，即為其人廣說實相除滅罪法，聞已歡喜，應時即發菩提之心。」

往生到西方極樂世界，無論品位爲何，皆是仗著 阿彌陀佛因地所發大願，讓已度至極樂國者之有情，邁向成佛之道，次第而住：

下從造諸不善業、五逆十惡者，下品下生花開後，聽聞實相除滅罪法，發菩提心，證果時劫，長不可知。毀犯戒律、不淨說法者，下品中生花開後，聽聞大乘甚深經典，發無上道心，證果時劫，長不可知。作眾惡業、無有慚愧者，下品上生花開後，信解甚深十二部經，發無上道心，證果時長，亦不可知。**中**者孝養父母、行世仁慈者，中品下生花開後，聞法歡喜得須陀洹。一日一夜執持出家戒清淨、威儀無缺，或在家人一日一夜持八關齋戒者，中品中生花開後，閉目合掌讚歎世尊，聞法歡喜得須陀洹。受持五戒、八戒齋，修行諸戒學，不造五逆者，中品上生花開後，聞眾音聲讚歎四諦，應時即得阿羅漢道。**上**至信因果、不謗大乘正法、發無上道心者，上品下生者一日一夜（極樂世界之日夜）花開後，七日之中（相當於娑婆世界之七大劫）乃得見佛，三小劫後得證初地。深信因果、不謗大乘、善解義趣、於第一義諦心不驚動者，上品中生者一夜花開後，佛及菩薩俱放光明，照行者身，目即開明（見佛），因前宿習，普聞眾聲，即能信解其中甚深第一義諦義理—明心；於極樂世界之一小劫後得證初地。發至誠心、深心、迴向發願心三種心者，或慈心不殺具諸戒行者、讀誦大乘方等經典者、修行六念者，或往生前已明心者，坐金剛台上品上生，不住蓮苞中，立刻見佛，聽聞演說妙法，聞已即悟無生法忍，位在初地以上。

凡此三輩九品往生西方極樂國者，皆是承蒙 阿彌陀佛之威德與本願而得度之有情，依 彌陀悲願而得度之有情，自心種識—阿賴耶識—所持有之功德與智慧法種，在 阿彌陀佛慈悲哀愍攝受下，安住於極樂國得能免於再輪迴三界。在因緣成熟後，與諸不退菩薩、阿羅漢共同於佛前聽經聞法、讀經思惟、修習禪定、供養十方諸佛、廣修福德，所作所爲，無非趣向成佛之道。

綜觀此九品往生者由下至上之所住狀態，並未逾越佛法眞修實證之至理，由於 阿彌陀佛之大願，攝受往生極樂國，若不是因中途發願利樂他界有情而離去者，究竟必至一生補處（等覺位、即將進入妙覺位—佛地）。下品往生者，皆是於佛法懵無所知者，於造作五逆十惡無有慚愧之狀況下，由於善知識之緣而得往生，然而必須在蓮苞中，經過極樂世界之七七日或六劫或十二劫，不斷的接受七寶池中八功德水所發出之苦、空、無常、無我基本佛法之熏習，直到清淨了粗重煩惱，並且信根慧根具足以後，蓮華方開，也僅能聽聞到 觀世音菩薩及 大勢至菩薩演說大乘甚深妙法，而於聞法後發無上道心。只有下品上生者經十小劫後，隨佛與諸地上菩薩們修學百法明門具足道種智，得入初地，並地地增上往佛菩提道上進修；下品中生及下生者，證果時劫極長而不可知。

中品往生所攝受者是樂修解脫道之人，乃是眾生從懂得孝養父母、樂行世間仁慈，到懂得自律守戒清淨，以修諸戒學、受持經戒之善根，迴向發願往生；雖尚未能發心趣向大乘之無上道，雖尚未有因緣聞熏大乘甚深妙法，阿彌陀佛攝受此等人入解脫道修學次第。中品上生者，由於持戒清淨、無眾過患，具足出離生死苦之善根，往生隨即花開，聽聞眾音讚歎苦集滅道四聖諦，應時即得阿羅漢道；由於 阿彌陀佛之威德感召，報得三明六通，具足八解脫之功德。而中品中生與中品下生者，於往生經七日花開後，聽聞眾音說四聖諦法，歡喜信受，亦得須陀洹，經半劫或一劫之修學成阿羅漢。而此中品與下品往生者，於往生極樂國蓮花開敷時，皆不能見佛；此理與大乘修學次第相當吻合，所謂見佛，必定是要能見自性佛、自性彌陀，親證大乘第一義諦之義理；至少亦須信解第一義正理，方能了知如何是見佛，往生後始能面見 彌陀世尊。

《大寶積經》中 佛說：「若善男子善女人，欲入一行三昧，當先聞般若波羅蜜，如說修學，然後能入一行三昧。如法界緣，不退不壞，不思議無礙無相。善男子善女人，欲入一行三昧，應處空閑，捨諸亂意，不取相貌，繫心一佛，專稱名字。隨佛方所，端身正向；能於一佛，念念相續；即是念中，能見過去、未來、現在諸佛。何以故？念一佛功德無量無邊，亦與無量諸佛功德無二，不思議佛法等無分別，皆乘一如，成最正覺，悉具無量功德無量辯才。如是入一行三昧者，盡知恒沙諸佛法界無差別相。」

如此段經中　佛說，若人已先聽聞般若波羅蜜之內涵，了知行者本自具足一實相心自心如來，此自心如來不即五陰、不離五陰，而五陰虛妄不實，乃是依於根本因—自心如來—而得以諸緣和合生起；自心如來無我與我所，五陰中所領受之我與我所，剎那生滅不實，然而卻不離不生不滅之自心如來無漏有爲法隨順配合而行。由於勝解此般若波羅蜜知見，能夠不取諸相、繫心一佛，念念相續之際，以此能念之心反觀，而現前證得此自心如來之所在，發起般若之正觀；此自心如來乃是未來諸佛之因地佛心，亦是現在、過去諸佛之果地佛心；因爲親見此因地佛心，所以　佛說：於當下念佛之念念中，見過去、現在、未來諸佛；此三世諸佛之法界無差別相，無差別相之法界即是此自心如來—阿賴耶、異熟、無垢識—如此稱爲入一行三昧。法界皆由有情同一類、同一相之自心如來所生，而於現象界中現出十法界之差別——天、人、阿修羅、畜生、惡鬼、地獄、聲聞、辟支佛、菩薩、佛。

未熏聞般若波羅蜜之凡夫眾生與二乘有學無學皆不知如何是佛，縱然受到 阿彌陀佛之攝受而得能往生極樂國土，但是卻也無法親見 阿彌陀佛，因爲彼等尚不知不見如何是佛之理體。此輩往生者需要再跟隨地上菩薩深入修學大乘了義法門，悟得大乘無生忍後方能明了諸佛秘藏，也就是親見自性彌陀，如同 佛於《大乘無量壽莊嚴經》說：「**彼佛刹中一切菩薩，容貌柔和相好具足，禪定智慧通達無礙，神通威德無不圓滿，深入法門得無生忍，諸佛秘藏究竟明了。**」此後方能如同上輩往生者一般見佛、親近佛，並聽聞 佛說甚深妙法，次第往佛菩提道上進修。

上品往生者，除了應修之福德以外，於捨報前必得要在大乘法的領域涉入或深或淺，淺者如同佛於《菩薩瓔珞本業經》所說：「**未上住前，有十順名字菩薩，常行十心，所謂：信心、念心、精進心、慧心、定心、不退**

心、迴向心、護心、戒心、願心。佛子！修行是心，若經一劫、二劫、三劫，乃得入初住位中。……佛子！若退若進者：十住以前，一切凡夫法中、發三菩提心，有恒河沙眾生學行佛法，信想心中行者，是退分善根。」

此種於信位修學大乘佛法者，信因果、不謗大乘，發了菩提心，發願求生極樂國。於命終捨報往生極樂國，上品下生，一日一夜蓮花開後，於七日中見佛心不明了，因爲往生前尚未有因緣親證自心彌陀，因此雖然見佛，心卻不明了；而經三七日之聽聞修學後才親見自心彌陀，承 阿彌陀佛之攝受與加持乃能了了見佛，能遊歷十方供養諸佛。於諸佛前聞甚深法，經三小劫得百法明門，住歡喜地（得無生法忍、進入初地，成爲阿惟越致菩薩），此是上品下生者於大乘佛法修學次第之果報。

其次，於捨報前在大乘法的領域涉入深者，世尊於《觀無量壽佛經》中說：「不必受持讀誦方等經典，善解義趣，於第一義心不驚動，深信因果不謗大乘，以此功德，迴向願求生極樂國。」 佛說此等眾生雖然不必受持讀誦方等經典，也就是 世尊第三轉法輪所說唯識系列經典，例如：《大方等如來藏經》、《大方廣如來藏經》、《楞伽經》、《解深密經》、《勝鬘經》等等；然而要得善解義趣—也就是要常聞熏而通達教門，於第一義心不驚動，雖然尚未能親證自心如來藏，卻能安住於教門中佛語、菩薩語之教導，不曲解不誤解經中佛語，不謗大乘而深信因果。於命終捨報往生極樂國，經宿（經過一晚）蓮花開，經由 佛與菩薩放光照其身，眼目開明，由於往昔修學大乘佛法善解義趣之功德，普聞眾聲純說甚深第一義諦，即能瞭解皆是在演說甚深如來藏妙法，經由七日之不斷聽聞熏修，應時於無上正等正覺得不退轉—即證悟了自心如來藏，如 佛於《菩薩瓔珞本業經》所說：「**是人爾時從初一住至第六住中，若修第六般若波羅蜜，正觀現在前，復值諸佛菩薩知識所護故，出到第七住常住不退。**」證悟如來藏後，因 彌陀、觀音之攝受護念而不退轉，並承佛威德飛行遍至十方歷事諸佛，修集福德並修諸三昧，經一小劫得無生法忍—進入初地成為阿惟越致菩薩，此是上品中生者於大乘佛法修學次第之果報。

若有於大乘法的領域涉入更深者，具足至誠心、深心、迴向發願心等三心者，或者慈心不殺具諸戒行者，或者讀誦大乘方等經典者，或者修行六念者，精進勇猛而迴向發願求生極樂國，於命終捨報往生後，承佛威德攝受，不必在蓮苞中住，立即能見佛與諸菩薩，聽聞佛與菩薩於光明寶林演說妙法，聞已即悟無生法忍（此無生法忍爲初地、二地、三地……不等，完全視行者於往生前所修學之種智與所破所知障之內容，及所伏、所除之性障程度有關）。經須臾間，即遍十方世界歷事諸佛，於諸佛前次第受記未來成佛之佛名……等。

爲何發至誠心、深心、迴向發願心，並具足此三心者，慈心不殺具諸戒行者，讀誦大乘方等經典者，修行六念者，精進勇猛而迴向發願求生極樂國，是屬於深入大乘法領域者？從上品中生之果報看來，行者捨報前雖未能證悟自心如來藏，然而能深信佛語並依經教而行，通達教門，往生經宿花開後，所聽聞之甚深妙法與往昔所修學諸經之義理相契合—皆是甚深之第一義諦法，經極樂世界之七日熏修，終能親證自心如來藏，住第七住位，不退轉於無上正等正覺；再經一小劫進修，證得初地無生法忍。相較於上品中生者於極樂國之果報，上品上生者要殊勝幾千倍，不僅所乘爲金剛台（上品中生者所乘爲紫金台），在捨報前 阿彌陀佛即放大光明照行者之身（上品中生者乃是往生經宿花開後， 佛及菩薩才放光照行者身），往生至極樂國後即見佛身（上品中生者往生於七寶池中，隔一夜花開後， 佛及菩薩放光照其身後，目才開明），聽聞妙法後即悟無生法忍（上品中生者經七日—此界之七大劫—之熏修第一義諦妙法，才能明心開悟，不退轉於大菩提後，於諸佛所修諸三昧，再經一小劫之修行以後方得無生法忍）。上品上生之行者於極樂國所得果報，百千倍殊勝於上品中生之行者於極樂國所得之果報，上品上生之行者捨報前，於大乘法所勇猛精進的修學程度與所修證之內涵，必定要百倍千倍於上品中生者，此乃是 佛於經中所說之「深信因果，不謗大乘」必然之現象，行者要如此觀、如此知、如此信受，方不誤解 佛於經中所說之義理。

極樂世界諸菩薩承 佛威神，得以於一食之頃，往詣十方無量世界，恭敬供養諸 佛世尊，聽受諸 佛世尊之法教，培植殊勝福德並增長智慧。於此純善之國土，雖然沒有違心之境界現前作爲助緣，仍然需要消除習氣隨眠，例如《無量壽經》中 佛所說諸菩薩於極樂國中行持之狀況：「於國土所有萬物，無我所心無染著心，去來進止情無所係」；「等觀三界空無所有，志求佛法具諸辯才，除滅眾生煩惱之患」；「善知『習、滅』音聲方便，不欣世語，樂在正論；修諸善本，志崇佛道」；「摧滅嫉心，不望勝故」；「修六合敬，常行法施；志勇精進，心不退弱；為世燈明，最勝福田。」已從蓮苞中出生之菩薩眾，皆是拘心制意、端身正行，精進求願無有懈怠，於求道過程看似遲緩，然而內心皆是勇猛急進。

由於心清淨故，初地以上之菩薩於禪定三昧易修易成，現觀所親證之自心如來，於人我空及法我空之第一義諦中道觀修諸三昧，例如：空、無相、無願三昧及不生不滅諸三昧門，得三昧如山王；聞甚深法心不疑懼，常能修行，修諸清白之法，究竟菩薩諸波羅蜜，遠離聲聞緣覺之地，究竟一乘至于彼岸。

觀之三輩九品往生之果報相及修習次第相，佛已經將極樂世界之聖道門內涵與次第，鋪陳於眾人面前，有智之人應可從經文中略得法要，自可相信極樂國土亦不離因緣果報之理，也不離解脫道及佛菩提道之修道正理。

第二節　信者與疑者之往生果報

往生至西方極樂世界後之果報與修學次第，與在娑婆修學大乘了義正法之次第並無兩樣，由於 阿彌陀佛之大悲願力，成就了清淨極樂國之器世間，並成就了眾不退菩薩們之清淨眾生世間，因而往生到極樂國之地前菩薩們處於此極善之國土，在 阿彌陀佛之攝受下，不會因異生性未消除而淪落三惡道，而使得分段生死的現象暫時不再出現；如同 阿彌陀佛於因地所發大願中說：「**我作佛時，人民有來生我國者，除我國中人民所願，餘人民壽命無有能計者，不爾者我不作佛。**」由於 彌陀世尊大願所攝受，往生至極樂世界者，從蓮花中化生花開以後之壽命無量，然而仍有生死，並非往生極樂世界時即是已經證得解脫生死之果報，卻可以免除再度淪墮，此爲極樂世界最殊勝的地方。極樂世界的菩薩，若不忍娑婆眾生陷於佛法之邪見惡見中，發大願要迴入娑婆護持正法、弘揚正法，仍然得要再接受分段生死之果報，除了證得八地以上之菩薩摩訶薩以外。

在娑婆修學大乘了義正法之行者，或者由於福德不具足，或者由於信力不具足，或者由於慧力不具足，或者由於善知識難遇，或者由於異生性障習氣太重，或因爲情執深重而依人不依法，往往無緣修學熏習眞正了義正法。有迷於大道場大法師之名氣者，一心想要修學解脫道或者成佛之道，卻無法從所追隨之名師學到眞正了義正法；或者誤解佛法名相，不知眞正之修學次第，或者以修集世間福德與世間正道爲究竟了義之佛道，修集人天福報之善業，身壞命終往生欲界天，享受人天福報；福報享盡之後，只剩下生天前所造惡業，又得依隨所餘惡業而輪迴受報。

若有將此所修善業迴向往生西方極樂世界者，又有三條岔路：一、信有西方極樂世界、信有十方諸佛者。二、不信有西方極樂世界、疑有十方諸佛者。三、屬於第一條或第二條岔路而誹謗正法者。

信有西方極樂世界與十方諸佛者，緣於所親近之善知識能夠安住於經教中佛語之教導，雖未證理，卻能夠信受及勸進行者老實修學，懂得修集諸多善行並迴向發願求生極樂國，其命終捨報後之往生品位，將依此生所修學，所修證之內涵而有所不同，如同前一節所述，此不再重複。

其次，有不信、疑有西方極樂世界、十方諸佛者，目前在教界最大膽、敢以文字將其疑與不信，撰寫於書中四處流通，誤導諸多四眾弟子者，是一位現出家相之佛教法師—印順法師。印順法師承於 佛之威德與餘蔭，接受佛教信眾之供養，但是卻教導信眾們：「**阿彌陀佛是娑婆太陽崇拜的淨化**」、「**東方淨土為娑婆天界的淨化**」，茲舉其在書中所說語句如下，以茲證明（爲避免被誤會將其內容斷章取義，不得已將其稍嫌冗長之瑣碎文字全部抄錄）：

《『仔細研究起來，阿彌陀佛與太陽，是有關係的。印度的婆羅門教，有以太陽爲崇拜對象的。佛法雖本無此說，然在大乘普應眾機的過程中，太陽崇拜的思想，也就方便的含攝到阿彌陀中。這是從哪裏知道的呢？一、《觀無量壽佛經》，第一觀是落日觀；再從此逐次觀水、觀地、觀園林、房屋，觀阿彌陀佛、觀音、勢至等。**這即是以落日為根本曼荼羅；阿彌陀佛的依正莊嚴，即依太陽而生起顯現**。「夕陽無限好，祇是近黃昏」，這是中國人的看法。在印度，落日作爲光明的歸宿、依處看。太陽落山，不是沒有了，而是一切的光明，歸藏於此。明天的太陽東昇，即是依此爲本而顯現的。佛法說涅槃爲空寂、爲寂滅、爲本不生；於空寂、寂靜、無生中，起無邊化用。佛法是以寂滅爲本性的；落日也是這樣，是光明藏，是一切光明的究極所依。二、《無量壽佛經》（即《大阿彌陀經》）說：禮敬阿彌陀佛，應當「向落日處」。所以，**阿彌陀佛，不但是西方，而特別重視西方的落日。說得明白些，這實在就是太陽崇拜的淨化，攝取太陽崇拜的思想，於一切——無量佛中，引出無量光的佛名。**』（《淨土與禪》p.22～p.23）

『佛教所崇仰的佛菩薩，都是依德立名的。這或約崇高的聖德立名，以表示佛菩薩的性格。如彌勒菩薩，是「慈」；常精進菩薩是永恆的向上努力。或者是取象於自然界，人事界，甚至眾生界的某類可尊的勝德，而立佛菩薩的名字。取象於自然界的，如須彌相佛，表示佛德的崇高；雷音王佛，表示佛法音聲的感動人心。取象於人事界的，如藥王佛，表徵佛能救治眾生的煩惱業苦——生死重病；導師菩薩，表示能引導眾生，離險惡而到達目的。取象於眾生界的，如香象菩薩，獅子吼菩薩等。其中，依天界而立名的，如雷音，電德，日光，月光等，更類似於神教，而實質不同。

可以說，這是順應神教的天界而立名，既能顯示天神信仰的究極意義，也能淨化神界的迷謬，而表彰佛菩薩的特德。**東方淨土，是以天界爲藍圖的。這是順應衆生的天界信仰，而表現佛菩薩的聖德**。印度所說的天，原語爲提婆，譯義爲光明。無論白天晚上，所見的太陽、月亮、星星等光明，都是從天空照耀下來的。仰首遠望，天就是光明體。一般人就從天空的光明，而擬想爲神。所以，印度的天，與神的意義相近。』（《淨土與禪》p.139～p.140）

『聖者的覺，與天神的明，有著類似性（所以《華嚴經．世主妙嚴品》等，大菩薩每示現天神）。天的特性是光明，常人就從光明而想像天神。聖者，覺證法性清淨（或稱心清淨性、心光明性）而顯現慧光，佛就依世俗天界的現象，掃除神教的擬想而表徵慧證眞理的聖者。

東方淨土的佛，名琉璃光佛。琉璃——毘琉璃，譯爲遠山寶，是青色寶。在小世界中間，有最高的須彌山，四面是四寶所成的。南面是毘琉璃寶所成，所以我們——南閻浮提的衆生，仰望虛空，見有青色。青天，就是須彌山的琉璃寶光，反射於虛空所致。東方淨土，以此世俗共知蔚藍色的天空，表現佛的德性，而名爲毘琉璃光。

每一佛出世，都有二大弟子，助揚佛化。如釋迦佛有舍利弗與目犍連；毘盧遮那佛，有文殊與普賢二大士；阿彌陀佛有觀世音與大勢至菩薩。現在東方淨土，琉璃光佛也有二大菩薩——日光遍照、月光遍照，「是彼無量無數菩薩眾之上首」。這顯然是取譬於天空的太陽和月亮。天界的一切光明中，日月是最大的，一向爲人類崇拜的對象。佛的左右脅侍，就依此立名，爲一切菩薩的上首。在我國叢林中，中秋晚上，都傳有禮拜月光遍照菩薩的習俗。日與月的光，對人類來說，特性是不同的。太陽的光明，是熱烈的，給人以溫暖，生命力的鼓舞；在佛法中，每用日光來表示智慧。月亮的光明，是溫柔的，清涼的，使人在黑夜中消除恐怖。尤其是熱帶，炎熱不堪，一到月亮東升，清風徐來，眞是能除熱惱而得舒暢的。在佛法中，月亮也每用來表示慈悲，安慰眾生。這是以天界的日月光輝，表現二大菩薩的德性。

東方淨土中，除二大菩薩外，還有八大菩薩，如說：「文殊師利菩薩，觀世音菩薩，大勢至菩薩，無盡意菩薩，寶檀華菩薩，藥王菩薩，藥上菩薩，彌勒菩薩：是八大菩薩，乘空而來，示其道路」。據經上說：欲生西方淨土而還不能決定的，八大菩薩能引導他，使得往生淨土。爲什麼東方淨土，只有八位菩薩，不是七位，也不是九位呢？這應該是取法於天界的。原來以太陽系爲中心的行星，有九（從前說八大行星，後又發現了冥王星，故共爲九大行星）：水星、金星、地球、火星、木星、土星、天王星、海王星、冥王星。我國所說的五星，也離不了這些。現在，對此世界（地球）而說東方淨土，所以除地球不論，還有八大行星於天界運行。換言之，除日月外，還有八大明星，與我們這個世界，關係極爲密切。依此，所以除二大菩薩，還有八大菩薩，護持東方淨土。「八大菩薩乘空而來」，是怎樣明白的說破這一點。……**東方淨土爲天界的淨化，這是非常明顯的。**』（正

聞出版社一九九八年一月初版《淨土與禪》p.140 ~ p.144)》

看來印順法師是以其在人間之所見與所知來看十方諸佛與淨土的，其廣讀經書後，卻又無法信受經中所說之十方微塵數佛剎世界海等事。例如《華嚴經》所說：

「世界海有十種事，過去現在未來諸佛已說、現說、當說。何者為十？所謂世界海起具因緣、世界海所依住、世界海形狀、世界海體性、世界海莊嚴、世界海清淨、世界海佛出興、世界海劫住、世界海劫轉變差別、世界海無差別門。」

「一切世界海，已成、現成、當成。何者為十？所謂如來神力故、法應如是故、一切眾生行業故、一切菩薩成一切智所得故、一切眾生及諸菩薩同集善根故、一切菩薩嚴淨國土願力故、一切菩薩成就不退行願故、一切菩薩清淨勝解自在故、一切如來善根所流，及一切諸佛成道時自在勢力故、普賢菩薩自在願力故。」

根據《華嚴經》得知，吾等所住之娑婆世界乃處於蓮華藏世界海中二十層微塵數佛剎之第十三層，尚有佛剎微塵數世界周匝圍繞著，一一世界海皆有其體性、形狀、莊嚴相、清淨相等十種事相，非無因而成、非無因而住、非無因而壞，所謂法應如是故。此 釋迦牟尼佛剎娑婆世界，即是一個三千大千世界，此三千大千世界經過科學家不斷的探究發現，已知有二千億個類似地球所在之銀河系存在，而且還有新的星系和類太陽系不斷的在誕生或產生劇烈變化。再者，吾人所居之地球也僅是娑婆世界四天下之南瞻部州（閻浮提）中之一顆行星而已，印順法師之狹小心量只願意承認於此地球才有 佛與佛國土。無法信受 佛語，對於十方無量微塵數之諸佛淨土不能接受，卻以此太陽系之所見，來推定 阿彌陀佛是娑婆世界太陽崇拜之淨化，推定東方淨土是娑婆世界天界的淨化。但是 佛說這個娑婆世界有百億日月、百億四王天……等，是否意謂此娑婆世界有百億極樂世界、百億琉璃世界？印順法師對此卻沒有合理的解釋。

印順法師對　佛於經中所說法義，與諸多方便施設如世界悉檀、為人悉檀等解說及開示，無法生起正信，例如　佛於《無量清淨平等覺經》中所說：「無量清淨佛為菩薩時，常奉行是二十四願，分檀布施不犯道禁，忍辱精進一心智慧，志願常勇猛，不毀經法，求索不懈。每獨棄國捐王，絕去財色，精明求願無所適莫，積功累德無央數劫，自致作佛悉皆得之，不忘其功也。」世尊說無量清淨佛於無央數劫奉行自己所立下之廣大二十四願，勇猛精進的勤修菩薩道、不毀經法，終至成佛。印順法師為何無法信受佛語？卻說：「聖者的覺，與天神的明，有著類似性。天的特性是光明，常人就從光明而想像天神。聖者，覺證法性清淨（或稱心清淨性、心光明性）而顯現慧光，佛就依世俗天界的現象，掃除神教的擬想，而表徵慧證眞理的聖者。」印順法師認為　世尊說《阿彌陀經》、《無量清淨平等覺經》，是以世間人對於天界天神崇拜的迷信精神為憑依，讓眾生轉換所崇拜與迷信之對象而已，這是把　佛的智慧與天神比為相類似，僅以其在人間所觀得之

現象來忖度　佛之所證。在印順法師的眼裏，　佛與玉皇大帝、一神教之上帝似乎沒有兩樣，那麼印順法師又是印哪個理、順哪個法而在佛教出家呢？

印順法師說：「**人人有永恆生命的願望，這是外道神我說的特色。人類意識中的永恆存在的欲求，無論是否如此，但確是衆生的共欲。這在大乘佛法中，攝取而表現爲佛不入涅槃的意思。**」（《淨土與禪》p.24）印順法師認爲大乘佛法攝取了外道神我的主張，　佛之無住處涅槃就是表現這種外道神我的意思；身爲佛教法師，竟將　佛之果德與外道之神我等同視之，無怪乎會處處將　阿彌陀佛與天神比較，將　阿彌陀佛與太陽比對；顯而易見的是：印順法師在佛教之教法上的見解，全部落在比量與非量上了。

外道之神我，以印度之勝論派所說爲代表，此勝論派所主張之極微論，認爲一切萬物之極微是實有、是常住的、永久不滅的，此常住之極微由不可見之力作用而集合離散。勝論派主張我是一個個體，意是心識，是存在我這個個體內不可見的實體。因此主張由這個心識我實體領受苦樂、果報、罪福，並由此心識我持業種到未來世受果報，因此說此心識爲神我、爲造作者、爲常不壞滅我。

將　佛所證常、樂、我、淨之清淨法界所顯無住處涅槃，說爲是外道之神我境界，於《楞伽經》中　世尊已因大慧菩薩之問而廣爲破斥，　世尊說此等外道都是於自己的意識思惟境界中，去妄想涅槃與解脫道而生種種錯誤見解，因爲於法界之理不能如實了知、不能親證，不能斷除最粗劣之意識相應我見，因此而於涅槃與解脫道生妄想，諸多邪見亦因未斷我見而生。

意識心之虛妄性，一般人皆可由善知識之教導而於自身之眠熟時，或自身修定進入無想定或滅受想定時，或觀他人悶覺時、正死位時，發現意識心之斷滅心相；心如果有斷滅相，即不是實相心；斷滅了再生起，需依能生之心而生，是所生之法，是依他而起之法，如此之心不能持一切無漏、有漏雜染之種；也不能持身，更不能生起其他之心與心所法，所以意識心是虛妄的。

此意識心是「意」（意根末那識）與「法」爲緣所生之心法，外道未具足佛法之正知正見，不知有第八識如來藏之存在，不知從因地至佛地皆由如來藏展轉而成就常樂我淨之清淨法界佛地眞如，所以將此意識心視爲常住實體之心；將印順法師及外道所墮之意識粗心與細心，說爲神我，尚可原諒。然而印順法師是佛教中之法師，將 佛已修斷分段生死煩惱障及種子，已究竟破除變易生死所知障之佛地眞如，將 佛不住生死、不住涅槃之無住處涅槃，說爲與外道神我—意識—同樣境界，然後再來妄說淨土說禪，於書中將 阿彌陀佛說爲太陽崇拜之淨化，是否要讓隨其修學之學僧與居士，隨他認取外道之神我論？或者跟他一起謗佛謗法？

阿含《大樓炭經》佛說：「此人間螢火之明，不如燈火之明；燈火之明，不如炬火之明；炬火之明，不如大火之明；大火之明，不如星之明；星之明不如月之明，月之明不如日之明，日之明不如四天王宮之明，四天王宮之明不如忉利天宮之明，忉利天宮之明不如天帝釋宮之明；如是展轉不相如，上至阿迦尼吒天宮之明。阿迦尼吒天宮之明，不如摩伊破天子之明；摩伊破天子之明，不如苦諦習盡道諦之明；苦諦習盡道諦之明，不如佛之明。」太陽物質的光，　佛說尚不及於四天王天之天宮所發出之明，更何況能及二乘證得道諦所發出解脫智之明？又更何況能及　佛所證無上大涅槃之解脫智與無上菩提之四智圓明之智光之明？以凡夫心量所能思議之物質之光，來比擬　佛所顯發之非物質之光，將太陽這顆恆星所發之光稱爲天的光明，稱爲是天神的明，已非恰當之比喻，更何況是以世間天神之信仰　來譬喻　佛地無可比擬無上智慧之光與明？所以說印順法師是虛妄說法者。

《大乘無量壽莊嚴經》中　世尊告訴阿難說：「彼佛如來，來無所來，去無所去，無生無滅，非過現未來，但以酬願度生，現在西方。去閻浮提百千俱胝那由他佛剎，有世界名曰極樂，佛名無量壽，成佛已來於今十劫，有無量無數菩薩摩訶薩，及無量無數聲聞之眾，恭敬圍繞而為說法。彼佛光明，照於東方恒河沙數百千俱胝那由他不可稱量佛剎……復次阿難！今此光明名無量光、無礙光、常照光、不空光、利益光、愛樂光、安隱光、解脫光、無等光、不思議光、過日月光、奪一切世間光、無垢清淨光。如是光明，普照十方一切世界……我住一劫，說此光明功德利益，亦不能盡。」

印順法師對於「如來之來無所來、去無所去、無生無滅、非過去現在未來」之意，妄以其所謂「滅相不滅，此不滅之滅相即是實相—自心如來」來忖度如來，印順法師於其《中觀論頌講記》中如是說：

《【如一切諸法，生相不可得，以無生相故，即亦無滅相】

這是以生相的不可得，例觀滅相的不可得。在「一切諸法」中，「生相」是「不可得」的。如〈觀因緣品〉，以自、他、共、無因四門觀生不可得等。所以無有生相，成爲佛法的根本大法。「以」一切法「無生相」，也就沒有「滅相」，無生，更有何可滅呢？》（《中觀論頌講記》p.167）

《【不一亦不異，不常亦不斷，是名諸世尊，教化甘露味。若佛不出世，佛法已滅盡，諸辟支佛智，從於遠離生。】

如上所說，「不一」「不異」，「不常」「不斷」的實相，就是即俗而眞的緣起中道。如有修行者通達了，那就可以滅諸煩惱戲論，得解脫生死的涅槃了。所以，此緣起的實相，即「諸」佛「世尊教化」聲聞弟子、菩薩弟子的妙「甘露味」。甘露味，是譬喻涅槃解脫味的。……佛說的緣起寂滅相，即實相與涅槃，才是眞的甘露味。得到了，可以解脫生死，不再輪迴了。這甘露味，爲佛與弟子所悟的；佛所開示而弟子們繼承弘揚的，也是這個。所以，佛法不二，解脫味不二；三乘是同得一解脫的。佛與聲聞弟子，同悟一實相，不過智有淺深，有自覺，或聞聲教而覺罷了！》（《中觀論頌講記》p.339）

印順法師以爲不需根本因—自心如來—即能自然成就五陰十八界緣起性空之生滅空相，以此無因而有之生滅空相，曲解　龍樹菩薩之《中論》眞實義；　龍樹菩薩於論中所說者，乃是自心如來之從來無生，因此而無生相可得；既無生相，當然無有滅相可言。而此無生相、無滅相，非是印順法師自解之一切法緣起性空之滅相；五陰十八界一切法，依於根本因—自心如來—有其眞實之生相與滅相；有情之自心如來雖然於每一期之分段生死中，隨著有情之善惡業種於三界中現行，而使得有情有出生與死亡之生滅與輪迴；有情之自心如來所執藏有漏業種因而有生滅變異現象，然而自心如來之心體卻從來無生相亦無滅相，此乃是 龍樹菩薩論中之正義。

由於印順法師並非眞實了知解脫道緣起性空之正理，也不承認另有佛菩提道異於二乘解脫道之理；他認爲二乘菩提的斷我見、滅我執的解脫道，就是全部的佛法，所以他不承認大乘經典所說的佛菩提道是正法，所以大乘經典所說的實相心第八識，他是不承認的；爲了鞏固自己這個偏斜的理論，就把大乘經典所說的第八識如來藏阿賴耶識心體，認定爲同於外道神我的第六識意識，就可以避開自己的說法與大乘經典相違背的窘境，就不必再顧慮自己的說法違背大乘方廣諸經的事實，所以如來藏思想第八識妙法，一直都是他處心積慮想要加以全面消滅、永遠毀壞的正法。

由於主動繼承藏密應成派中觀的這種邪見，所以就極力否定第八識如來藏妙義，故意將二乘菩提認定爲等於全部的佛法，所以就用二乘菩提的解脫道的緣起性空思想世俗諦，來解釋般若諸經中的勝義諦法義，就將 龍樹菩薩所說「不一不異、不斷不常」之第一義諦心實相，扭曲爲蘊處界緣起性空的二乘菩提法，然後再將般若定義爲諸法緣起性空而唯有名相之法，所以就說第二轉法輪的般若期經典眞義是性空唯名，就說萬法緣起性空的世俗諦即是般若中道第一義諦。

然而蘊處界及萬法的緣起性空，非是中道、非是實相；二乘所證之解脫道，是將能引生「生相、滅相」之未來世後有諸有漏業行滅了，使得意根斷除對自心如來之執著，而於捨報後不再作意生起五陰十八界法，意根把自我滅了而不再於三界現心行。五陰十八界之法是緣起性空之法，沒有能讓意根出現心行之業種爲緣，根本因自心如來即不於三界現行，二乘聖者之五陰十八界法即無從出生，如此說五陰十八界之法非是不生不滅之法。以二乘之修證而言，此五陰十八界有生滅現象，因此說五陰非我；就大乘菩薩之修證而言，此五陰雖然非我，然而此五陰卻是自心如來所生之一切法，自心如來不離五陰、不即五陰，自心如來與五陰不一不異。

自心如來所生之五陰雖然有生相、有滅性，然而自心如來之清淨自性心行與有情之五陰合和運作時，一向斷於語言道、一向自住於寂滅之涅槃相。有情之自心如來從無始以來就是恆而不審（不於六塵審察分別），因此說自心如來不斷；自心如來所執藏之業種隨著有情於分段生死中因滅果生的變異，因此說自心如來不常。龍樹菩薩論中所顯之實相，與諸 佛教導於菩薩之實相，皆同樣為自心如來之中道體性；諸 佛世尊所悟者乃是佛地眞如，而二乘所證之解脫道乃是不知不證自心如來，把自我消滅後，其自心如來獨存而不再於三界中現行。

倘若印順法師認為諸 佛與二乘所悟所證為同一實相，是說二乘也是佛（但是 佛於經中未曾有片語隻字說過二乘所證解脫果即是成佛），或者說沒有佛道可成、只有二乘之解脫果，或者是說只有二乘人所修的解脫道，沒有大乘人所修的佛菩提道（這就意謂著佛法是斷滅法），所以印順法師將五陰十八界之生滅相，強行比擬爲自心如來之無生相、無滅相；由此誤解之故而說：「**無生相，因此無滅相可言，此無滅相之相即是實相—自心如來。**」此種說法非但成爲魔說，亦是爲三世之佛所怨，亦爲 龍樹菩薩所怨，因爲這種說法是嚴重的誤解了 龍樹的中道正理！

印順法師無法了知「因地佛心」與「佛地眞如」乃三乘佛法之根本，乃三乘菩提之根本，而以一切法緣起性空爲根本，忽略了一切法的緣起緣滅，都是依於蘊處界才有的，所以緣起性空的法性也是依他起性，依蘊處界而有蘊處界的緣起性空，所以緣起性空絕對不是佛法的根本。緣起性空的正理，依蘊處界等三界有而建立；但是蘊處界卻是從眾生各各本具的自心如來中所出生的，所以世出世間一切法，以及三乘菩提等佛法，都是依自心如來而有的，所以自心如來—阿賴耶、異熟、無垢識—才是一切法的根本，才是三乘菩提的根本；失此根本或妄認根本，則對 佛於經中所言眞義，唯能於意識心之狹劣妄想中妄作安立，乃至以自己之凡夫妄想知見，在現象界所見之西方落日景像上，侷限勝妙之極樂世界爲此娑婆世界日月轉化之妄想法，妄言 極樂世界爲太陽崇拜思想之淨化，將淨土三經中 世尊所說之彌陀世尊謗爲子虛烏有之建立法。

再者，佛法非如印順法師所說唯以寂滅爲本性，佛法之本性從未曾如落日般失去過光明，就算印順法師此生捨報時，與印順法師之五陰十八界同時同處運作之佛法本性（即自心如來第八識阿賴耶識），絕不會因印順法師之覺知心於正死位失去覺知作用而失去其光明相，此佛法本性之光明相，從來不生也從來不滅，印順法師若能於此多多檢點，此生捨報時也許能有機會親證之後仔細觀之，到中陰身時就知我恩師 平實導師未曾欺汝，就知末學亦未汝欺。

眞正之佛法，並非唯以寂滅爲本性，亦非不以寂滅爲本性，若純以寂滅之性而言，自心如來恆時顯現之本來自性清淨涅槃即是寂滅性；然而此寂滅性若於二乘所證之無餘涅槃位而言，由於未能於三界中示現身意，因此無佛法可言。除了二乘之無餘涅槃位中有寂滅性以外，其餘一切十法界有情，皆有不寂滅之五陰十八界，依於其本來寂滅之本來自性清淨涅槃心而住，所以一切有情都具有本來而有的寂滅性，因爲如此才說一切有情本來常住涅槃，故說一切有情本來具諸佛法。印順法師若能對於五陰十八界之「空相法」進一步探討，必定會發現意識心是此生捨報時就會跟著壞滅之心，他沒有找到意根末那識，是正常的現象，因爲未證自心如來故，也因爲沒有眞善知識教他證驗意根故，也無法因親證自心如來而現前領受末那識與自心如來配合運作之微細行相故。

佛於《楞伽經》中說：「**諸識有三種相：謂轉相、業相、眞相。大慧！略說有三種識，廣說有八相，何等為三？謂眞識、現識及分別事識。**」一切有情所具有的識，略說有三種識相廣說有八種識，廣說就是細說各個識之獨自識相，略說就是將所有八識歸類而說，眼、耳、鼻、舌、身識及意識六個識歸類為分別事識，第七識末那識為現識，第八識自心如來為眞識，如此之廣說與略說，含攝了有情諸識之功能與體性（請參閱恩師 平實導師所寫《燈影》書中有深入解說）。印順法師隨時都可以從自己所具有的識相及他人所具有的識相，也就是從自共相中發現到只能找到六個識——眼、耳、鼻、舌、身識及意識；根據 佛所說的八個識相，還差兩個識未能找到，這兩個識（第八阿賴耶識與第七末那識—意根）絕對不是意識細心與意識極細心，意識細心與意識極細心皆是屬於意識心之變相故。

然而印順法師卻知道：如果只有六個識，那將落入斷滅見中，前六識皆是隨於此生捨報後投胎就斷滅了，不能去到未來世，因此說印順法師對於五陰十八界之空相並未如實了解，尚未證得意根故，也不知意識細心是斷滅法故。此空相之法並非無因而生，也非無因而滅，要因「來無所來、去無所去、無生無滅、非過去現在未來」之第八識自心如來，才能成就十八界法之生與滅，十八界空相的寂滅相也是因爲自心如來才有的。印順法師說「**佛法是以寂滅爲本性的**」，不僅誤會了解脫道，更是迷於佛菩提道之眞實理：佛法的寂滅爲本，是滅除五陰我、十八界我以後，只餘第八識如來藏離見聞覺知而獨存，所以才說涅槃寂靜而非斷滅境界，所以涅槃的寂靜、寂滅，是以第八識如來藏獨存作爲中心基礎的；但是印順法師卻否定如來藏實體，改以滅除陰界入而成爲斷滅境界時的寂靜境界，說爲佛法的寂滅境界，誤會太大了。由於他有這種大誤會，不知眞常唯心思想才是眞實佛法，不知只有如來藏才能建立二乘涅槃於外道所不能壞的勝境中，全力的否定自心如來第八識心體，才會將經中 阿彌陀佛與極樂世界之功德莊嚴，以其短淺之凡夫知見，妄說是太陽崇拜之淨化。

而 佛說「 彌陀世尊但以酬願度生，現在西方」，衆生一向隨名執名、隨相著相，西方這個方所乃是相對於著相之衆生而立，若能於此生參得自性彌陀，親見過去、現在、未來諸佛法界無差別相，就可以知道諸佛無差別相之法界非是物質之法，體性如虛空，沒有方所可言；有方所的乃是因於眾生自己五陰與器世間物質之法而顯現方所。此西方極樂淨土離　釋迦牟尼佛剎有十萬億佛剎之距離，　阿彌陀佛之光明，可照十方恆河沙百千俱胝那由他不可稱量佛剎，　佛說此光超過日月光、奪一切世間光，豈是印順法師所說落日之太陽光？印順法師之心量卻僅能以西方的落日與世間光太陽之光，忖度思量　彌陀世尊與極樂世界之不可思議功德莊嚴境界。

佛乃是如實語者、不妄語者，「佛智慧道德合明，都無有能問佛經道窮極者，佛智慧終不可斗量盡也。」　佛於經中告誡弟子之言，說菩薩經無央數劫之精進並成就四法，能放光明過十方剎土，佛弟子當善於正思惟並信受之，不應當以己之淺短心量、以己之不如理思惟而曲解經中佛語，卻來說「**攝取太陽崇拜的思想，於一切——無量佛中，引出無量光的佛名。**」以人間物質之光—所謂世間光—來比擬諸佛非物質之心光，來貶抑諸佛無量阿僧祇劫所修所累積之功德。　佛之光明為究竟圓滿之佛地眞如所顯發，乃是意識之思議所不能及的。

印順法師更主張：「阿彌陀佛的依正莊嚴，即依太陽而生起顯現」，阿彌陀佛已證清淨法界，此清淨法界即是佛地無垢識所顯眞如，即是常寂光淨土，非是果報之土，是眞實而究竟之淨土；極樂世界非是 阿彌陀佛之依報土，極樂世界乃是 阿彌陀佛爲度眾生住於極樂世界學佛而化現之化土，是受生於極樂世界眾生之依報土，非是 阿彌陀佛之依報土。

阿彌陀佛非是果報之身，果報之身終有壞滅之時，阿彌陀佛之清淨法界則無有壞滅之時，乃是常樂我淨之常寂光淨土；印順法師不知佛菩提道之修證內涵，其意識無法少分思惟忖度佛地之果德，因此而妄以太陽之世俗法，等觀 阿彌陀佛之出世間不可思議境界。若是眞修眞學佛法者，應當要虛心，要深心、至誠的信受佛語；佛法是應該眞修實證的，不是用來作學問研究的，不可將經典中的文字亂作串連而自立己論。又：如果無法確實瞭解 佛所說之微妙境界、甚深義理，則不應以世間之所見所知來解讀比擬，而企圖將佛法侷限於人間、侷限於娑婆，甚至將 阿彌陀佛、藥師佛與極樂、琉璃淨土，扭曲爲對太陽、天界之崇拜，印順法師今爲出家法師之身，享用佛陀於無量劫精進修得之三十二大人相、八十種隨形好之福德，不應如此胡作非爲。

印順法師更將吾等所居住之地球所屬之太陽系，視爲已函蓋了蓮華藏世界海及周圍不可數之世界海，然而阿含部《大樓炭經》 佛說：「諸比丘！如一日月旋照四天下時，爾所四千天下世界，有千日月，有千須彌山王……是名為一小千世界。如一千小世界，爾所小千千世界，是名為中千世界；如一中千世界，爾所中千千世界，是名為三千世界，悉燒成敗，是為一佛剎。」此地球所在之太陽系僅是 釋迦牟尼佛剎中一小千世界中一微小星系，印順法師卻將東方淨土中之八大菩薩說是取法於此太陽系之九大行星（地球不算在內，則爲八大行星）。 佛說若有人「能受持八分齋戒，或經一年或復三月受持學處，以此善根願生西方極樂世界無量壽佛所，聽聞正法而未定者，若聞世尊藥師琉璃光如來名號，臨命終時有八菩薩，乘神通來示其道路，即於彼界種種雜色衆寶華中自然化生。」印順法師將阿彌陀佛與極樂世界說是太陽崇拜之淨化，因此就將東方淨土中之八大菩薩說爲是以太陽爲中心之行星，並且妄下定論說：「東方淨土爲天界的淨化，這是非常明顯的」。

東方淨土離此娑婆世界有十恒河沙佛剎之距離，淨土名爲淨琉璃，是藥師琉璃光如來所化現之化土，於印順法師的思惟範圍，僅能以想像力於仰望穹蒼之時，將諸佛與佛國淨土以現象界之日月與行星予以構圖，其過咎最主要在「於佛無信、於法無信」，其意識心一向被無始無明所障，其往世意識心於過去世必定未曾與無始無明相應過，導致今世仍然落在意識細心之我見上，牢不可拔。

世尊也早就爲吾人說過，將會有不信 藥師琉璃光如來及其淨土諸多不可思議功德之信心不足者，《藥師琉璃光如來本願功德經》佛說：「如我稱揚彼佛世尊藥師琉璃光如來所有功德，此是諸佛甚深行處，難可解了，汝為信不？阿難白言：『大德世尊！我於如來所說契經不生疑惑，所以者何？一切如來身語意業無不清淨，世尊！此日月輪可令墮落，妙高山王可使傾動，諸佛所言無有異也。世尊！有諸眾生信根不具，聞說諸佛甚深行處，作是思惟：云何但念藥師琉璃光如來一佛名號，便獲爾所功德勝利？由此不信反生誹謗，彼於長夜失大利樂，墮諸惡趣流轉無窮。』佛告阿難：『是諸有情，若聞世尊藥師琉璃光如來名號，至心受持不生疑惑，墮惡趣者無有是處。阿難！此是諸佛甚深所行，難可信解，汝今能受，當知皆是如來威力。阿難！一切聲聞獨覺及未登地諸菩薩等，皆悉不能如實信解，惟除一生所繫菩薩。阿難！人身難得，於三寶中信敬、尊重，亦難可得，得聞世尊藥師琉璃光如來名號，復難於是。』印順法師即是 世尊所說不能於 藥師琉璃光如來信解之人，印順法師既非是聲聞證果者，也非是獨覺，更非是登地菩薩，對諸佛淨土不能如實信解，本是情有可原，然而印順法師更

應該聽從 佛之教導，以難得之人身，信敬、尊重諸佛所說之法，勸請印順法師應儘快收回其誹謗如來藏、誹謗 阿彌陀佛與東方淨土之書籍，並公開懺悔，讓人間佛教系統諸多無辜隨學者，能夠早日脫離錯誤之見解，得入 佛之正法修學，如此才是佛教法師應作之善良心行。

《無量清淨平等覺經》云：「阿難長跪叉手問佛言：『佛說無量清淨佛國中，無有須彌山者，其第一四天王，第二忉利天，皆依因何等住止乎？願欲聞之。』佛告阿難：『若（汝。古時若字與汝字通用）有疑意於佛所耶？八方上下無窮無極無有邊幅，其諸天下大海水，一人升量之，尚可枯盡得其底。佛智亦如是，八方上下無窮無極無有邊幅。……佛智慧道德合明，都無有能問佛經道窮極者，佛智慧終不可斗量盡也。』阿難聞佛言，則大恐怖，衣毛皆起。阿難白佛言：『我不敢有疑意於佛所也……』」阿難尊者已預知， 佛涅槃後將有學人對於極樂世界沒有須彌山一事，而有疑於 佛語者，所以為四眾弟子們提問，心中未曾有一絲疑意於 佛，尚且因此而汗毛髗立生大恐怖心；印順法師如今以出家法師身份，而淺化、狹隘化並神論化 佛所說「阿彌陀佛今在西方過十萬億佛土之極樂世界」乃是攝取太陽崇拜的思想，是太陽崇拜的淨化，是方便的將太陽崇拜含攝到阿彌陀中。印順法師將錯謬之想法落實於文字時，心中疑於 佛所說之法時，如何能不生起大恐怖心，而以此言論撰寫著作，來誤導諸多善良、純樸、老實之淨土修學者？

印順法師對於 阿彌陀佛與 藥師如來，對於極樂世界及東方琉璃光淨土，做了這樣外道化的立論判定以後，其座下「弟子」（昭慧法師、證嚴法師及追隨印順法師之星雲法師等）又將如何接引眾生？這些法師都同樣是以念（唸）佛、誦經、超度法會、佛七法會、大悲懺、三時繫念等法籌集資財者，而念（唸）佛與佛七法會，乃是稱念 阿彌陀佛，發願求生極樂世界者。傳法者既然心疑有無 阿彌陀佛及極樂世界，接引眾生時，心中無有具足信心，如此隨學之眾生如何能從傳法者得到法要、得到利益？每當念（唸）

佛結束或者法會結束，無不是要將念佛殊勝功德如此迴向：「普願沉溺諸有情，速往無量光佛剎」，豈非與自己的見解相違背？以這樣懷疑不信的心態，主持佛七…等法會，收取信徒錢財供養，絕不是直心的人所願作的事。

三時繫念法會更是要三時皆繫念著　阿彌陀佛並唱誦《阿彌陀經》，每一時之後唱誦到「阿彌陀佛，無上醫王，巍巍金相放毫光，苦海作慈航，九品蓮邦，同願往西方。」主法者心中所想的卻是：　阿彌陀佛是太陽崇拜之淨化？　阿彌陀佛所放毫光爲日月之光？西方淨土爲天界之淨化？以這樣懷疑的心念，要如何引渡那些幽冥眾生往生極樂？有何殊勝處可以讓參與法會者與所邀來之幽冥眾生受用而得度？證嚴、昭慧、星雲…等法師，接受人間佛教否定極樂的邪見，卻要度眾生去極樂，矛盾處處可見，心態顯然大有問題；不知隨學之有智大眾，是否曾仔細思考其中問題出在哪裡？這樣努力的參與他們所辦的佛七念（唸）佛、三時繫念超度法會、發心護持、參與眾多法會之義務工作，是學對佛法了嗎？是跟對善知識了嗎？此生往生極樂世界有望嗎？這是修學淨土法門的人所應一再深思的現實問題。

往生之助念也普遍的存在於各佛教團體，往生者借助於蓮友對佛語至誠之信受，信受西方極樂國之實有，心口不異、言念至誠的念　阿彌陀佛，乃至因此至誠之念而感得　彌陀世尊來接引往生者。倘若助念者心中本就狐疑著：「是否有　阿彌陀佛、是否眞有西方極樂世界？」那麼這樣的助念是要幫助往生者生於何方呢？不就只是以疑助疑，以盲引盲罷了！

所幸，「前知無窮、卻睹未然、豫知無極」之佛陀，早就已經料到會有這樣的現象，因此於二千五百多年前就不問而說，讓阿難尊者記下，讓行者得以引以為戒，不犯此過失，然而前提乃是要信根信力具足，信受佛語者方能得法。佛於《無量清淨平等覺經》中如是說：

「……其人奉行施與如是者，若其然後中復悔，心中狐疑，不信分檀布施作諸善，後世得其福；不信有無量清淨佛國，不信往生其國中。雖爾其人續念不絕，暫信暫不信，意志猶豫無所專據，續結其善願名本續得往生。其人壽命病欲終時，無量清淨佛，則自化作形像，令其人目自見之。口不能復言，便心中歡喜踊躍，意念言：我悔不知益齋作善，今當生無量清淨佛國。其人則心中悔過，悔過者過差少，無所須及。

其人壽命終盡，則生無量清淨佛國，不能得前至無量清淨佛所。便道見無量清淨佛國界邊自然七寶城，心中便大歡喜，道止其城中。則於七寶水池蓮華中化生，則受身自然長大，在城中，於是間五百歲。其城廣縱各二千里，城中亦有七寶舍宅，舍宅中自然內外皆有七寶浴池，浴池中亦有自然華繞，浴池上亦有七寶樹重行，皆復作五音聲。其飲食時，前亦有自然食，具百味食，在所欲得。其人於城中快樂，其城中比如第二忉利天上自然之物，其人於城中不能得出，復不能得見無量清淨佛。但見其光明，心中自悔責，踊躍喜耳；亦復不能得聞經，亦復不能得見諸比丘僧，亦復不能得見知無量清淨佛國中諸菩薩阿羅漢狀貌何等類。其人若如是比而小適耳，佛亦不使爾身，諸所作自然得之，皆心自趣向道入其城中。

其人本宿命求道時，心口各異，言念無誠，狐疑佛經，復不信向之，當自然入惡道中。無量清淨佛哀愍，威神引之去耳，其人於城中，五百歲乃得出。往至無量清淨佛所聞經，心不開解，亦復不得在諸菩薩阿羅漢比丘僧中聽經。以去所居處舍宅在地，不能令舍宅隨意高大在虛空中；復去無量清淨佛甚大遠，不能得近附無量清淨佛。其人智慧不明，知經復少，心不歡樂、意不開解。其人久久，亦自當智慧開解知經，明健勇猛，心當歡樂，次當復如上第一輩。所以者何？其人但坐其前世宿命求道時，不大持齋戒、虧失經法，心意狐疑、不信佛語，不信佛經深……」

佛於經中所說此種往生極樂世界邊地之行者：「不信有無量清淨佛國，不信往生其國中。雖爾其人續念不絕，暫信暫不信。」正是指出印順法師及星雲、證嚴…等人目前之處境（求生極樂者，另有一重要前提必須注意：不謗大乘、不誹謗如來藏正法。若謗，則歸於不得往生者，因爲 阿彌陀佛不攝受謗大乘、誹謗如來藏正法者，此於經中，佛已多次提到，不可不知）。大眾發了至誠心學佛念佛，應當要清楚所隨學之善知識：其所建立之宗旨與行門，是否不違　佛說，是否眞能帶領學佛之行者達成所發之善意初衷，行者應當於善知識之著作或開示中，仔細閱讀，知其宗旨，於其宗旨契合　佛說之前提下，再來學其所施設之方便善巧，方能不違所願，不虛此生在佛法上精神與時間及財力之戮力付出。

精進念佛迴向發願往生極樂世界者，無非希望確保往生、品位提升，然而佛說：「其人本宿命求道時，心口各異，言念無誠，狐疑佛經，復不信向之，當自然入惡道中……其人但坐其前世宿命求道時，不大持齋戒、虧失經法，心意狐疑、不信佛語，不信佛經深。」倘若口中精進念佛，心中卻對　佛於經典中說有十方諸佛、有諸佛淨土產生懷疑，由於受到隨學善知識（此處應說是惡知識）廣將錯誤之見解撰寫成書流通於世之影響，被誤導以至成就此疑者，應當是要入三惡道受果報的。此類心口各異、言念無誠、狐疑佛經，臨命終時卻因有人為他建立信心而感應 佛之示現，往生至極樂世界邊地者，雖然由 阿彌陀佛之大悲大願所哀愍攝受，不落入惡道，得生於極樂世界，暫時無有生死現象之果報，卻在極樂世界之五百歲中不得出邊城、聽不到佛法、見不到諸上善人——佛、菩薩、阿羅漢等，只見到佛之光明（此時心喜雀躍，絕不疑於 佛之光明，深知確為太陽之光明所無法比擬者，深深的懊悔責備自己宿習疑於經典與 佛語），此乃前世在娑婆世界學法求道所種下疑因之果報。往生邊地者，五百歲（極樂世界一日為娑婆一劫，極樂世界五百歲為娑婆不可數之無量數劫）後，悔改前非並於 佛生信，乃得出邊城，往 阿彌陀佛所聽聞經法，然而不僅聽法時無法開解，也無法與諸菩薩阿羅漢等一起聽經受學，也不能得近 阿彌陀佛，只能「心不歡樂，意不開解」的在極樂國混日子，到久久後智慧開解、了知經義為止。

在此要誠懇的勸請隨學於印順、星雲、證嚴法師之四眾弟子，此生若眞的想要往生西方極樂世界，但不想往生到極樂世界之邊地，應當儘快確認所修所學是否契合　佛說，佛所說之淨土經典並不會太艱深，應當將印順法師所寫之《淨土與禪》書中對於淨土之立論宗旨，與經中　佛所開示之法語加以釐清：究竟應相信　佛語？或者應相信印順法師之主張？

寫書的人在書中所寫的語句，就是代表其心中所思與所解，不能不小心其立論。立論偏頗以後，再於其他篇幅談論淨土法門之念佛修學等等，一定會違背佛意，此乃是將佛法當做學問來研究者所無法自圓其說之處。將　彌陀世尊說爲太陽崇拜之淨化，將東方淨土說爲天界之淨化，完全誣衊佛無量劫精進之眞修實證，乃是　佛所說「**虧失經法，心意狐疑、不信佛語，不信佛經深**」之人，這樣狐疑不信的人來談淨土法門，又有何意義？像這樣的跟隨印順、星雲、證嚴法師修學人間佛教，能學到甚麼眞正的佛法？

然而，此時有三條路可以對這些無辜被誤導者補救，其一，請印順法師儘快更正書中對於　阿彌陀佛與東方淨土所寫，與佛語不符之私自解釋處，並公開懺悔所犯之過失，重申：身爲出家法師應當信受佛語、信受經典所說之甚妙法義，以挽救諸多被誤導之四眾弟子。其二，若各道場法師畏懼於印順法師等人之現存勢力與名聲，不想與之抗衡，那麼應當為著自身所發心之初衷著想：為的是要念佛上品往生極樂國，就應當另覓可以依靠之真正善知識；依此善知識之正確教導，有殊勝之法門可以上品三生而往生，可以暫免輪迴六道之苦。恩師 平實導師所弘傳之無相念佛、無相憶佛拜佛、體究念佛、實相念佛是此中之上選，行者可以請閱 平實導師所撰寫之《無相念佛》、《念佛三昧修學次第》、《禪——悟前與悟後》等書詳細閱讀，必定可以確認末學所言不虛。其三，認定印順法師是有名氣之法師，縱然是他書中寫錯了，但是自己修正此錯誤之見解，自己重新培植對 彌陀世尊及西方極樂國之信心，並於佛前懺悔過去因為被誤導所形成之疑，請求 彌陀世尊及觀世音菩薩慈悲加被，令行者得能於此生往生極樂國，捨除邊地之果報。

第三節　謗大乘、誹謗正法者不得往生

阿彌陀佛於因地發願時說：「設我得佛，十方衆生至心信樂欲生我國，乃至十念若不生者，不取正覺，唯除五逆、誹謗正法。」爲何未曾修學佛法乃至造諸惡業者，於往生時只有一念之善，彌陀世尊便大慈大悲的予以攝受往生至極樂國？修十善業而不造惡業的善人，只是誹謗如來藏正法，卻不能往生極樂？造惡生西者，雖然品位攝於下品下生，乃是勝於修學佛法卻誹謗正法、謗大乘者。彌陀世尊爲何不攝受誹謗正法、謗大乘者？修學念佛法門求生極樂世界者，不得忽略此中之要義。

首先，要瞭解何爲正法？何爲大乘法？茲摘錄《勝鬘師子吼一乘大方便方廣經》經中法語如下：

《勝鬘白佛言：「世尊！攝受正法者是摩訶衍，何以故？摩訶衍者，出生一切聲聞緣覺世間出世間善法。世尊！如阿耨大池出八大河，如是摩訶

衍，出生一切聲聞緣覺世間出世間善法。世尊！又如一切種子皆依於地而得生長，如是一切聲聞緣覺世間出世間善法，依於大乘而得增長。是故世尊！住於大乘、攝受大乘，即是住於二乘，攝受二乘、一切世間、出世間善法。如世尊說六處，何等為六？謂：正法住、正法滅、波羅提木叉、比尼、出家、受具足，為大乘故說此六處。何以故？正法住者，為大乘故說，大乘住者即正法住；正法滅者為大乘故說，大乘滅者即正法滅。……」

「大乘者即是佛乘，是故三乘即是一乘；得一乘者，得阿耨多羅三藐三菩提，阿耨多羅三藐三菩提者，即是涅槃界；涅槃界者，即是如來法身；得究竟法身者，則究竟一乘，無異如來、無異法身，如來即法身。得究竟法身者，則究竟一乘，究竟者即是無邊不斷。」》這一段經文中，勝鬘夫人已明白的告訴我們：

大乘法即是正法，大乘法即是成佛之法。透過佛菩提道的次第，修學大乘了義正法，從初住位至六住位中修學般若波羅蜜，於第七住位正觀現在前，證得因地眞如—如來藏阿賴耶識；此阿賴耶識是諸如來清淨之藏，即是諸佛法身。由於證此阿賴耶識故，受到諸佛菩薩及善知識之所護念與攝受，故此菩薩得能生起無分別智，進斷諸煩惱障現行及隨眠，並斷諸所知障隨眠；究竟清淨阿賴耶識中有漏之染污種子，究竟圓滿成就解脫道與佛菩提道，亦即斷煩惱得大涅槃，斷所知障證無上正等正覺。而此阿賴耶識到佛地時，亦爲諸佛所常寶持著，此時之阿賴耶識即是清淨圓滿果德之無垢識—佛地眞如。

一切聲聞、緣覺法，世間、出世間善法，皆依此阿賴耶識心體及種子，而有聲聞緣覺可證；聲聞緣覺所修所斷所證之苦、集、滅、道諦，皆是世間一切眾生緣於阿賴耶識之因，而得以緣起緣滅者，此世間之苦集滅道諦皆是意識所可思議得及的，此世間之苦集滅道諦，緣於分段生死之五陰十八界而修而斷而證；五陰十八界及世間一切法，乃是阿賴耶識集父精母血、善惡業種及四大等諸緣所生之法；二乘所證之涅槃，也是因於阿賴耶識不再受後有之五陰十八界果報，依阿賴耶識之本來自性清淨涅槃而說二乘證得有餘、無餘涅槃。

二乘雖斷了一念無明四住地煩惱，滅了五陰十八界，然而尚有無始無明住地上煩惱，及其所相應之煩惱障習氣隨眠未斷，此諸上煩惱及煩惱隨眠只有佛菩提智之力（也就是聖道力）可斷，因此說大乘佛菩提道知一切苦，非如二乘所知之苦為有餘之苦；大乘斷一切集，二乘所斷為有餘集；大乘證一切滅，二乘為證有餘滅；大乘修一切道，二乘所修為有餘道。因此勝鬘夫人說住於大乘、攝受大乘，即是包括住於二乘、攝受二乘、世間及出世間一切善法，三乘即是一乘故。

由於五陰十八界非是能自己無因而生之法，五陰十八界滅了以後若是一切空無，則二乘法之修證即成斷滅法；若無如來藏阿賴耶識，則無有二乘法之解脫道可修證，更無有大乘法之佛菩提道可修證，一旦離於實相心阿賴耶識而說解脫道與佛菩提道，則佛法將落於外道法之常見、斷見或邪見中，正法則滅；正法一旦滅了，佛法則滅。

因此，大乘法之因、成佛之因，就是法身如來藏—阿賴耶、異熟、無垢識，彌陀世尊依此根本因、根本識，以及所發之大願力，於無央數劫之勇猛精進，成就無量圓滿莊嚴之功德，乃至哀愍眾生、不捨眾生、護念眾生、利樂諸有情，皆不離此根本因而得成就，此佛心對於眾生之恩德浩瀚無窮，惠澤於眾生無量無邊！縱然得能往生至極樂國，花開以後想要眼目開明而見佛，也得要聽聞、修學無上甚深第一義諦之理，此第一義諦甚深妙法即是如來藏阿賴耶識之法要，即是修學般若波羅蜜之法行。

親證自心如來藏阿賴耶識以後，方能眞正聽懂第一義諦之理，方能漸漸增廣般若波羅蜜之法行，乃至漸修而增廣至佛地不可思議之法行。不能證得如來藏的人，往往會否定法界眞實心阿賴耶識，即是謗大乘、誹謗正法者，佛說誹謗正法者即是斷善根者；誹謗阿賴耶識即是謗菩薩藏者，成就了地獄種性而與正法越行越遠，乃至無法聽聞佛法。此種斷善根者自行種下了地獄之因，於成佛之因，眼盲耳聾、見而不識、聞而不覺，心意闇鈍無明重障，乃至一念之善皆無法生起，要如何與 佛相應？要如何期望 阿彌陀佛之攝受？因爲往生極樂世界後，親隨 阿彌陀佛所學的法門，也是親證阿賴耶、異熟、無垢識。然而行者又要如何避免謗大乘、誹謗正法之行？有以下三種情況要謹慎，以思遠離：

一者、行者由於所親近之善知識，本未曾於佛法實證眞心本性，續而依此親證之般若智慧以經教之義理眞修實證，故未能以實相般若或增上慧學之證量，及 佛之眞正聖言量來弘法；甚至出書廣傳佛之正法時，純粹以佛學研究之立場，於其著作中研究經中之佛語或者菩薩之論著，作爲眞正佛法，其實卻是錯會佛意的「佛法」。因此，對 佛於三轉法輪之觀機施教所說法義無法信解，如同《深密解脫經》中，成就第一義菩薩說：「**世尊！如來初成應正等覺，於波羅奈城仙人集處，諸禽獸遊處，為諸修行聲聞行**

人，一轉四諦希有法輪，世間一切沙門、婆羅門、天人、魔梵無能轉者，若有能轉依法相應，無有是處。世尊！此第二轉法輪，說上法相可入法相，分別彼諸不了義修多羅，為住大乘眾生，說於諸法『無、有』體相。諸法不生、諸法不滅、諸法寂靜、諸法自性涅槃，希有之中復是希有。世尊！此是第三轉法輪，為住一切大乘眾生，說諸法無體相，不生不滅、寂靜自性涅槃，善說四諦差別之相，希中希有，無人能入，無人能對，無人能諍，更無有上，更無有勝，了義修多羅無諍論處。」經文中成就第一義菩薩已明白告訴我們，第三轉法輪所說法乃是更「無有上、無有勝」之了義法，已明白的說初轉法輪的二乘法乃是爲諸修行厭離三界生死之聲聞行人而說，然不是最究竟的。此時二乘行者之心量只知涅槃解脫，未入住大乘實相般若境界，無法信受瞭解大乘甚深妙法，並非佛法有三時法義之諍論處或者矛盾處。然而，純做佛學研究者，卻無法了解此點；於經中所說之不同名相與境界無法貫通徹解，處處以研究分析歸納所得之見解及觀點來楷定佛法之義理，撰寫眾多似是而非之**佛學研究**書籍，使得尚無揀擇力之行者讀之而被誤導，於吸取佛法知見之同時，不知已被惡知識植入**將來必謗大乘法**之毒藥，印順法師即是此中之極者，昭慧、星雲、證嚴等法師則盲從追隨之。

茲舉印順法師書中對阿賴耶識「**研究**」之「**見解**」如下：

《**阿賴耶識，是以虛妄分別為自性的**；種子是熏習所成的。賴耶識與雜染種習，混融為一——這樣的種子阿賴耶識，為生死雜染法的所依止，由此而生死相續（依如來藏說，依如來藏，才能說有生死）。》（《以佛法研究佛法》p.293）

《**如阿賴耶識是有為的生滅法相**，而阿賴耶識的識性，即是眞如，所以就名爲眞心與自性清淨心。》（《以佛法研究佛法》p.334）

《再就中觀**學者的見解**來說如來藏：唯識與眞常論二家，就其講唯心的這一立場言，二者是共通的。中觀學者，對此有一不大同的見地：一、如來藏爲佛所說，是對的，但是不了義教。如佛在《楞伽經》中，明白地說過：我本說空、無相、無願、無我等法，但因一般印度宗教學者驚畏於無我句，不能信受，以爲無我不能建立生死涅槃，因此而說空性爲如來藏，使他們覺得有一似我的如來藏，這才信受佛法。其實，這如來藏即是法空性、法無我性的方便教說，所以說如來藏爲依是不了義的。二、唯識的阿賴耶識也是不了義的。因爲這又是如來藏的別名，如《密嚴經》中說：「佛說如來藏，以爲阿賴耶，惡慧不能知，藏即賴耶識」。佛陀雖以法性、法空性等方便說爲如來藏，但有的眾生，不能信受這常住不變的如來藏爲所依。但不能深契無我無常，所以不能不稱如來藏爲阿賴耶，說爲相續不斷的心識爲所依。如來藏既是佛陀的方便教說，則依此而立阿賴耶，更是方便教說了。

依中觀學者說：一切法性本來是空寂的。眾生的生死輪迴，是由無始以來的無明、業、生死，形成一個一個的個性，由無明起業，業感生死，造成一個前後相續不斷的個體。這如幻如化的生死，形成一個統一的體系，如五蘊的和合，成爲生命的統一體；前生後生，構成生死輪迴的統一性。眾生的煩惱業果，以及一切精神與物質現象，都是無常無我本性空寂的。這一切，雖然是無常的，但因前後生的相續不斷，而又成爲相似的統一；雖然是無我的，但由五蘊的聚合，也成爲統一的相似的我（假我）。眾生即在這相似的假我上，而執常執我，其實這常我的當體，即是無常無我，當體空寂。在這無常無我的緣起法上，有些人引生出一個問題：一切法既然本性空寂的（他以爲沒有），無常的（他以爲間斷），爲何會有生死連續的現象？一切法既是無我的，爲何又有生命個體（我體）的現象？對於他們，無常無我的深義，完全不能理解，因此不能信受佛法，佛陀這才就本性空寂的法性，方便說爲如來藏，說有一常住不變的（似我）體性，所以眾生有業有果，有生死輪迴。這樣，引他們信受入佛法，再次第引導，使了解如來藏即是法性空寂無我的別名。佛說阿賴耶識，也是如此。唯識學者，信受無常無我，所以不同意依常住不變的（我體）安立生死輪迴，而在無常生滅法上安立生死輪迴。但對無常生滅的生死延續，認爲是剎那剎那不能間斷的。在唯識學者研究起來，眼等六識是不能安立生死輪迴的，因它有時會間斷，必須要一從未間斷的恆轉相續如瀑流的識，才能成立生死輪迴。如眾生所造的善惡業種子，在相續識中，才會保藏不失。我們見了東西會憶念，造了業會感果，這一切都是由相續如流的識而成立。佛陀因這類眾生雖然信解無我無常，而對無常無我的深義，還有隔礙，**所以不得不將不變常的如來藏，說為相續常的阿賴耶識了**。而這阿賴耶識，一般人還是容易認爲是「我」的。如《解深密經》說：「阿陀那識甚深細，一切種子如瀑流，我於凡愚不開演，恐彼分別執爲我」。一般人聽到阿賴耶、阿陀那，即以爲是從前生延續到後生的生命主體，與常我相似。其實佛說的阿賴耶識，是指即本性空的生死延續中所表現的統一性；隨順眾生以心爲我的見解，說此爲識。此識即是本性空寂的，空性即是如來藏，也就稱此如來藏爲阿賴耶。唯識學者的這種生滅相續論，中觀學者是不能贊同的。如造業，是剎那滅的，業滅過去，並非沒有，而是存在的。如從過去到現在，從現在到未來，業是存在的，有用的，不過這種存在，只是過去有，非現在有，因爲有此業存在，才能感受生死苦果。法性空中無礙，過去雖然過去，或者很久了，仍然可起用，**不必要相續才能成立因果，所以中觀者不必立阿賴耶識**。如釋尊在《阿含經》中，以及極多的大乘經中，並未說到阿賴耶識（編者案：此說違背事實，自是印順法師讀而不解，因爲大乘方廣經中處處說有阿賴耶識），難道就不能安立生死輪迴嗎？**只要真正理解緣起性空的真義，無常無我而能成立生死與涅槃，何必再說如來藏與阿賴耶識**？只因眾生根鈍，所以爲說如來藏或阿賴耶識法門，使其確立生死輪迴與涅槃還滅的信念，能在佛法中前進，這是極好的妙方便了。所以，中觀學者從不如唯識學者那樣，反對《起信》與《楞嚴》，也不說唯識非佛法，只說是方便說而已。如對佛法——法性空寂而緣起宛然的認識進步了，知道什麼是如來藏，什麼是阿賴耶識，自然會進入佛法的究竟法門。所以佛說各種法門，都是有用的，並非說六識的不圓滿，說八識才圓滿；也不是說如來藏不空才究竟，說眞如空就不究竟。中觀學者依於性空緣起的深義，所以是確信一乘的，一切眾生皆可成佛的。但不像眞常學者一樣，說如來藏本具一切無量稱性功德。也不像唯識學者，說阿賴耶本有一切無漏種子。因爲中觀者信解因果如幻的三世觀，染淨無實的隨緣觀，不會落入非先有自性不可的見地。》

（《以佛法研究佛法》p.338 ～ p.342）

上段文中所說的中觀學者，即是印順法師本身的立場，是認同藏密應成派中觀之學者，主張緣起性空是最究竟的，他們認爲此緣起性空不必依如來藏阿賴耶識而有，說如來藏阿賴耶識是 佛之方便說；誤以爲三世之生死相續之業，不必相續心持業種，能夠無因而於無常無我之空無中，自然形成一生又一生、一個又一個的眾生我，而成統一之一體，不必相續心大乘之因、成佛之因如來藏阿賴耶識來持種。從其書中之數段文字，就已經表露其宗旨無疑（讀者可另請閱恩師 平實導師所著之《楞伽經詳解》三至九輯、《燈影》等書，於書中 平實導師將印順法師之著作，有關誤解經義、斷章取義，或者自創見解而異於 佛意之處，詳細比對經文，於正邪之處予以仔細申論辯正，讀者閱之當可更加明瞭末學所說不虛，此處不再另舉。）如此的無因論者，與斷滅見又有何異？寫再多的文字去研究經論語句，只有更暴露出他未眞修實證之事實，顯示對於 佛之經教嚴重扭曲，將 佛所說《**佛說如來藏，以為阿賴耶，惡慧不能知，藏即賴耶識**》，強行扭曲解釋爲：「佛陀雖以法性、法空性等方便說爲如來藏，但有的眾生，不能信受這常住不變的如來藏爲所依。但不能深契無我無常，所以不能不稱如來藏爲阿賴耶，說爲相續不斷的心識爲所依。」

由於印順法師未曾證知如來藏阿賴耶識，因此對於三轉法輪諸經提到之本際、實際、所知依、窮生死蘊、菩薩心、無心相心、非心心、如來藏、阿賴耶識等名相，完全不知道 佛意，完全不知所說的種種名稱都是指同一個、生起一切法之根本識，也就是大乘之因、成佛之因——如來藏阿賴耶識。佛乃是於三時觀機施教中，對於不同心量、不同種性的修行人，而方便以其可以信解之名相解說法要，其中有權亦有實，並非如同印順法師說的「以法性、法空性等方便說爲如來藏」；由於誤會了，就以二乘解脫道的淺義，來解釋大乘佛菩提的妙廣深意。

心量狹劣者，或邪見深重者，或將佛法當學問研究者，無法正知正解　佛所說的阿賴耶識就是如來藏，就是佛地的無垢識——佛地眞如；那就是佛所破斥的「惡慧」者。　佛以眞實義之根本因——如來藏阿賴耶識——更無有勝、更無有上之第一義諦了義妙法爲中心，貫穿三轉法輪所說三藏十二部圓滿經教一切法義，於經教中所說到之眞心本際如來藏，皆非方便說，而是如實說。印順法師卻說依如來藏、依阿賴耶識是不了義的，與　佛說正好相反，我們是應相信將佛法做學問的印順法師所說？或者應相信經中　佛所說及菩薩所說？有智之學佛人應愼思之！

阿賴耶識非如印順法師所說以虛妄分別爲自性，虛妄分別是染污末那識之遍計執性，妄執阿賴耶識之體性爲自內我，又妄執六識之了別功能性爲我所有，因此遍計執我而恆審思量作意，引生意識之諸多虛妄分別。阿賴耶識之自性有七種性自性（集性自性、性自性、相性自性、大種性自性、因性自性、緣性自性、成性自性）、七種第一義（心境界、慧境界、智境界、見境界、超二見境界、超子地境界、如來自到境界）；此阿賴耶識之自性即是三世諸佛之第一義心，因此第一義心才能成就世間法（一切世間三界六道之法）、出世間法（二乘解脫道）、世出世間上上法（大乘佛菩提道），非是「以意識心爲自我」之印順法師所思議得及的。

無始以來之無明（即是無始無明，無始以來不明阿賴耶識心之所在與其眞實無我之體性）、業、生死，更是要相續心阿賴耶識之持種性與「性自性」，方能因果不亂的成立而運行；這些業種、無明種等，並不是存在虛空或空無之中，印順法師主張存在虛空（空無）之中，有許多的過失，因果將會雜亂，果報將會錯亂，是大錯特錯的虛妄說。印順法師之意識心，由於印順法師自己所未曾相應之無始無明住地，而住於印順法師自己的如來藏中，未曾斷過以意識心所執取之五蘊爲我之我見；已斷我見、斷一念無明四住地煩惱之二乘聖人，尚且不知不覺無始以來即不明了之第一義心，更何況未曾斷我見之印順法師，如何能證得如來藏而打破無始無明？研究佛法數十年之印順法師尚無法斷意識相應之粗劣我見，更何況隨其修學諸多徒眾？

印順法師說一般人容易將阿賴耶識認爲是我，但是意識心不知不覺阿賴耶識所在，意識心一向與無始無明不相應，如何能認取阿賴耶識爲我？一向執取「阿賴耶識之功能性」爲自內我之末那識，印順法師更未曾與其相見，要證此阿賴耶識得要先破無始無明—親證阿賴耶識而發起般若智慧，之後受善知識攝受，並隨學增上慧學一切種智，方能少分以意識心證知此末那識如何執阿賴耶識爲我，印順法師所說僅是意識境界所生之妄想，毫無實義可言。

意識心所相應的是五遍行、五別境、善十一、六根本煩惱、二十隨煩惱、四不定等心所有法；意識心所覺知之自我，離不開此諸心所有法之運作，能函蓋意識心之五陰十八界，都是有爲生滅之法；能出生此五陰十八界之第八識阿賴耶識，卻非是生滅之法，能生萬法之法一定是無生之法，其心體無有生滅之法相，只因第八識所執藏種子有生住異滅之流注相，故說體無生滅而種子有生滅，名爲非斷亦非常，非第八識之識體有生滅相。

印順法師由於未斷我見，因此也落於意識之自我覺知中，不能於三藏十二部經以眞實如來藏所演說之經義貫穿法要，硬是要將 佛所說之阿賴耶識心體，以自己之意，解說爲**「其實佛說的阿賴耶識，是指即本性空的生死延續中所表現的統一性」**，更否定阿賴耶識非本有一切無漏種子（其意即是說阿賴耶識是有生有滅的，成佛所證之佛地眞如則是另有一眞如存在，非是阿賴耶識心體。這種說法完全不對，請詳閱恩師 平實導師所著《燈影》一書，有詳細之摧邪與顯正之處），其將無常無我本性空寂之緣起無常性空之方便說──二乘涅槃，立論爲究竟了義；卻又嚴重誤會二乘涅槃之內容，猶如瞎子摸象，以其所觸摸之局部就認爲是大象之全貌，以其於世間所見之現象界生滅法，認爲是佛法之全部。如此法師，於解脫道尚且不知不證，更遑論含攝解脫道、以根本識阿賴耶識爲主體之佛菩提道耶？

印順法師將佛法之根本，假藉學術研究之名，別創見解予以腐蝕，讓讀其著作之隨學者也跟著誣蔑阿賴耶識爲虛妄生滅之法，因此共同成就了誹謗大乘、誹謗正法的重業，使得念佛迴向發願往生西方極樂世界之德行無法成就，於捨報後更要受未來世長劫之地獄果報，印順、星雲、證嚴法師等人，這樣推廣人間佛教而戕害念佛人，眞是於心何忍？

由於印順法師認定**阿彌陀佛爲太陽崇拜之轉化**，又認定：「**不必有如來藏阿賴耶識的存在，就可以使業種無因而有，而成立三世。緣起性空就是一乘之究竟義理。**」又成就誹謗大乘之重業，此時連往生到極樂國邊地之方便果報，也被他自己破局了；不知那些追隨人間佛教邪思而學佛的四眾弟子們，知道這個事實以後，夜深人靜、午夜夢迴時，是否仍然能夠安住而不感到驚怖？發心學佛之初衷應該不是如此吧？

末學在此勸請尚未形成誹謗正法惡業之念佛行者，儘速遠離此邪見之教導，應信 佛於經中所說之教理；如契經中 佛說：「**一切眾生阿賴耶識本來而有，圓滿清淨出過於世，同於涅槃。……佛說如來藏，以為阿賴耶，惡慧不能知，藏即賴耶識；如來清淨藏，世間阿賴耶，如金與指環，展轉無差別。**」應信 佛所說眾生本都具有圓滿清淨之阿賴耶識，此阿賴耶識是實相心，非是方便施設性空唯名之名相，可親證、可現前領受其德用（對親證此心而不否定者而言），應捨棄印順法師等佛學研究者之研究見解：「如來藏阿賴耶識爲 佛之方便說、非實有。」若無因緣值遇佛法中眞修實證之善知識，或者慧力不足以揀擇似是而非的顢頇語句，那就老實念佛，多修三福淨業之善行，發願迴向往生極樂國，遠勝於跟隨邪師修學人間佛教的邪見，請愼思！請三思！

二者、或有行者於過去世曾與依經教眞修實證之善知識有過一時之善緣，而親近此善知識修學大乘了義正法，但是卻由於福德修集不足，無法透過自己之參究而親證因地眞如—如來藏阿賴耶識，得靠善知識之慈悲，以明講方式告知阿賴耶識，再以思惟方式體驗而非於刹那頓悟產生一念相應慧。若是性障較輕者，雖未有因緣親自一念相應而頓悟，於善知識處，不斷熏聞了義甚深妙法，在善知識之攝受下，也能夠精進的「聞、思、修」總相智（根本智）以上之別相智（後得智之局部），更深入的體驗此阿賴耶識，於現前領受阿賴耶識的德用時加以觀行，並將善知識所傳授之正法知見如實思惟，也努力消除個人煩惱障之現行，以期領受、增長更深更寬廣之別相智—一切種智妙法，這樣也同樣可以建立根深柢固的見地，於七住位以上，常住不退。

然而，在性障較重、慧力又不夠深利、福德也不具足的情況下，往往容易在個人的有所求心上著墨，或者由於個人私願不能達成，或者個人由於未親證如來藏阿賴耶識心，乃因聽聞而知，沒有完全斷我見之功德受用，退入於我見之中，懷疑所證之阿賴耶識心體，認爲不是如來藏，就不能轉依其無我性眞如性，就會在「五陰我」上計著而隨順於習氣之現行，乃至慢心、瞋心現起而不自知。或因善知識無法隨順其個人私心之所求，或共修團體之運作無法滿足個人之私願，以至於爲我慢所障而生起瞋心，又不顧及犯戒所造成之果報，或以無根誹謗善知識爲手段，企圖離間正法之共修團體。或因未親證如來藏阿賴耶識心，乃聽聞而知致疑見未斷，甚至於懷疑自己所證、疑於善知識所教、疑於阿賴耶識外另有實相心，此疑見於慢心障礙、現起瞋心時，不顧「於善知識處受法而得妙法」之恩惠，得少爲足，再加上誤解經論之佛語與菩薩語，另創見解而起增上慢，所創之見解爲：「阿賴耶識是生滅的，如來藏非阿賴耶識，證眞如入初地才是開悟」（法義辨正請參閱恩師　平實導師所著《燈影》有詳細之舉證與說明），欲以此錯誤之見解而謬膺領導人之大職，以尋求名聞利養；更於錯誤之見解被善知識破斥以後，不知悔改懺悔，仍以不實之編造事相，玷污正法共修團體及善知識，更繼續以離間之語擾亂正法共修團體之學員，以不當手段勸退學員離於正法，尋求擁護及護持，都是破壞正法、破壞大乘者。

或有追求定境神通有為法者，不能安忍於善知識之平實無華，善知識未示現神通、未能提早教授四禪八定滿足個人之修定需求，乃至因此而懷疑善知識於「相見道」上之證量，進而受某宗教團體之利用而退轉於正法，更以其錯誤自創之見解來非毀善知識所弘傳之了義正法。而彼宗教團體主張阿賴耶識是虛妄法、是生滅心，因其主事者所立之邪妄宗旨二年以來受到恩師 平實導師於書中摧壞，沒有能力在法義上回應辨正，便暗中利用有私心之愚癡人，來破壞、分裂正法團體、削弱正法道場之力量。然而正法為諸多發大心之人天護法及 佛菩薩所護念，此事件反而成為正法弘傳之增上緣，由於恩師 平實導師於《燈影》中更深入、更寬廣之申論與辨正，而更顯出法義之勝妙及修學次第之正確無訛，正法威德力，絕非彼等小眼小心之輩所能思議故。（第二版編者補案：亦可詳見《眞假開悟、識蘊眞義、假如來藏、辨唯識性相》等書之詳細辨正。）

《大寶積經》中佛說：「**若菩薩成就四法，常遇諸佛。何謂為四？寧捨身命不誹謗法、寧捨身命不謗菩薩、寧捨身命不親近惡知識、憶念諸佛無有厭足，是為菩薩成就四法常遇諸佛。**」此等退轉於正法者，不但誹謗菩薩勝義僧，復誹謗阿賴耶識正法，又破和合僧（分裂正法之共修團體），將導至此世捨報墮於惡道、出離無期。這樣的學佛者，由於誹謗阿賴耶識正法的緣故，已斷了善根；若說要再聚眾修練大勢至菩薩念佛圓通章，假藉恩師 平實導師所弘傳並施設諸多善巧方便之無相念佛法門，而發願往生西方極樂世界者，乃是癡人夢想，因爲 阿彌陀佛並不攝受誹謗大乘了義正法者；經中說如來藏就是阿賴耶故，阿賴耶識等法即是菩薩藏之全部內涵故。經中 佛說現在，仍清楚可稽，非末學蠱惑人也。若有不知詳情者跟隨退轉於正法、誹謗正法、誹謗菩薩僧者，應為自身之法身慧命著想，並為此生是否能往生西方極樂世界而著想，避免隨其同犯不得值遇諸佛之共業；應常以 佛之教導警示於心，以免成為極樂世界之「拒絕往來戶」。

一般凡夫眾生隨著習氣煩惱性障而貪著、追求五欲，於諸苦中不知苦因，卻反起瞋心而造諸惡業，於命終捨報也無緣值遇善知識之佛法開示，故輪迴於三惡道而益增無明闇鈍之障。此等造惡人，雖於三惡道輪迴，卻仍勝於學正法而反謗正法者，因為其於惡道受報之時間一定短於謗正法者之長劫苦報。若能於心中起一念之善，懺悔所作謗法重罪並值善知識攝受，即有因緣下品往生極樂世界。自身謗法，及幫助謗法人增長勢力者，成就謗法共業以後，如果不能懺悔而改助正法，就無法被 彌陀世尊攝受，不能往生極樂，只有下地獄一條路可走。因此，修學了義正法者，於甚深法義不能知解時，更應謙虛向善知識求法得解，切莫大意以己微薄之智，意圖疑於善知識之上地證量；或者以己淺短之見，妄解 佛於經中深妙之法語；

於自己之所知所解寧可謹慎保守謙虛，也不妄自誇大。應於正法多培植福德，以堅固信根與信力，才能避免入於了義正法中，卻又無法安住於正法之勝妙智慧與威德，而造誹謗正法惡業，此爲修學正法求生淨土者應學習之心態。

三者、目前佛教界普遍的現象，是以修禪定所得之粗淺境界相，作爲禪宗之禪，以禪七活動中之腿功作爲修學功夫，並以意識心暫於五塵中不起分別作爲證悟。意識心於散亂心位或於定心中之一念不生，二者所差別者，只在於意識心緣於五塵及法塵境，或者非五塵所引生之法塵境，只是心與心所分位之多寡而有所不同，然而皆是意識心之心相。散亂心時，意識受到意根遍緣一切法與遍計執體性之牽制，而於色、聲、香、味、觸等五塵境上攀緣不斷；攀緣於五塵境上時，又等流生起意識相應之煩惱心所，因此於五塵相應之煩惱妄想不斷出現；意識心之五遍行心所──觸、作意、受、想、思──與五別境之欲、勝解、念、慧心所，多分於所攀緣之五塵與妄想上，因此忙碌不停，未有些許停歇，此是散亂心之意識情況。

定心位之意識心，透過數息、念佛等加行方法，讓意識心能安住於此施設之加行方法中，其五遍行與五別境之念心所、定心所，能多分於此法塵中安住，因此而能制心於一境，產生定的作用。意識心除了入於眠熟、悶絕、無想定、滅受想定、正死位等五無心位中暫滅不現以外，其於任何定境中皆仍然有心與心所（五遍行與五別境心所法）的作用，此中差別在於慧心所分位之明闇程度（此部份與所熏習之了義正法般若知見有關），與隨著性障降伏之程度而影響入定之深與淺，然而都是屬於有心位，都是仍有意識心存在之狀態。此意識心更是世世斷滅之心，是依他多緣方能生起之心，必得世世依未壞之五勝義根（頭腦）、五浮塵根（眼如葡萄朵，耳如新卷葉，鼻如雙垂爪，舌如初偃月，身如腰鼓顙）、意根、五塵及如來藏阿賴耶識，方能現起；既然須以世世不同之五色根爲俱有依，就知意識心是世世不同的，非是能從過去世延續到這一世，非是能從這一世延續到未來世，當然非是持種之心、非是實相心，也非是禪宗參究所尋覓之心。

諸多大師將意識心於定中之深淺不同境界，各各當作是悟境；或者以清清楚楚、明明白白（意識）、處處作主的心（意根）認爲是開悟所證之實相心，此乃是意識心加上意根所顯現之心行，仍然不離斷滅法；意根縱然恆內執不生不滅之如來藏阿賴耶識爲我，並恆依內門（阿賴耶識心之六塵以外之見分，及大種性自性、性自性、緣性自性等體性）而運轉，於意識斷滅之五位中，仍然依內門運轉未曾停歇（阿羅漢入滅盡定時也僅是滅意根五遍行之受與想心所，尚有意根之觸、作意與思心所未滅），然而阿羅漢捨報時必定要將自我覺知之貪愛捨了，將處處作主之意根滅了，才得以讓阿賴耶識（此時稱爲異熟識）離於後有受生之繫縛而獨存，處於無餘依涅槃狀態，不再於三界現心行；因此說意根亦是可滅之法，非是不生不滅之實相心。

如此將意識心或者意識心加上意根之心行體性認作是實相心如來藏阿賴耶識者，對於意識心與意根之體性與運作，未能如實的了知，並且廣闢道場，傳授于未具擇法眼之四眾弟子，誤導隨學者甚爲嚴重。恩師 平實導師不忍佛法因此而被改傳爲外道之常見見（本質上仍是斷滅法），亦不忍彼等諸多隨學之四眾弟子落入我見深坑而不知自拔，因此於《公案拈提》諸輯中，以眞悟祖師公案或錯悟祖師公案，於書中一則一則的比對現今以意識心之定中境界、或者意根之作主性爲開悟之法師居士著作，剖析其說禪說悟之錯悟處，以期修學者能仔細思惟並作揀擇。然而此舉卻引起這些法師、居士之瞋心，不但不領受恩師 平實導師之慈悲，欲救彼等遠離於我見深坑，並遠離於未悟言悟之大妄語業，反而誣謗 平實導師是誹謗三寶，誣蔑 平實導師爲邪魔外道，誣謗了義正法爲外道法，這些法師居士之隨學者，並未仔細閱讀 平實導師之著作，未作思惟揀擇，只是依於他人所說而隨同一起誹謗，其實不知眞相；或者僅是爲了情執欲維護所親近之法師居士，也跟著誹謗 平實導師與了義正法爲邪魔外道法，此等不智之舉眞是令人痛心與不忍。

在這種情況之下，在所親近之善知識處，學得錯誤之開悟知見—誤以意識心之變易法相爲眞心阿賴耶識，又跟著誹謗正法以爲是在護持正法，而不自知其實是在破壞正法，仍然想要精進的參加佛七或各式各樣之念佛法會，並且發願求生西方極樂世界，都是枉然之舉；因爲如前所說：彌陀世尊不攝受誹謗正法者。誹謗正法之後，又如何能與 彌陀世尊之正法願相應呢？

奉勸諸多學佛人要謹愼，要發起尋求眞解之心，如若一知半解、人云亦云、隨波起浪，雖然廣修三福淨業，辛勤念佛，卻因惡知識之緣而謗大乘法，此生想要求得往生西方極樂佛國，那可是難上加難啊！佛曾告誡吾人：寧捨身命也不應親近惡知識。此乃是苦口之良藥，能入於骨髓之上品藥，行者應速攝取之，以免一生辛勤付出之後，卻一切枉然，無法得到阿彌陀佛之攝受，往生西方極樂世界不成，反要受極苦極長之惡業果報，行者哪能不審愼思量呢！

第四章　略評選擇本願念佛

第一節　選擇本願念佛之真相

日本淨土眞宗創立於西元一一七五年，此時為日本之平安時代末期，進入鎌倉時代初期，開宗祖師為法然上人（源空法師，西元一一三三－西元一二一二），其所撰寫之《選擇本願念佛集》，被稱為是開宗立教之淨土本典，以稱唸　阿彌陀佛名號為往生極樂世界之正行，主張稱名念佛往生，認為是　阿彌陀佛攝受眾生往生極樂世界之本願。

《淨土宗及後來法然上人之弟子親鸞上人所另外創立之淨土眞宗（又稱一向宗）、法華宗（日蓮宗）與禪宗，被稱為是鎌倉新佛教，當時亦是日本之戰國時代，人民生活困苦，也很不安定，常常因戰爭受到死亡恐怖的折磨，對於來世有很大的期待。因此，鎌倉新佛教諸宗以不論貴賤、貧富、男女的差別等，都能平等往生極樂世界的佈教，很快捕獲當時人心而遍佈全國。》》（朝尾直弘編，《日本之歷史》第四冊 P.21~P.22）

《《戰國時代的一向宗（淨土真宗）有驚人的擴展過程，其原因是本願寺蓮如法師的關係。鎌倉時代親鸞開創眞宗時，是以武士、農民、商人等不分職業身份的關係，只要民眾能相信 阿彌陀佛的持名本願，不論是誰都能往生極樂世界；以如此事相理論來傳教。但是這個說教方式也不是一次就能廣遍全國，親鸞往生後幾世紀中，以東日本爲中心，也只有幾個少數的門徒集團。親鸞往年所居住的地方，還有他的墓園及發達後的本願寺，最初都是在京都東山的大谷地方。蓮如法師是出生在室町時代（鎌倉時代後約有五十年之南北朝對立，之後為室町時代）中期，仍然歸屬於日本天台宗的時代，當時只不過是一個小寺廟，去參拜的人也很少，蓮如就出生在這個貧乏的小寺廟中。淨土眞宗和他宗不一樣，從親鸞以來，僧侶也可以結婚，在寺廟中行夫妻之禮而生子傳宗；寺院是所謂父傳子的血脈，代代相傳下去。

蓮如的傳教，以農村爲重點，首先教化村裏的領袖、武士、大户、有力量的農民，接著一般的百姓也跟著信奉起來。以各處村長的宅院或村的中心建立佛堂，當做本願寺的分寺。村長成爲分寺住持的也很多，也有將村裏的民眾提昇爲本願寺的門徒，分寺是村裏人們信仰寄託的所在地。以村的分寺爲中心，團結起來組成各個信仰組織，而本願寺就透過村的分寺住持來支配這些組織。蓮如在日本戰國時代之諸國中成功的傳教，就是以這種方式建立組織，讓本願寺去支配。地方農村是門徒聚會的基層組織，其上有村的分寺住持，分寺的住持即是村的領袖；好幾個分寺匯集成一個大地域，此大地域以一個有力量的寺廟爲中心。而蓮如的孩子就被配置在這些有力量的寺廟裏當住持，蓮如以法王的身份於山科本願寺支配著全國的各分寺。這時的山科本願寺以信仰的力量，能支配諸國幾十、幾百萬的農民信徒，成爲當時日本屈指可數的農民大法城。

本願寺的門徒，在各尊佛當中，只相信一尊 阿彌陀佛，只誦念 阿彌陀佛。當初的人們對於「只有相信一個」的事情，稱爲一向，所以本願寺的宗派被稱爲一向宗。

在現實的農村生活中，京都或奈良的諸侯、大户，以年貢品及公事上所謂雜税、兵糧米、差役等名目，不斷的壓榨農民的農收及勞動力。對於領主的壓榨不能忍受時，村裏的居民就團結起來對抗領主，也就是所謂的土一揆（也就是村民暴動）。本願寺的門徒在很多地方也發起了這種對抗，並且整個地域都參加，透過本願寺連絡全國各地的組織，並且也跟他國廣遍的連絡，其內部的團結是以信仰 阿彌陀佛的堅定信心，緊緊的連結在一起。

門徒們相信：只有 阿彌陀佛一尊佛，依祂的本願，保證能往生極樂世界，深信不疑。因此對於東大寺、興福寺、延曆寺等有宗教權威的領主，及世俗權威的諸侯等都不懼怕，門徒們確信死後能往生極樂世界的緣故，也開始抵抗領主及諸侯的支配。

本願寺門徒的暴動，在日本歷史上被稱爲「一向宗暴動」，暴動的民眾是以刀、槍、弓箭、竹槍、鋤頭、石頭爲武器，而後期的一向宗暴動信徒，擁有相當優良的鐵砲隊。一向宗的暴動信徒，很少有穿盔甲的騎馬者；同諸侯的軍隊來比較，裝備上相差很多。但是他們人數眾多，往往有幾萬、幾十萬像雲霞那樣一大團，也有女人和小孩參雜其中，在攻擊諸侯的城池時，他們運來垃圾，投入城周圍的壕溝，幫助攻城。

一向宗的信徒暴動，是日本戰國時代的特色，但也不只分佈在加賀國，本願寺的門徒分佈在很多的地方，無論在哪裏都有發生這種暴動。》（朝尾直弘編，《日本之歷史》第四冊P.27~P.31）（編者註：一向宗的信徒不分男女老少，之所以毫不畏懼暴動之傷亡，乃是於參與暴動之前，皆於 阿彌陀佛像前立下血誓，保證犧牲到底，而且認爲如此的犧牲可以提早往生西方極樂世界，離開日本戰國時代的種種苦痛，所以都不怕死。）

《《本願寺散居於各地之一向宗徒眾之暴動與抵抗，是當時爭霸於戰國七雄之織田信長最棘手的對手。於西元一五七〇年，當時本願寺之法王顯如（光佐，蓮如之曾孫）受到足利將軍義昭的拜託，指示門徒對抗織田信長。但本願寺之門徒終究抵不過織田信長進步的火槍攻勢，寺院多被燒毀、僧徒信眾被殺的不在其數。然而本願寺仍是持續的抵抗，本願寺有一兩支有力的支援部隊，一支是紀伊的雜賀眾，握有優秀的鐵砲隊及水軍的門徒集團；另外一支是安藝的毛利氏，此毛利氏能支配瀨户内海的水軍，利用這個力量從海上運送軍需品及兵員米糧給本願寺。而安藝門徒之旗幟上則寫著「**進者往生極樂，退者無間地獄**」，可以看出毛利氏的水軍加上一向宗暴動群眾的勢力與織田信長對抗的決心。最後本願寺被織田信長降伏，一向宗暴動民眾終於結束了與織田信長長年下來的戰鬥。》》（朝尾直弘編，《日本之歷史》第四冊 P.107、P.111）

淨土宗義在日本最大幅度的演化，乃是由親鸞所創之淨土眞宗，強調絕對他力（單取 阿彌陀佛第十八願之本願力）之信仰，完全摒除自力及其餘本願，並主張「惡人才是 阿彌陀佛所擬拯救之直接對象」，因此而宣揚「惡人正機」之說。從《日本之歷史》一書中所披露本願寺發展的歷史過程，也能證明：「所謂堅定之他力信念，只是支持其信徒參與暴動不畏懼死亡的一個手段，並非是眞正佛教徒求念佛往生之正行。」自從親鸞逝世之後，眞宗亦逐漸分化，其支派共有十派之多。其中以淨土眞宗本願寺派，與眞宗大谷派二勢力最大；前者之本山在京都西本願寺，後者之本山在京都東本願寺。台灣於日據時代，淨土眞宗兩大派也派遣布道師到台灣布教；雖然於台灣光復以後，淨土眞宗各派的教勢也隨著日本政府的撤離而急遽消失，然而其選擇本願念佛之教義，對台灣淨土宗之錯誤影響卻仍然存在，由現在仍然有人努力弘揚本願念佛法門的偏見，可以證實之。

第二節　評本願念佛之「教」

「淨土宗者實教也，是故或云『眞宗』或云『眞門』或名『頓教』或名『一乘』也。但通途權實，皆約自力而明之；於弘願一法者，偏就他力而論之。然者，雖云實教，異自力實；雖云頓教，異聖道頓。故似權非權，似實非實，似漸非漸，似頓非頓。既非權、實、漸、頓之所攝，知是超過諸宗之法門也。以示他力眞實之體；非漸頓之所攝，而假與頓教稱，以顯橫超橫截之用。」（《法然上人文鈔》P.220）

「捨聖道正歸淨土。……三乘淨土、聖道淨土其名雖異，其意亦同。淨土宗學者先須知此旨，設雖先學聖道門人，若於淨土宗門有其志者，須**棄聖道**歸於淨土。」（《選擇本願念佛集》P.1~6）

「本宗名淨土眞宗，據念佛成佛是眞宗之語。以親鸞上人為始祖……初源空大師（編者註：即法然上人）倡淨土宗，海內風靡，門人三百餘，上人

實為其上足。」（《楊仁山居士遺著》P.329，眞宗教旨第二號）

「以聖道淨土二門，判一代教，大小半滿、權實顯密為聖道門，是係此土入聖之教，《大無量壽經》、《阿彌陀經》是係往生淨土之教。又聖道門中有豎出豎超，法相三論為豎出，華天密禪為豎超，淨土門中有橫出橫超；以諸行往生為橫出，是係自力；以念佛往生為橫超，是係他力。」（《楊仁山居士遺著》P.330，眞宗教旨第三號）

法然之淨土宗或親鸞之淨土眞宗，皆主張只要信「念佛往生是 彌陀世尊之本願，即是以他力而得成就往生之業」，以所謂的「橫超」認定他力往生到極樂淨土即刻成佛，也就是親鸞所說的：「**謹顯眞實證者，則是利他圓滿之妙位，無上涅槃之極果也。**」（親鸞，《教行信證》P.179）而以此主張：自力修學聖道諸行者，應捨聖道門唯信他力之念佛往生淨土門。

法然說其淨土宗是實教，超越了諸宗之法門，其所依據者乃是認爲：選擇本願念佛之行者，於此土捨報，往生於極樂世界時就能夠頓悟佛果，

認為 阿彌陀佛所修證之佛地眞如，與衆生沒有自他之別，但是又包含了衆生；如此說為於平等性中無自他差別。因此，法然說行者念佛時也同時熏習著佛的眞如與自己的眞如， 佛之眞如已是果德圓滿，力量比較強，所以佛將其眞如之功德力，以稱名念佛為本願，而讓行者於稱名念佛時就是同於佛之眞如實體之用，這樣就是他力的精神所在。由於其行者是乘著 佛之本願而念佛，於生極樂世界時即刻能同於 佛眞如實體之用而頓悟得佛果。法然主張這就是實教，依於 佛他力本願之實體，念佛者乘著此他力本願之實體就能得他力本願之化用，能以此「稱名念佛」之少因，可得極大之佛果，以此稱名念佛之淺行而能悟究竟佛地，因此說其選擇本願念佛之淨土宗皆非權實漸頓諸教之所攝。法然必定是認為「一悟即至佛地」，說聖道門之頓教是證果剎那究竟，悟道一念圓滿，而此種利根人萬中難得其一；更說所謂聖道門之漸教，要備修萬行、漸感佛果，修行時長，成佛路遠，所以勸他人要捨聖道門，入其所主張選擇本願念佛之淨土宗門。

法然不知「理則頓悟，事則漸修」之理，更不知 佛所說「只有頓悟如來，無漸悟世尊」之理，除了最後身菩薩之頓悟及眼見佛性所證者爲佛地眞如佛性以外，其餘尚未證得意生身之菩薩，頓悟所證者皆是因地之眞如—自心如來阿賴耶識。頓悟此自心如來以後，斷除了煩惱障相應之我見及所知障相應之我見，以所證之般若慧漸除煩惱障之現行與隨眠及所知障之隨眠，如此之行持，稱爲事上之漸修。任何一個宗派所行之法門或有不同，然而「頓悟理、漸修事」之次第與理路必定相同，縱然是 阿彌陀佛之極樂世界，亦不會離於此次第與理路；因此法然之淨土宗或者親鸞之淨土眞宗，所說依他力得橫超橫截之論，乃是妄想之見，與佛菩提道之事實完全不符。往生至西方極樂世界之菩薩，個個皆擁有色、受、想、行、識五陰，具足眼、耳、鼻、舌、身、意識、末那識與第八阿賴耶、異熟識，五陰十八界具足時即不離於三界，僅是受到 彌陀世尊之威德力攝受而能報得與 彌陀世尊同量之壽命，仍在三界六塵境界中；同時也尚未證得佛果，因此哪有所謂橫超三界之處？

選擇本願念佛法門成立之前提，乃是認定 彌陀世尊唯以持名念佛為攝受行者往生之本願，排除其餘「修諸菩薩行或十善業之行」同為攝受往生之本願。其所依據之經文為《無量壽經》：「**設我得佛，十方衆生至心信樂，欲生我國，乃至十念，若不生者，不取正覺，唯除五逆、誹謗正法。**」此乃 彌陀世尊因地為法藏比丘時，於世自在王如來所，所發四十八願中之第十八願，然於《選擇本願念佛集》第十四頁舉出時，卻故意省略掉了「**唯除五逆、誹謗正法**」之經文語句，聲稱此願乃為 彌陀世尊之本願。而十九願所說：「**設我得佛，十方衆生發菩提心，修諸功德，至心發願欲生我國，臨壽終時，假令不與大衆圍遶現其人前者，不取正覺。**」強行將此願所說「**發菩提心，修諸功德，至心發願**」，解釋為其餘諸雜行，妄說為非 彌陀世尊所選擇者，妄說為 彌陀世尊所捨之人，而取第十八願之「乃至十念」之念佛為往生之本願。

法然如是說：「……時彼比丘聞佛所說嚴淨國土，皆悉睹見超發無上殊勝之願，其心寂靜志無所著，一切世間無能及者，具足五劫思惟攝取莊嚴佛國清淨之行……經意亦有選擇義，謂云：攝取二百一十億諸佛妙土清淨之行是也。選擇與攝取其言雖異，其意是同。……夫約四十八願一往各論選擇攝取之義者，第一無三惡趣願……第二不更惡趣願者……乃至第十八念佛往生願者，於彼諸佛土中或有以布施為往生行之土，或有以持戒為往生行之土……即今選捨前布施持戒乃至孝養父母等諸行，而選取專稱佛號，故云選擇也。」（《選擇本願念佛集》P.16~17）

對於此說之錯誤，楊仁山居士於一百多年前早已有所評論：「攝取專屬取而不言捨，選擇則有取有捨，語意不同……以選擇取捨之心，測度彌陀因地。彌陀因地果如是乎！般若為諸佛母，般若現時，命根意根俱不相應，即證無生忍。不但不起淨穢二見，即佛見法見，亦不起也。菩提心為因果交徹之心，諸佛極果，名阿耨多羅三藐三菩提，此集（編者案：指《選擇本願念佛集》）**並菩提心而捨之，不知以何為佛也。**」（《楊仁山居士遺著》P.333~334）雖然淨土三經爲法然與親鸞創立宗門所依之經典，然而卻處處只「選擇」符合其意之經句而說是 彌陀本願之意，其所「選擇」之經句即是《無量壽經》之第十八願，並將「**唯除五逆、誹謗正法**」略過不提，對於 世尊於《阿彌陀經》所說：「**不可以少善根、福德、因緣，得生彼國**」，與《觀無量壽佛經》中所說九品往生者之所行所作，皆認爲是修雜行者，說爲 彌陀世尊方便之願，說爲非 彌陀世尊所選擇之本願。誠如楊仁山居士所說：「**以選擇取捨之心，測度彌陀因地**」也，其所以如此，乃是不明白聖道門之內涵與淨土之眞實義理所致。

法藏比丘於因地所發之菩提心與成就佛道、國土之大願，皆依金剛心如來藏而得以成就，依此金剛心，於無量數劫廣植福德，勇猛精進修學一切清白之法，以慧利群生，常奉行所發之二十四願（或四十八願），以修學習種性、性種性、道種性、聖種性、等覺性及妙覺性諸功德瓔珞大莊嚴而具足眾行，令諸眾生於極樂國土功德能夠成就，能悟入自心如來而住空、無相、無願之法，無作無起，觀法如化，次第進修菩薩道行。廣行六度波羅蜜，也教人行六度波羅蜜，於無央數劫積功累德，也依此金剛心得能成就、化現清淨之國土。彌陀世尊爲菩薩時之所行與教化眾生，皆不離於六度波羅蜜、不離於金剛心如來藏之法，也就是眞正聖道門之法。因此彌陀世尊不可能於其眾願中僅選擇一願爲本願；二十四願或者四十八願，願願皆是彌陀世尊之本願，從彌陀世尊於因地時所行之一切菩薩行中，可以得知：彌陀世尊攝受眾生要發菩提心、行六度波羅蜜、證悟自心如來、修一切種智等聖道之行，絕非如法然所說「選捨前布施持戒乃至孝養父母等諸行，而選取專稱佛號」爲本願，只要有普通之意識思惟能力者，就能判斷此說實在荒謬至極。

而親鸞所認知之金剛心是如何？他說：「故眞實一心，是『金剛眞心』，金剛眞心是名『眞實信心』。眞實信心必具名號，名號未必具願力信心也。」

（親鸞《教行信證》P.122）只要其一向宗之門徒能信「念佛往生爲 彌陀世尊之本願」，於 「阿彌陀佛」之名號具足信心就是「眞實信心」，也就是具足了「金剛眞心」，這其實只是意識心，不是金剛心；親鸞承於法然之想法，認爲信佛之本願，即能於稱佛名號時得到佛本願之實體金剛眞心「佛地眞如」之用；如果僅是稱佛名號，但是沒有信「稱佛名號是 彌陀世尊之本願」，如此稱佛之名號就不具金剛眞心。因此其門徒於戰場上與人作戰時心不畏懼，有所謂「進者往生極樂，退者無間地獄」的堅定求死之心。

又淨土眞宗第十一號教條內容爲：「諸式入社之後，口授面稟。」（《楊仁山居士遺著》P.332，眞宗教旨第十一號）法然亦說：「無口傳而見淨土者，見失往生之功德也。其故者：往生極樂之教，上勸龍樹、天親，下至末世之凡夫、十惡五逆之罪人。然而，自身是最下之罪人故，見勸善人之文，則自生卑下心，思往生不定，而不得順次之往生。是故，見勸善人之文，則見善人之分；見勸惡人之文，則見自己之分。如是見定者，決定往生之信心堅固，而乘本願得順次之往生也。」（《法然上人文鈔》P.29~30）又說：「乘他力本願有二，不乘亦有二。先，不乘本願之二相者：一者，造罪時不乘。其故者：造如是罪，則雖念佛，往生不定。如此想時，則不乘也。……次，乘本願之二相者：一者，造罪時之乘。其故者：如是造罪，必墮地獄；然稱念本願名號故，決定往生。如此想時，則是乘也。……」（《法然上人文鈔》P.31~32）

從法然如上之語，已可清楚了知，學其宗者必定要口傳，此口授面稟之語，不免令人要疑爲：「汝乃造惡之罪人，汝應信之，此方爲 彌陀世尊本願攝受之人。造罪之時，只要稱念 阿彌陀佛聖號必定可乘 彌陀本願而往生。」因而於戰場上之一向宗信徒心中堅信：「殺人者才是 彌陀世尊本願攝受之惡人，不殺人者不能往生。」所以無論男女大小，都無畏懼於上戰場；「**進者往生極樂，退者無間地獄**」旗號之產生，也就不需驚訝了。

以 彌陀世尊於因地所發之願，及所行之菩薩萬行，可以了知念佛往生極樂淨土，絕非即是日本淨土宗或淨土眞宗選擇本願念佛所主張的：「彌陀世尊排除餘行，獨尊念佛爲往生之本願。」慈心不殺、具諸戒行者，讀誦大乘、方等經典者，修行六念迴向發願生彼佛國者；善解義趣、於第一義諦心不驚動，深信因果，不謗大乘者；信因果、不謗大乘，發無上道心者……等等修學大乘法者，於此娑婆或者他方世界之菩薩，都是 彌陀世尊所攝受上品往生者，乃至中品修學二乘法者及下品造諸惡業（除謗正法）者，皆是 彌陀世尊之本願所攝受往生者。淨土三經所說義理，一定要全部採信，怎可片面的選擇小部份經文，再以此片段經文曲解爲是 彌陀世尊本願之選擇？而排除其餘修學聖道門者？而將此土之聖道門加以否定？而妄解下品往生爲眞正之聖道門？

楊仁山居士對於淨土眞宗獨尊第十八願之評論如下：「貴宗所奉者大經第十八願……此中有『乃至』二字可見，七日持名減至一日，又從一日減至十念，是最少最促之行也，向下更無可減矣。大經下輩生者，正是此機，其上輩者，是十九願所被之機，今云十八願為正定聚，十九願為邪定聚，此即大違經意。十八願末言『五逆謗法不得往生』，凡與經意相違背者，均是謗法。觀經下品下生，十惡五逆迴心即生，未收謗法，蓋謗法者與彌陀願光相背也。今判十八願所被之機，生眞實報土，十九之機，止至化土。此等抑揚，未知何所依據？請將經文確證，一一指出，以釋群疑。」（《楊仁山居士遺著》P.332）

楊仁山居士此段之評論已突顯出淨土眞宗信徒，於 佛所說淨土三經之斷章取義、斷句取義、曲解佛意之不可理喻處。淨土三經皆是由 釋迦世尊所說，世尊所說必定三經義理通達、前後一致，爲順眾生不同根機，諸佛菩薩有其方便善巧隨機施教，其所施設之方便善巧必定不離於聖道門之所依心—金剛心如來藏。依於如來藏，以本際、實際、窮生死蘊等名相，爲心量狹劣、不發菩提心、不求無上道法、求自己了斷之二乘人說四聖諦、十二因緣法；依於金剛心如來藏，以非心心、無心相心、菩薩心、如來藏、阿賴耶識、異熟識等名相爲勇發菩提心、不畏懼生死苦、願自利利他、求無上正等正覺之菩薩，說如來藏之般若、唯識、一切種智甚深微妙之法。乃至爲一切凡夫說行十善業、持戒等人天善法，無不是以眾生可得法之心量爲因緣，教導眾生逐步趣向聖道，難道要說 世尊所說之人天善法與二乘之解脫道與大乘之佛菩提道法，皆不順 彌陀世尊攝受眾生往生極樂世界之本願？而獨獨以 彌陀世尊之第十八願才是順佛之本願所攝受者？實在是荒謬得無以形容。

世尊於《阿彌陀經》中云：「不可以少善根、福德、因緣，得生彼國。舍利弗！若有善男子、善女人，聞說阿彌陀佛，執持名號，若一日、若二日、若三日、若四日、若五日、若六日、若七日，一心不亂，其人臨命終時，阿彌陀佛與諸聖眾現在其前，是人終時，心不顛倒，即得往生阿彌陀佛極樂國土。」

《觀無量壽經》：「凡生西方，有九品人。……」

《無量壽經》：「設我得佛，十方眾生至心信樂，欲生我國；乃至十念，若不生者，不取正覺，唯除五逆、誹謗正法。設我得佛，十方眾生發菩提心，修諸功德，至心發願欲生我國。臨壽終時，假令不與大眾圍遶現其人前者，不取正覺。設我得佛，十方眾生聞我名號，係念我國，殖諸德本，至心迴向欲生我國，不果遂者，不取正覺。……設我得佛，他方佛土諸菩薩眾，來生我國，究竟必至一生補處，除其本願自在所化。……諸有眾生聞其名號，信心歡喜乃至一念，至心迴向願生彼國，即得往生住不退轉，唯除五逆誹謗正法。……十方世界諸天人民，其有至心願生彼國，凡有三輩。其上輩者，捨家棄欲而作沙門，發菩提心，一向專念無量壽佛。……其下輩者，十方世界諸天人民，其有至心，欲生彼國，假使不能作諸功德，當發無上菩提之心。一向專意，乃至十念念無量壽佛，願生其國，若聞深法歡喜信樂，不生疑惑；乃至一念念於彼佛，以至誠心願生其國，此人臨終夢見彼佛，亦得往生，功德智慧次如中輩者也。」

世尊於此三經所說，皆是一致性的說出 彌陀世尊本願所攝受：「發菩提心、至心發願、至心迴向」三輩九品往生之法。世尊說「**凡生西方，有九品人**」，各品位之眾生依其往生前，於解脫道、或者佛菩提道、或者人天善法等所修所為，決定其往生到極樂世界所住之品位（詳細內容第三章第一節已有解說，此處不再重覆），此因緣果報亦是聖道門所含攝。而修學選擇本願念佛者，倘若不曲解經意、不謗佛，亦能持戒不造諸惡，並且具有菩薩根性者，僅依 彌陀世尊之第十八願修學念佛，能修得念佛三昧得淨念相繼者，可得上品下生；若是口中念佛，造作諸多不善之業，例如日本一向宗之門徒參與暴動、殺人造惡，如此乃是 佛所說下輩往生之人，如何能說此等往生者至極樂世界即得成佛、得大涅槃？此部份將於第五節「評本願念佛之證」，再作詳細之申論，於此不先贅言。

再者，棄聖道以歸淨土，絕非 彌陀世尊之本願，於極樂淨土中，彌陀世尊所攝受往生而得出離蓮苞者，尚有人仍須修學二乘法者—中品往生之人；亦有修學大乘法者──上品往生之人及下品往生之人；亦有他方國土諸菩薩，往生極樂淨土者，亦不離聖道門而在極樂世界持續地地增上進修，現見淨土三經所載如是。楊仁山居士於此亦破斥云：「極樂淨土由 彌陀願力所成， 彌陀既發大願，勤修聖道方得圓滿。經云：『住空、無相、無願之法，無作、無起，觀法如此』此即聖道之極則也，以聖道修成本願，若云捨聖道，則是違本願矣！因果相違，豈得往生？經云：「深信因果，不謗大乘」，良有以也。以淨土為入聖道之門，生淨土後，則一切聖道圓修圓證；若在初修時，言捨聖道，便是違背淨土宗旨矣！淨土門以三經一論為依，切須體究經論意旨，方名如來真子也！」（《楊仁山居士遺著》P.329）

選擇本願念佛所依之教，一方面狹隘了 佛於經中所說之教理，一方面也曲解了 佛於經中所說之真實義，同時也斷句取義的自立宗旨，如此才是真的不順 佛意之人；於聖道門之內容無所知，因此也就不知道淨土因何而成。更大膽的設定《無量壽經》是 佛之真實教，《觀無量壽佛經》、《阿彌陀經》是　佛之方便教；能順其說之本願者為正，不順所說之本願者為邪，順其所說之本願者方得往生；以這樣的教義立宗，日本一向宗之發展歷史可以告訴吾人：此選擇本願念佛之法義與行門，非是眞正之佛法，乃是日本戰國時代背景下，地方勢力支配無智群眾之手段罷了。

第三節　評本願念佛之「行」

「捨雜行歸正行。……初正行者，就此有開合二義：初開為五種，後合為二種。初開為五種者：一讀誦正行，二觀察正行，三禮拜正行，四稱名正行，五讚歎供養正行也。……次合為二種者：一者正業，二者助業。初正業者，以上五種之中第四稱名為正定之業。……次助業者，除第四口稱之外，以讀誦等四種而為助業。……次雜行者……第四稱名雜行者，除上稱彌陀名號以外，稱自餘一切佛菩薩等，及諸世天等名號悉名稱名雜

行。……此外亦有布施、持戒等無量之行，皆可攝盡『雜行』之言。」（《選擇本願念佛集》P.7~9）

「正定之往生業者，唯念佛而已也。除此正助之外，一切諸行：布施、持戒、精進、禪定，如是六度萬行，讀法華經、修眞言等，種種之行，悉皆名爲『雜行』。欲速往生極樂者，應一向修稱名之正定業也，此即彌陀本願之行故。……自力者，勵自己之力而求往生也；他力者，唯憑彌陀之力也。……是故行正行之人，名爲專修之行者；行雜行之人，名爲雜修之行者。……又專修之人，十者十生，百者百生。何以故？外無雜緣得正念故，與彌陀本願相應故，順釋迦之教故。雜修之人，百人之中一二人得生，千人之中四五人得生。何以故？與彌陀本願不相應故，不順釋迦之教故，憶念間斷故，與名利相應故，自障障他之往生故。」（《法然上人文鈔》P.124~125）

選擇本願念佛之教義，狹隘化了 彌陀世尊攝受眾生往生極樂淨土之本願，認定「稱名」──口稱阿彌陀佛之名號，乃是唯一順 彌陀世尊本願之往生正行與正業。若僅是如此，尚無大過；然而不許修大乘與六度之行、與持戒行善之行，竟得蒙　彌陀世尊攝受而契入九品往生之上品品位；妄稱此等正行爲修雜行者、爲疏於極樂之行者、爲不順彌陀本願者、爲不順釋迦之教者、爲自障障他之往生者，其過失無邊，難以言喻。世尊之教與　彌陀之願，皆是教人修學大乘、發無上道心、發菩提心、至心信樂發願迴向、不謗大乘，九品往生之法皆不離於此；所以本願念佛法門，其最大過失在於立宗之時所依之教已偏，因此依其偏差之教法而行，不免要違經悖論的以己意而解，以符其宗。

有情眾生於此娑婆修學佛法或者於極樂世界聽經聞法，皆受到　諸佛菩薩之攝受，　佛菩薩所成就之十無盡願、四無量心，於念念中不捨一切有情眾生；有情眾生能發菩提心修學佛法、或念佛，以自力之願心與正修行，自然能夠受到所謂他力——　佛菩薩之攝受力的加持，一切修學佛法、尤其是修學了義正法之行者，皆不離　佛菩薩之他力與個人之力。發菩提心、至心信樂、發願迴向，皆是自力所應行者，焉可說單憑 佛菩薩之力即可成就往生之業？而更勝於個人努力修持者？楊仁山居士說：「倘不仗自力，全仗他力，則十方衆生皆應一時同生西方，目前何有四生六道流轉受苦耶？能領佛敕者，自心也，故仍從自心生。」（《楊仁山居士遺著》P.331）

排除自力修學，並稱自力修學爲「修雜行」者、爲非 佛本願攝受，乃是因一向宗弘傳之時，信徒皆是農村之村民，乃是爲了在戰爭之恐怖中，於未來之生命尋得一個所依，是屬於一個既簡單又容易的、適應當時環境的權宜信仰，並非是眞正佛法的弘傳，此爲其一；其二，已經塑造了「念佛往生是 彌陀世尊唯一之本願」了，他人難免會有其他不同看法，若堅持他力之說，恐難於淨土三經中貫串其意，也就自行選擇一部經——《無量壽經》中之經句，解說爲是 彌陀世尊與 釋迦世尊之眞義，其餘便認作是方便教，卻是井底蛙以所見之天視爲天外之天了！

彌陀世尊於因地所發之菩提心，乃是要於清淨之國土成佛，要度「淨意」、「已植善根」、「易化」之十方眾生，倘若行者於此娑婆能依止善知識，依於眾生皆有眞心如來藏之正知正見，修學念佛、外門廣修六度，福德因緣具足者甚至能開悟明得眞心如來藏，進而內門廣修六度波羅蜜，確實消除性障與習氣之現行，並跟隨善知識修學種智，多分或少分破除所知障之隨眠，此等行者正是 彌陀世尊之本願所要攝受之人，已透過眞實修行的過程逐漸自淨其意——自己於歷緣對境中，依止於正知正見或者自心如來藏阿賴耶識之眞如性，將意識與意根相應之一念無明四住地煩惱之粗重部份與相應隨煩惱，紮實的、如實的去觀行對治，令漸漸降伏或予以斷除。修學大乘法，於佛法廣植善根，這樣的行者只要發願往生到極樂世界去，都是「易化」之有情，皆是 彌陀世尊最歡喜的對象，皆可得上品往生，如何可以說修學極樂世界上品往生之正行者爲是修雜行？妄說爲非與 彌陀世尊本願相應？妄說爲自障障他之往生，乃是曲解 佛意之至極者也！

《觀無量壽佛經》中佛說：《「欲生彼國者，當修三福。一者孝養父母、奉事師長、慈心不殺、修十善業。二者受持三歸、具足衆戒、不犯威儀。三者發菩提心、深信因果、讀誦大乘、勸進行者，如此三事名為淨業。」佛告韋提希：「汝今知不？此三種業乃是過去、未來、現在，三世諸佛淨業正因。」》修此三福淨業者即是自淨其意、已植善根、易化之衆生，此三福淨業既是三世諸佛淨業之因，修此三福淨業者應是往生極樂淨土之正因，何能說修此三福淨業爲雜行者、自力自信者？選擇本願念佛之行者於日本戰國時代，既未慈心不殺（聚衆暴動，參與戰爭殺戮），未具足衆戒（出家僧人照樣畜妻、吃肉），也未發菩提心、讀誦大乘（於其行門中已排除），其所造之業皆違背 佛於經中所說之三福淨業（所以彼等主張《觀無量壽佛經》是 世尊之方便教。與其宗旨相違故），是眞正「與 彌陀本願不相應故，不順 釋迦之教」者，卻反說依經中 佛之教導而行者爲違佛；本願念佛如此荒謬扭曲淨土經典佛意，與 佛於經中所說嚴重不符合，嚴格說起來亦是謗法謗佛者；謗佛即是謗大乘，謗大乘即非 彌陀世尊所攝受者，弘法者於此豈可不謹愼乎？

法然卻說：「凡於聖道門，皆修三乘四乘因，而得三乘四乘果，故諸行與念佛不比較也。於淨土門，諸行、念佛俱是往生之因，故諸行與念佛所比較也。然而諸行則非彌陀本願，是故彌陀光明不攝取之，釋尊亦不付囑。」（《法然上人文鈔》P.214） 既然認知發菩提心修學六度之行與念佛俱是往生之因，不應爲了自立之宗旨能夠成立，就誣蔑 佛意，妄說諸行非 彌陀本願，非 世尊所付囑。 彌陀世尊之願中：「**設我得佛，十方無量不可思議諸佛世界衆生之類，蒙我光明觸其體者，身心柔軟超過人天，若不爾者，不取正覺。**」並未僅以「選擇」持名念佛者方以光明攝取之，反而是上品上生者， 彌陀世尊放大光明攝取之。《觀無量壽佛經》中 世尊說：「**上品上生者……阿彌陀佛放大光明照行者身，與諸菩薩授手迎接……**」得上品上生之行者，乃是於捨報前精進勇猛修學大乘，並且要親證眞心如來藏（詳細內容請參閱第三章第一節之解說），如若僅修持名念佛一法，也得要有淨念相繼之念佛三昧功德，方能上品下生，然往生時並未得 阿彌陀佛放大光明攝取之；經文所說已相當明顯，不應有此誤會才是。

若法然想要比較往生極樂淨土之不同行門，應該要顧及 佛所說九品往生一一品之內涵，才能免除「捨珍珠而獨取魚目」之過失。稱名乃是 世尊特別爲末法時代佛法將滅之最後百年時少福眾生所咐囑者，於九千年以後佛法經論即將滅盡時， 世尊慈悲哀憫故，《無量壽經》得能再留世一百年。當時之眾生愚癡矇昧、不仁不順、逆惡天地，此等眾生於往生時要靠善知識之緣，說此《無量壽經》之法教，教彼往生者心中念佛；但彼人於往生之際被諸苦所逼，心中無法生起念佛之念，善知識再以 世尊之咐囑教導，以口稱「南無 阿彌陀佛」而聲聲不絕，具足十聲（唸十句佛號），而以口中稱名之每一念中，能除八十億劫生死之罪，得以下品下生往生極樂世界，住於蓮苞中十二大劫。法然應於九品往生之法相予以比較，鼓勵行者修上品上生之行—發無上道心、修學大乘，不應把法將滅後之方便下品下生之行，高推爲最符 彌陀本願與 世尊教義之他力殊勝上品之行。

法然有時也說：**「淨土眞門，極惡最下尚以不捨，何況上根乎？本願密意弘深，他力教門頓速，利根何可不入哉！智者更可思議之。」**（《法然上人文鈔》P.226）法然若眞是如此之見解，則不應再於書中有所謂的「捨雜行、歸正行」之說，乃應正解：所謂的正行應是修學大乘聖道門者，下品下生造作諸惡者乃是 彌陀世尊大悲不捨眾生之方便攝受。應說一向宗門徒縱然得往生極樂，亦是屬下品下生爾。然而讀者不免如此思之：於戰爭暴動中，心中所充滿的皆是瞋恨與殺意，於往生之一剎那間，如何能生起正念？是否眞能順利的下品下生往生極樂，難免令人懷疑！

究其過錯，在於聖道門之次第與內容缺乏正知見。如何得知？法然說：**「但至直入、迂迴邊者，就自力而言者，誠於此土期證入，是直入也。往生佛國得悟，雖似迂迴，約橫超斷之邊者，依有相念入無生之國，遙超勝**

聖道直入。何者?自力直入，眞如難顯，法性難究，只是有教無人，有名無實也。往生淨土頓入，以眞如法性，令究于法藏行因，令讓于佛智所照，是名他力實體弘願密意也。以此證悟之頓，爲令開悟善惡利鈍凡夫，所發之超世本願，故遙超諸宗頓法。不顧此道理，以淨土一教下不可爲下根最劣之法乎！」（《法然上人文鈔》P.226）

十方諸國之眾生包括此娑婆世界在內，欲得　阿彌陀佛放大光明照耀其身而上品上生於極樂世界，即刻聞法而悟得無生法忍者（此無生法忍是指初地以上所證之大乘法無我智），端視行者於自身內證般若之程度而定，或有於往生前已入住初地者，或有於往生前入住十住位者乃至十迴向位者，往生至極樂世界聽聞　佛所說之妙法後，必然也進升於不同之地，然而往生後所證，定是初地或初地以上之無生法忍。行者必須於往生前已悟得本心因地眞如—金剛心阿賴耶識，方能身乘金剛臺隨從佛後，於彈指頃往生極樂國。上品上生以外之八品往生者，於往生到極樂國時並非立即頓悟眞如法性，此意云何如是？此是說：上品中生者，雖未受持唯識諸方等經典，然卻要善解義趣，通達教門，於第一義金剛心之義理已有理解，心不驚動，深信因果不謗大乘，往生至極樂世界後，經過一個晚上（約娑婆世界半劫之時間）蓮花才開，經一小劫（娑婆世界之無量數劫）才得無生法忍，此乃是於極樂世界聞思修證，歷經六住入七住、十住乃至十迴向位—極樂世界一小劫—之聖道修學，才能成爲初地菩薩；上品中生尚且要「善解義趣，通達教門、於第一義心不驚動，深信因果不謗大乘」，更何況上品上生者？當然必須先於第一義諦已經親證。法然不可說以其狹隘之選擇本願念佛，又不許行菩薩六度之行，而主張可以往生而頓入得悟眞如法性者，妄說爲遙超諸宗之法，誤解 佛意極甚也！

彌陀世尊於因地所發之每一大願，皆未曾說行者往生至極樂世界即刻頓悟證得佛地眞如；雖然願中所說國中人天壽命無能限量，得宿命、天眼、天耳、他心智、神足等五通，色身皆悉眞金色，成滿三十二大人相，但是

由　彌陀世尊而報得這些功德，並非就是法然所說的已經等同佛地；極樂國中之菩薩與學人，皆是承蒙　彌陀世尊之願力與威德力而享有報得之功德受用，並非是自身所修得之功德受用。一旦極樂國中之菩薩，因別願欲度化他方世界之有情眾生，而從極樂世界捨報壽終之後，往生到他方世界後，其所應報得之色、力、安、辯等異熟果報及等流果報，皆需依其在極樂世界修行時，對於煩惱障之伏除、所知障之破除、福德之修集程度高下，而顯現各各不同之受用果報。以極樂世界而言，雖然一切人皆擁有　彌陀世尊大願所說之報得功德，然而其前世宿命所修之智慧、所集之福德大小之別，影響到是否能於所居七寶舍宅隨意自在變化之能力。法然不解法界實相之眞實義，徒以凡夫之心量欲以「稱名、造惡」極淺極小之念佛行，而得佛地眞如之體與用，如此妄想成功尚不可得，何況相較於實際之教理？

於此娑婆世界證得因地眞如自心如來，與在極樂世界證得因地眞如自心如來，皆是同樣由頓悟而得；所謂直心是道場，此直心是不迂迴的、始終都無委曲相；出離生死皆以此直心，十方如來亦同此直心。要頓悟此直心者，皆要直入不可迂迴而入，法然所說往生至極樂國得悟爲「迂迴而入，超勝於聖道之直入」，乃是不知不解眞如法性之因地世間相乃至佛地世出世間相。眞如法性從因地至佛地之展轉差別相，即是「聖道不離淨土、淨土不離聖道」之最佳佐證，若學人能於此窺得全貌，則可得佛法理教之精髓矣！

日本淨土宗或淨土眞宗教義與行門，確實如法然所說，本是下根最劣之法，從其弟子親鸞，到蓮如、顯如所傳之一向宗（淨土眞宗），其歷史事實之過程與所度之信徒本質，也證明了此點，這可能是當時的法然所始料未及之事也。法然又說：「今淨土宗意者：漸頓諸教，雖皆以眞如佛性爲所期，而自力修行者，難解難入也，故爲劣。念佛往生，不修施戒忍進，不學禪定般若，不用觀法觀心，不假身印口誦，不依作禪工夫；只以他力口稱之易行，直入極樂無爲之寶國，頓悟頓入之功能，遙超諸宗法門，故爲

勝也。」（《法然上人文鈔》P.227）

聖道門誠然如法然所說難解難入，主要在於眞修實證、實解經義之善知識難值難遇，自古即不多；加上世智聰辯之眾生疑見深重、信根不具所造成，然而不可因此就判定聖道門爲劣法。能値遇善知識並於聖道門次第修學者，縱然無法於此生證得金剛心如來藏，然而若發願往生極樂世界，得爲彌陀世尊所攝受，入上品中生或上品下生者，亦是殊勝於下品往生者千萬倍。再者，極樂世界非是無爲之國，極樂世界中之天人、阿羅漢及菩薩眾，仍有飯食、經行、聽經聞法等，皆是有爲有作之法；極樂世界亦非是無生之國，往生者於蓮花化生，即是有生之法，雖然離開蓮苞後之人天菩薩等壽命無有限量，卻仍有壽終捨報之時（譬如發願爲度他方世界眾生而倏短自在者）；極樂國中之食物及種種異色異香之華，雖然是化現而有、自然而滅，然而也是有生有滅之法。眞要說極樂世界之無爲、無生，乃是彌陀世尊之自性法身，乃是往生者各人之自性法身—第八識自心如來；若如法然妄說往生極樂即是直入佛地，這樣的大妄語，要如何消受哪！

其淨土眞宗教義第四號云：「方今係佛滅度二千八百二十五年，人劣才闇，不能踐聖道而登大果。是所以聖道不振也，以不可行之法，強於不能行之人，迫雞入水，豈理哉。」（《楊仁山居士遺著》P.330，眞宗教旨第四號）楊仁山居士評論云：「道綽逼雞入水之喻，為留形穢土之人而說，非為修聖道者說也。迫雞入水即遭淹沒，未聞修聖道而墮落者。蓋聖道雖難速證，亦作淨土資糧，與彌陀因地同一修途，自然與果位光明相接也。『專修淨土』之語可說，『不修聖道』之語不可說；蓋淨土亦是聖道無量門中之一門，修淨土即攝一切聖道。入一門所謂『他力信心』者，廢自顯他也，不許自他相對，即成絕待圓融法門矣！剋實論之，信心者自心所起也，他力者自心所見之他力也，除卻現前一念，復有何哉！自他皆是假名，廢假名之自，而立假名之他，妙用無方；以龜毛易兔角，幸勿執為實法也。」（《楊仁山居士遺著》P.330）

不可說「修學聖道方是求生淨土之門」，然而修學聖道卻是提升往生淨土品位之門，卻不可因此就說修學聖道是障礙生淨土之行。如同楊仁山居士所說，修學淨土是入聖道門無量法門之一門；所謂八萬四千法門，所修所證最後都匯歸於自心如來藏法，也就是回歸於自性法身唯心淨土。一切佛法之修學皆不離自力之發菩提心、自力勇猛精進修學所學之行門、自力聞思修證信解一切深淺廣狹之法義；亦皆不離 佛菩薩「他力」之加持護念，縱然是以念佛求往生淨土，也是要以「自力」發起深信、迴向、發願，以「自力」精勤念佛，焉有「純自力」而可修證佛法或求往生極樂者？焉有「純他力」而可得諸佛法義而求往生極樂世界者？

於此，更要凸顯選擇本願念佛行門之矛盾處，有人問法然曰：「稱名念佛之人，皆得往生乎？」法然答：「凡念佛，有他力念佛，有自力念佛。他力念佛得往生，自力念佛不得往生。」又問：「何謂他力？」法然答：「唯一信 阿彌陀佛本願，不顧我身之善惡，思決定往生之念佛，謂之他力念佛。」

又問：「心澄時之念佛與妄念中之念佛，勝劣如何？」法然答：「功德齊等，無有差別。」疑曰（自設疑或他人之疑，不詳）：「此猶不審也，何以故？心澄時之念佛，無有餘念，唯一向思惟極樂世界、稱念彌陀名號故，無有雜亂，清淨之念佛也。心散亂時，三業不調，雖口稱名號，手撥念珠，猶是不淨之念佛也，何可齊等乎？」法然答：「此之疑者，尚不知本願之理也。阿彌陀佛爲救惡業之眾生，於生死大海，浮弘誓之願船也。猶如重石與輕麻殼，同置船中而至彼岸。本願之所以殊勝者，在任何眾生，唯稱名之外，無別事也。」又有人問：「一聲之念佛與十聲之念佛，功德之勝劣，如何？」法然答：「全同也。」疑曰（自設疑或他疑，不詳）：「此又不審也，何以故？一聲十聲，既數有多少，何可齊等乎？」法然答曰：「一聲十聲者，最後之時也，死時念一聲亦往生、念十聲亦往生也；既往生相同，功德何劣？」

（《法然上人文鈔》P.242~247）

很明顯的，法然於上段問答中，主張不顧自身之善惡，深信 彌陀世尊之大悲願力（末學認為不應將持名念佛往生說是 彌陀世尊攝受眾生之「唯一」本願），於死時稱名念佛一聲，與生時清淨的稱名念佛十聲乃至不可數之稱名數，同得往生之功德，皆可於往生時即刻悟入眞如法性與佛同等。然而事實卻非如此，《無量壽經》佛說：「其下輩者，十方世界諸天人民，其有至心欲生彼國，假使不能作諸功德，當發無上菩提之心；一向專意，乃至十念，念無量壽佛，願生其國。若聞深法，歡喜信樂，不生疑惑，乃至一念念於彼佛；以至誠心，願生其國。此人臨終夢見彼佛，亦得往生。」 彌陀世尊之大悲願，之所以殊勝，乃是不捨劣根造作諸惡之眾生，以下品之往生攝受行者；然下品往生之行者仍然得要發無上菩提心，要以至誠心發願，一向專意——意識心起念專注不分心攀緣，能夠專注於唸 阿彌陀佛聖號，乃至十念皆是專注於唸 阿彌陀佛，若人眞能專注的心唸、憶唸或者稱名而唸，唸至十念時覺知心自能產生正定之功。另外，行者若聽聞深法，歡喜信樂而不生疑惑（然何者為深法？乃是大乘無上之聖道法，聽聞善知識略說各部經名眞義：「人人本具一實相心，不生不滅，與佛地眞如之因地心同一體性，叫做如來藏阿賴耶識。此世之覺知心『人我』及色身我，皆是苦、無常、無我，是空、是有生有滅的虛妄法；人人皆可因爲親證此阿賴耶識而悟得眞正無生之法。安住於無生之法、轉依無生之心的無我無所得眞如法性，得無生忍而次第修行，去除煩惱障與所知障而成就佛地功德。西方極樂世界是一個專門修學佛法的 彌陀化土，阿彌陀佛與諸大菩薩們，於極樂世界所說的法，也都是此如來藏第一義諦了義之法，並且與二乘初果或阿羅漢及菩薩等諸上善人一同修學，於 阿彌陀佛之悲願攝受下，得以暫時免除輪迴之苦。……」）行者聞此深妙之法，雖不能眞正理解，但是心生歡喜，歡喜於**自己原來也具足了因地之佛心**—實相心如來藏阿賴耶識；信受了此如來藏法、不疑此如來藏法，於是心中至誠的發起了往生極樂世界之願，因此而能時時念著 阿彌陀佛；乃至一念， 阿彌陀佛皆予以攝受。此是 世尊於《觀無量壽佛經》所說造惡業而不誹謗如來藏正法之下品上生往生之人。

若於趣向大乘之法有所愛樂，但卻無所作為，僅自己思惟之後「決定往生極樂」，於命終捨報時，乃至十念或者乃至一念，稱 阿彌陀佛名，即是 世尊所說下品下生之人。如果是造作諸惡，得依善知識之緣，為他解說各部經名之眞實義，才能往生之下品人，譬如一向宗之信徒，於戰爭暴動中被殺而往生，彼時身體遭殘害，甚至身首異處等諸苦逼身，意識往往迷悶不省人事而無正念，平時又未修學以心意念佛之功夫，也未於持名稱名唸佛法門上做功課，是否能有善知識於旁安慰之，並為之宣說妙法，也不易求得，如何得以「一聲」稱 阿彌陀佛名號而能下品往生極樂國？法然此說是很令人懷疑的，更別說是要上品上生頓悟眞如法性了（事實為：上品上生者於捨報前就要先有頓悟自心如來之功德了）！

法然於自己修持念佛法門時，卻是每日唸佛七萬遍，教導行者卻迥然不同；只要稱名一聲，功德竟可與清淨念佛齊等。不亦怪哉！有人問：「**何故不令作觀，直遣專稱名字者有何意也？**」法然答曰：「**乃由眾生障重，境**

細心粗，識颺神飛，觀難成就也。是以大聖悲憐，直勸專稱名字，正由稱名易故相續得生。」（《選擇本願念佛集》P.18）法然個人也知道「相續得生」：也就是說，稱名唸佛也好，心念念佛也好，憶念念佛也好，能夠念到一念相續（也就是淨念相繼，此淨念相繼即是 世尊於《阿彌陀經》所說的「一心不亂」了），就能往生極樂淨土，這個行持必然要自力相當精進的做念佛功夫；如同法然自己每日唸佛號七萬遍，豈是所謂的一聲所能齊等的？此處已經顯示法然自己的主張自相矛盾了。由口稱名雖是易事，但要稱名而唸到相續，古來有幾人？若非有二乘之斷身我見，修斷煩惱功德，或者大乘之見道斷意識相應之身我見，並轉依自心如來藏之無我眞如法性，漸漸伏除煩惱之現行；若非有善知識之善巧方便法門指導念佛之轉折者，以凡夫之三毒具足、煩惱具足之身，要以稱名念佛而得念佛相續者，若不是信根信力具足，勇猛精進不退卻者，終難達到一心不亂淨念相續境界；法然如果現今還在，必定也只能推行其每日七萬遍功課之行門了。

法然於《選擇本願念佛集》說：「念、聲是一，何以得知？觀經下品下生云：令聲不絕具足十念稱 南無阿彌陀佛，稱佛名故，於念念中除八十億劫生死之罪。今依此文，聲即是念，念即是聲，其意明矣！」（《選擇本願念佛集》P.21） 楊仁山居士評論云：「念者心念也，稱者口稱也，今云聲即是念，念即是聲，誤矣！觀經之文，明明可考，經曰：**彼人苦逼，不遑念佛，善友告言：汝若不能念彼佛者，應稱歸命無量壽佛**。可見念與稱有別也。下文：『**具足十念**』之『念』字，是稱名之時，一心專精無他念間雜，帷有稱名之念，十念相續，即得往生。此人苦極心猛，命根斷時，前後不接，金蓮明耀，忽然在前，心力佛力皆不思議也。」（《楊仁山居士遺著》P.334）

稱名唸佛雖可說是念佛，然而卻不可將「念佛」認爲即是口出聲音之稱名唸佛；若口中稱唸佛名，而心中未曾想佛，即非念佛。心中默唸佛號的念佛亦是念佛，但是必須心中有聖號，而且常常想著佛，但口未出聲；持名的憶念念佛亦是念佛，心中有聖號，想佛不斷，口也未出聲，與持名而心中未想佛者，完全不相同，焉可硬是將聲與念兩者合稱為一？又如：以口出聲唸佛，同時心中起念攀緣於昨日之煩惱；或以心念或憶念念佛，口出聲音與人打招呼，此時明顯的都是心口不一，如何說念即是聲、聲即是念？又經中　佛所說之語句，法然卻未如實將語意引用，觀經下品下生云：「……彼人苦逼，不遑念佛，善友告言：汝若不能念彼佛者，應稱歸命無量壽佛，如是至心令聲不絕，具足十念稱南無阿彌陀佛。稱佛名故，於念念中，除八十億劫生死之罪。」「不遑念佛」而以「唸佛號」代替念佛者，已表示「唸佛號不等於念佛」，差別在於唸佛號時心中有沒有「憶想於佛」？有憶想於佛者才是念佛，沒有憶想佛者只是唸佛號，不是念佛；所以聲與念是不同的。所以楊仁山居士亦於此責備法然不顧經中之語，硬將聲與念妄解為一。

又彼為諸苦所逼之人，要得「至心」稱南無阿彌陀佛而令稱念之聲不停，世尊說「**如是『至心』令聲不絕**」，讀經之人不能予以忽略。這樣「至心」的具足十個稱名之念，至心就是要專注一心唱唸佛號十聲，非如法然所說稱名一聲即可，絕非不必至心。又法然自身之矛盾處處可見，所引用者既是觀經往生下品下生之法，卻要將此法道將滅盡時 佛之方便攝受，再加以簡化爲稱名一聲而不必至心，即可往生，並可「**頓悟頓入極樂無生之國**」，如此擅自解釋創造新說，非但 彌陀世尊與 釋迦世尊不能首肯，十方諸佛亦不能首肯，所說與經意 佛意不符故，違教、悖理故。

由於法然於《選擇本願念佛集》一書及《法然上人文鈔》與人問答間，處處出現了稱名一唸即可往生之語；到了親鸞時，形成了一唸名號之信，即得往生之義；所以一向宗之信徒，平日都不必行持稱名念佛之功課，只要於自心安個信念說「決定得生」即可；也造成了後來一向宗之信徒參與暴動時，個個都不畏懼生死之倚靠。

親鸞說：「**言『信心』者，則本願力迴向之信心也。言『一念』者，信心無二心，故曰『一念』是名『一心』。一心則清淨報土眞因也。**」（親鸞《教行信證》P.128~129） 只要有一念之信，信 彌陀世尊之本願——信其自行狹隘化之 彌陀大悲願，親鸞採用了《無量壽經》中之部分經文：「**佛告阿難：其有衆生生彼國者，皆悉住於正定之聚。所以者何？彼佛國中無諸邪聚及不定之聚，十方恒沙諸佛如來，皆共讚歎無量壽佛威神功德不可思議。諸有衆生聞其名號，信心歡喜，乃至一念，至心迴向，願生彼國，即得往生住不退轉，唯除五逆誹謗正法。**」以斷句取義之方式，引用其中之「**信心歡喜乃至一念**」，解釋爲只要一念之信即是往生清淨報土之眞因了（此往生清淨報土之錯誤理論，將於第五節《評本願念佛之「證」》詳細申論）。經文中之「乃至一念」，要緣於信心——修諸十信之行，深植對三寶之信根，以此信根而發起信力；更要緣於至心迴向——以至誠心將其善根迴向得生極樂國。《華嚴經》說：「**若離信根，心劣憂悔，功行不具，退失精勤。**」此信心乃是要依於所修得之信根而發起，怎可說只要一念之信即能成就經中 佛所說往生立即頓悟之條件？再者，生起信心之前要得有善知識解說無量壽佛名號之由來，以及無量壽佛諸多不可思議威神功德，行者聽聞之後產生信心並歡喜信受景仰，而產生願生彼國之念。親鸞不理會經中明顯易懂之佛語，並簡化了一心不亂稱名唸佛之功課爲只要一念之信，其中異同仍有可商榷之處。

後人曾我量深所寫《淨土眞宗要義》中說出此信之一念乃是親鸞所創的，他說：「信之一念乃在發現果遂之誓的同時遂得發現之。未發現第二十願的果遂之誓者並不明白此信之一念。毋寧說此信之一念實乃我開山聖人始發現者。於開山聖人之前，任何人都不知有此信之一念。」（法爾出版社《淨土眞宗要義》P.69）文中所說開山聖人乃是指淨土眞宗之親鸞，所說之第二十願也是斷句取義而用；彌陀世尊於因地所發之第二十願，於《無量壽經》中云：「**設我得佛，十方衆生聞我名號，係念我國，殖諸德本，至心迴向，欲生我國，不果遂者，不取正覺。**」此曾我量深所說也是一樣不顧經文中全句前後之意思及次第，只挑「**欲生我國，不果遂者**」，稱爲是 佛之果遂之誓。因爲有「果遂」之字樣，所以親鸞獨自以此願中之某幾個字，於一剎那找到果遂二字而瞭解，認定只要有欲生極樂國之念，依 彌陀世尊之果遂之誓，必定能成，因此於自心產生信心決定之一念，因此親鸞才會主張只要有此信之一念就可以了，連法然所主張最淺最小之稱名都可以省略。

親鸞爲何不去閱讀並瞭解願中之「係念我國，殖諸德本，至心迴向」之意思呢？在同一句話裡，怎可去頭截尾而自取自用？十方眾生於善知識處，聽聞了無量壽佛名號由來之諸多功德，與名號本身之不可思議，心中要係（繫）念於極樂國，繫念之意不是只有一念，乃是要將念緣於極樂國而繫住，沒有停止的時候；接著要廣植福德與善根，例如修集經中所說之三福淨業，並將所修之福德淨業至誠的迴向，發起願生極樂國之意樂，如此之行者必能依 彌陀世尊之願而往生；如果如實依此而修，卻往生不成者，彌陀世尊即不願成就無上正等正覺。然而 彌陀世尊已成佛，所以如此行持之人必定能夠往生極樂國。而親鸞所說只要生起信之一念即可依此第二十願往生，那完全是文字戲論罷了，非是佛法中眞正淨土宗之行門。

法然晚期時，發現其弟子將行門轉變了，也寫了一篇文章《一念義停止起請文》破斥之，遺憾的是並未於文中指名道姓，但是從一向宗之發展過程看來，法然以下之淨土眞宗社員還得入室口授面稟，其教義所言盡是信他力、本願，捨聖道，他力信力往生報土，自力之信往生化土等等，皆未談到稱名念佛之行，末學不禁要將法然所破斥之人想為是親鸞了。

《一念義停止起請文》：「今世歸念佛門人中，多有無智誑惑之輩，不知一宗廢立，不聞一法名目，內無道心，外求名利；恣做妄語，迷亂男女；偏營渡世謀計，不顧來世惡報；奸弘一念之僞法，以文懈怠之過也；剩立無念之新義，猶廢一稱之小行……凡念佛行者，隨分持戒，不造眾惡，念念策勵，四威儀不懈廢，又不妨礙餘教餘行，總於佛法作恭敬心……又近聞北越，有一邪人，大作妄語云：『法然上人日課七萬遍念佛，只是外方便也，內有實義，人未知之。所謂實義者：信知彌陀本願，一念名號，則必往生極樂，淨土之業，乃於是滿足焉。一念即生，不勞多念，一念之外，何重稱之！又有究竟實義，只是信知本願而已矣。彼上人門人中，遲鈍之人，未聞此義；利根之輩，僅又五人，得此深法，我即其一人也。此深法門，乃彼上人己心中之奧義，擇器傳之，所不容易授也。』如此邪說，一無有實，虛誑之甚，雖不足論，今為疑者，自立誓詞：貧道平生所述心行之外，別有所必秘之法門者，十方三寶，當垂知見；日別七萬念佛，併空失其利益……抑！彼誑惑之輩，未讀半卷書，濫稱予之弟子，託事於師範。」

（《法然上人文鈔》P.404~406）

法然之感嘆，末學早已替他料定了，倘若其開示與教義之訂定，皆能不離經意，且以己之行持開示為行門之法，其座下之弟子豈會有如此偏差之舉？其選擇本願念佛法門，已是狹隘化了 彌陀世尊及 釋迦世尊之本意了，其弟子再予以簡略化，由蓮如以此「一念之信」得往生極樂清淨報土為行門，而使戰亂中充滿恐懼與苦難之村民，視為是未來世之倚靠，以此「一念之信」組織村民成為教團，進而組織武裝村民，成為軍隊，參與暴動，日本歷史之記載與其宗派之教義演變，已經將實情揭櫫於有智之人的眼前了。

末學早期也曾遇過，有人來同修會修學了義正法，但是不務眞修實證，熱衷於研究分析，或者互相明講眞心如來藏阿賴耶識之所在，所以沒有眞參實究之過程，意識相應之我見因此不能死卻，無法眞正現前領受此眞心如來藏之功德體用，無法轉依此眞心如來藏之無我性、無漏性及清淨性，所以「悟後」不能於歷緣對境中對治習氣煩惱；所得之總相智也因此而過於籠統而不能安忍，也不能如實於一切法之幻生幻滅中觀行，無法依善知識之教導增長種智。我見似斷未斷、不能安住於無生，沒有功德受用，且習氣性障粗重的情況下，信受了所謂的「一念信」之選擇本願念佛法門，認為已經有了一念之信了，已經契入彌陀世尊之本願了，必定可以往生了，就不願修除性障、進修種智，那些粗重之習氣煩惱就隨其現行；又因爲已經知道自心如來藏了，反正已經「心得決定」上品上生，認爲：往生極樂世界以後煩惱習氣自然不會再現行了，又何必那麼辛苦聽唯識經論、聞一切種智法？大可遊山玩水去也！

如此之人，眞是令人憐憫矣！不知此「一念之信」乃是最下劣甚至是錯誤之法，也早被法然破斥在先，縱然信從法然之《選擇本願念佛集》，其所謂的「稱名一唸可往生頓入眞如法性」之言，也是謗法違 佛之言，謗法違 佛即不可能往生極樂世界，即使已經明得自心如來，亦是造作了謗法違佛之共業，何能上品上生呢？法然之過失，在於對聖道門之內涵與次第不了知，更是未親證自心如來，不知此心方是諸佛成佛之根本，是聖道門修學之所依心；大大的誤解了淨土聖道之意涵，方有如是矛盾與錯誤之「教」與「行」，更有其弟子另創淨土眞宗，產生了後來六七百年來偏差之演變，此乃修學淨土之行者不可不愼思之處！

第四節　評本願念佛之「信」

修學選擇本願念佛者，首先要信自己是出離無期之惡人，如此之信，方能契入　彌陀世尊之本願。法然說：「『有惡機一人，爲使此機之往生，是本願之意。』學而至於得知此理，謂之善學淨土宗也。淨土宗者：以惡人爲基準，而兼攝善人也；聖道門者：以善人爲基準，而兼攝惡人也。」（《法然上人文鈔》P.41）法然全然不知淨土三經之本意，才有如此「惡人正機」之說，而導致其門下弟子親鸞另創淨土眞宗，將「惡人正機」發揚光大，發展到後來日本戰國時代有名之一向宗信徒暴動之有恃無恐。詳讀淨土三經以後，一定可以從　釋迦世尊於經中之開示，及　彌陀世尊因地所發種種大願之瞭解，　彌陀世尊願於清淨國土成佛，但不是在此三毒煩惱具足之五濁惡世娑婆世界成佛，其所要攝受者乃是淨意、多植善根、易化之眾生，此等眾生皆是已自淨其意之善人，才是　彌陀世尊本願所要攝受之人；而「下品往生」者方是 彌陀世尊「兼攝」之惡人，以 彌陀世尊之大悲願，將造惡眾生隨因緣攝受往生住於蓮苞中；於蓮苞中仍要自淨其意，經七七日（人間四十九劫）乃至十二大劫（人間不可數之無量數劫）才花開， 釋迦世尊亦以威神力加持，令佛法滅後之一百年，咐囑特留《無量壽經》，讓經道滅盡後之眾生能隨意所願而得度；此是別開兼攝惡機，不是正攝惡機，如何可以說 彌陀世尊之極樂淨土以攝受惡人為本願？而兼攝受善人？顛倒至極也！

修學本願念佛者，如法然所說，要信自己是惡機之人；然而因為是惡機之人，更要生起大信力，信 彌陀所發之「至心信樂」之願：也就是《無量壽經》中 彌陀世尊之十八願：「**設我得佛，十方眾生，至心信樂，欲生我國，乃至十念，若不生者，不取正覺。唯除五逆、誹謗正法。**」而法然解釋此願為：「**我成佛時，十方眾生，欲生極樂，稱念南無阿彌陀佛，若十聲，若一聲；若不迎接，不取正覺。**」（《法然上人文鈔》P.247） 法然認為 彌陀世尊此願乃是發了「至心信樂」之願，只要眾生欲生極樂，即滿了 彌陀世尊已發之「至心信樂」本願，只要稱念聖號十聲或一聲，必定往生，此爲 彌陀世尊之本願故。經文中之「至心信樂」乃是要由行者自心發起，由於行者聽聞 阿彌陀佛與極樂世界諸多不可思議功德，發起至誠之心與信解之心，於是心中生起欲生極樂世界之意樂；法然卻將此「至心意樂」解釋爲 彌陀世尊本身之至心意樂，本來應該是行者應行之條件，倒說爲是 佛之意願，只能騙不識字之文盲及不懂得思考之心盲者罷了。

法然以下之語更可以證明其曲解經意之處：「言三心者：一者『至誠心』，二者『深心』，三者『迴向發願心』也。『至誠心』者：不禮餘佛，唯禮彌陀；不修餘行，唯念彌陀，專而復專也。『深心』者：深信彌陀之本願不可思議之本願，一向稱念彌陀不可思議之名號，念念滅八十億劫生死之罪，也。我身無始以來是罪惡生死凡夫，無有出離生死之道；一心乘託彌陀不可思議之本願，一向稱念彌陀不可思議之名號，念念滅八十億劫生死之罪，最後臨終時，必蒙彌陀來迎也。『迴向發願心』者：自他之行，悉皆眞實心

中迴向發願也。」（《法然上人文鈔》P.100）

然而《觀無量壽經》中佛說：「上品上生者，若有衆生願生彼國者，發三種心即便往生。何等爲三？一者至誠心、二者深心、三者迴向發願心，具三心者，必生彼國。」　佛所說上品上生者所發之三心，絕對不是如法然所說的意思，乃至　彌陀世尊之十八願所說的：「設我得佛，十方衆生，至心信樂，欲生我國，乃至十念，若不生者，不取正覺。唯除五逆、誹謗正法。」亦非是法然所說是　彌陀世尊本身至心信樂之願。經文分明清楚得很，必得要十方衆生至心——也就是要發至誠心與深心；且信樂——也就是要發起迴向發願心以後，具足此至心信樂、念　阿彌陀佛並發願往生極樂淨土，必定得以往生。

再者，經中佛所說的上品上生者所應具足之三心，乃是爲修學大乘聖道門而住於七住位以上之菩薩而說，因爲上品上生者往生至極樂世界即刻見佛聞法，聽聞妙法已即悟入無生法忍。此無生法忍乃是初地以上之果位，於自心如來藏所生起之陰界入一切法中,「現觀七轉識由自心如來藏生起諸法」時之法無我智境,是相見道所得之後得無分別智。想要能於往生極樂世界時立即見佛聞法,即刻悟無生法忍者,行者於往生前就必須先親證自心如來藏,對自心如來藏總相之根本無分別智,或者更深妙之別相智亦即後得無分別智得要先具足,如此方能聽懂 阿彌陀佛所說之第一義諦極深妙法,方得因聞法後之正解而即時悟入無生法忍。

於《菩薩瓔珞本業經》中 佛也說:「**佛子!我說菩薩次第六入法門無量功德,如是六入法門一切菩薩無不入者。**」所謂六入法門即是:十住、十行、十迴向、十地、無垢地、妙覺地,也就是菩薩修學佛道的次第即是此六入法門,而且是要次第的修進;想要於往生極樂世界見 佛聞法時即悟入無生法忍(也就是初地以上之無生法忍),於捨報前所修學之次第,一定是要於七住位以上之三賢位內或更上位。 佛又說:「**諸善男子!若一劫二劫乃至十劫,修行十信得入十住。是人爾時從初一住至第六住中,若修第**

六般若波羅蜜，正觀現在前，復值諸佛菩薩知識所護故，出到第七住常住不退，自此七住以前名為退分。佛子！若不退者，入第六般若修行，於空、無我、人、主者，畢竟無生，必入定位。」修第六般若波羅蜜以後，正觀現在前，即是於參究自心如來藏時與此心一念相應；於一念相應時，以「見無所見」之慧眼觀見此心之所在及無漏有為功德作用，之後能以此一念相應慧之般若總相智，現觀此心相對於五陰十八界之生滅有為相空之法，非是有生之法；現觀此自心如來藏一向在六塵上不相應、不分別，沒有意識覺知心我諸心行之無常生滅相，非是有滅之法，是無生之法；現觀此心之不自知我之無我性，由於此心之無我性及「覺知心之有生有滅也是無我」，因此就沒有人我；沒有人我即沒有了作主者，畢竟空無、畢竟無生。緣於此親證之般若正觀，並且受到諸　佛菩薩及善知識之護念而不退轉，能安住於此實相心如來藏之無生而得大乘無生忍，住於位不退之七住位。

而無生之法，於極樂世界同樣是　彌陀世尊所教授之法，也是生於極樂世界諸菩薩所必修之法。《無量壽經》佛說：「生彼佛國諸菩薩等，所可講說常宣正法，隨順智慧無違無失……修諸善本，志崇佛道，知一切法皆悉寂滅，生身煩惱二餘俱盡，聞甚深法心不疑懼……究竟菩薩諸波羅蜜，修空、無相、無願三昧，不生不滅諸三昧門，遠離聲聞緣覺之地。」依此段經文可以證實：極樂世界諸菩薩所修學者，例如修空、無相、無願三昧，即是轉依自心如來之無我性而修種種三三昧。由此可見 彌陀世尊所教授予諸菩薩之法，皆同於 釋迦世尊於《菩薩瓔珞本業經》中所說之六入次第法門。因此，於教於理皆可證實，上品上生者所發之三心，絕非法然所解釋狹劣錯誤之三心。

首先說至誠心，一切凡夫位眾生，不認識、不瞭解三寶，亦不能正知善惡因果，若能值遇 佛或菩薩的教導，從教法中了知三寶與眞正之善惡因果，並生起一念淨信，因此便能夠發起菩提心。發了菩提心以後，於一劫或二劫或三劫乃至十劫，修學十信：所謂信心、精進心、念心、慧心、定心、戒心、迴向心、護法心、捨心與願心，於此十心之修行中漸次培植信根、精進根、念根、慧根等。於修學十信中有時退轉於所發之菩提心、有時出離於所發菩提心之正修行，而住於退分的善根，此諸修學十信者並非眞能安住於佛法之學行，佛於經中說爲「信想菩薩」，得要等到值遇善知識修學佛法一劫或二劫，才能入出於十住位內。因此說，能夠於三寶生起具足十信者，也就是入出於十住位者，方能以至誠之心發起菩提心而修學大乘佛菩提道，至誠所發之菩提心，乃是要依三寶之法教修學大乘佛道之心，諸佛菩薩皆共同讚歎，此種發無上道心—即菩提心，修學大乘、不謗大乘者，若再發願往生極樂，正是 彌陀世尊所發願攝受者。不得如法然所說的，將上品上生者所發三心之至誠心說爲：「不禮餘佛，唯禮彌陀；不修餘行，唯念彌陀，專而復專也」。

親鸞更將此三心引申別解：「斯心（大信心）即是出於『念佛往生之願』，斯大願名『選擇本願』，亦名『本願三心之願』，復名『至心信樂之願』，亦可名『往相信心之願』也。」（《親鸞，教行信證》P.85~86）　將　彌陀世尊之第十八願說爲是『選擇本願』，並將此曲解之說，套入上品上生者所應具足之三心，再將此三心套回　彌陀世尊第十八願中「**十方衆生，至心信樂，欲生我國，乃至十念，若不生者，不取正覺。**」將眾生所應具足之「至心信樂」，強行扭曲爲　彌陀世尊之「至心信樂」願，親鸞依此扭曲後之見解，又說：「**……如來以清淨眞心，成就圓融無礙，不可思議、不可稱、不可說至德，以如來至心，回施諸有一切煩惱、惡業、邪智群生海，則是彰利他眞心，故疑蓋無雜，斯至心則是至德尊號爲其體也。……斯心則是不可思議、不可稱、不可說一乘大智願海，回向利益他之眞實心，是名『至心』。**」（《親鸞，教行信證》P.105~107）　親鸞認爲　彌陀世尊於因地「至心」所修所行，其信眾只要稱名一聲「南無阿彌陀佛」，即可獲得與　彌陀世尊相等之「至心」，因爲親鸞說這是　彌陀世尊第十八願之本願也！親鸞之所以會說如來至心是　彌陀世尊聖號之實體，即是承襲於法然所說之他力本願之實體——妄想稱名即可獲得等同佛地眞如之功德，誤解 彌陀世尊之意至極，有文字分辨能力與理解能力者都無法認同，經文由梵文翻譯成漢文過來已經相當清楚可讀，日本版之大藏經中並無特殊不同之別譯，親鸞爲何作此扭曲之解釋？眞是令人難解難思議！

而法然也早於親鸞之前做如是說：「又，三心中之『至誠心』者，有人作種種領解，尤其堅固認爲應自己盡誠；此違背彌陀本願之本意，有欠信心也。如何至誠之輩，亦是造罪之凡夫身，欲憑己力成就往生者，不可能也。唯憑彌陀本願之不思議方得往生，彌陀不思議之本願，本爲既無深誠、亦非善人而發。」（《法然上人文鈔》P.101） 既然無深誠又非善之人，可以依彌陀之本願而得往生（此輩若得往生，乃是下品下生者），爲何至誠之輩，非是造罪之凡夫身，又能發無上道心，能行諸三福淨業，能至心迴向願生極樂國，爲何此等符合經中 佛語者，不得憑 彌陀世尊之不可思議大願而往生？法然之說處處如是自相矛盾，欲曲解經意以符己意者，皆會落入無法自圓其說而強加扭曲之窘境故。

法然不知至誠之心乃要十信具足方得以少分發起，而所發起者乃是發「無上道之心」，也就是發菩提心；但法然爲遮他人對於菩提心之問疑，擅將菩提心設限爲：「又，菩提心者，諸宗其意各別；淨土宗者，願生淨土之心，名爲菩提心也。又念佛即是大乘之行也，無上功德也。」（《法然上人文鈔》P.88） 諸宗所修所行雖略有不同，然無論是華嚴、天台、三論、法相、禪宗、淨土等宗，最後修行目標無非是要趣向聖道—佛道，其所發之趣向佛道之心，就是無上道心就是菩提心，焉可將願生淨土之心說爲是淨土宗之菩提心？以此之謬解而成立其選擇本願念佛之宗旨，令其信徒盲目的以爲：「只要信有 彌陀之本願，我等作惡之人盡可造惡， 彌陀之本願即是爲我等無深誠非善之人所發，可得決定往生。」於此，楊仁山居士亦曾有所評論：「菩提心者，即正覺心也，成正覺方名佛。今重念佛而輕菩提心，大違教義。念佛有多門：念佛名號、念佛相好、念佛光明、念佛本願、念佛神力、念佛功德、念佛智慧、念佛實相；隨念一門，即攝一切門，方入十玄法界。若存取捨之見，則全是凡夫意想，與佛界懸遠矣。」（《楊仁山居士遺著》P.335）殊勝之念佛法門，被法然一解，成爲狹隘、低劣、錯誤、矛盾之選擇本願念佛，修學淨土法門者應理智思惟，方能免於入其謬誤之處而不自知。

若有行者善解於淨土三經之文意，必定會對法然之說生起諸多疑問；爲解他人之問，法然也說：「又有菩提心行，人皆以爲菩提心是淨土綱要，若無菩提心者即不可往生。又以解第一義行，此是理觀也，人亦以爲理是佛源，不可離理求佛土，若無理觀者不可往生。又有讀誦大乘行，人皆以爲讀誦大乘經即可往生，若無讀誦行者不可往生……以此等行殆抑念佛，倩尋經意者不以此諸行付屬流通，唯以念佛一行即使付屬流通後世，應知。釋尊所以不付屬諸行者，即是非彌陀本願故。亦所以付屬念佛者，即是彌陀本願故。」（《選擇本願念佛集》P.64）法然對於第一義諦之理無所知、無所證，所以不知道若要眞解第一義之行，得先親證此第一義諦心、實相心、成佛之理心，方能依此第一義諦心而觀而行，此理確實是成佛之本源；要能親證此第一義諦心，須經歷十信與十住位發菩提心；發了菩提心以後才能值遇善知識，修學眞正之了義正法。法然所舉者皆是求上品上生者，依照 佛於經中所說而行，修學大乘者自然漸漸能夠瞭解，其所證之第一義諦心與 釋迦世尊及 彌陀世尊所開示因地之第一義諦心是同一個理，都是成佛之理源，於此娑婆世界也好、十方諸佛世界也好，只要能親證此實相心、成佛之理心，到了極樂世界親隨 彌陀世尊與觀世音菩薩、大勢至菩薩，所修學的也是與此第一義諦有關之法，在極樂世界所進修的更甚妙、更深細、更寬廣的中道第一義諦妙法，與 釋迦世尊所教導的實相心妙法，是完全相同的聖道門。此等修學大乘之行者，乃是 彌陀世尊之種種本願所攝受之淨意眾生，只要發願往生，何有不得往生之理？除了行者有別願，願於娑婆世界荷擔 釋迦世尊之家業者；或願往生於他方佛世界者，亦皆得願往生；

怎可說修學大乘者非是 世尊所付囑、非是 彌陀世尊本願所攝受者？其理難成、難讓人信解！

已說至誠心，次說「深心」。入於住位之凡夫菩薩，已是上進分之善根者，常行十信心，信三寶常住，方能以所植之善根以至誠心發起修學無上道之心，以至誠之心精進修習六度波羅蜜一切行，乃至能於般若正觀現前時證得畢竟無生之空性心，入七住位，由佛或菩薩之攝受護念故常住不退。由於證得此畢竟無生之空性心，能夠了知此實相心即是菩薩心，此菩薩心為成佛之理一心，盡未來際無有斷滅之時，於過去無量劫由於不明此心、不知一切法皆由此心而生，迷於法界而造作諸多煩惱業果。亦因此而了知，依此永不斷滅之菩薩心，可以透過次第修學菩薩之六入法門而斷煩惱障與所知障，成就一切功德圓滿之佛地果德，由此緣故而對三寶生起堅固信，因此而於佛菩提道發起了「深心」。發起了深心以後，能行一切饒益眾生之行、能轉依實相心而行「無瞋恨諸行」、「無著之行」等八萬四千般若波羅蜜行，於五陰空相之無我法與菩薩心之「法無我」上，漸次破除無明，並透過弘法度眾之行，或伏、或除粗重煩惱之現行。此等發了至誠心，眞實修學菩薩道後才得以發出之「深心」，絕非法然所說之深心「深信彌陀之本願」也；亦非法然所說：「深心即是眞實信心。信知自身是具足煩惱凡夫，善根薄少，流轉三界，不出火宅；今信知彌陀本弘誓願，及稱名號，下至十聲一聲等，定得往生，乃至一念無有疑心，故名深心。」（《法然上人文鈔》P.69）

於佛法之教義上，要於三寶常起信心、不作邪見者，要得具足十信之心與十信之行（請參閱前面至誠心之解說），方能信有十方諸佛，方能信有十方佛國淨土，方能信　彌陀世尊現在仍於離此娑婆十萬億佛剎之西方極樂世界說法。一切信知自身是具足煩惱之凡夫且置不談，印順法師以出家法師之身份，說　阿彌陀佛是太陽思想崇拜之淨化，東方淨土是天界之淨化，法然若能預知於此，要如何說「只要信知　彌陀之本弘誓願，稱名號下至十聲一聲等定得往生之語」？法然與親鸞應當相信：具足煩惱、造作諸惡之眾生，臨終時值遇善知識，並能生起一念之善，稱 彌陀世尊之洪名，得以下品下生者，乃是過去世所植善根於此時相應，此等人， 彌陀世尊亦是悲愍攝受於蓮苞中十二大劫，令免入於惡道輪迴之苦；非是一般造作五逆諸惡者於臨終時諸苦逼迫時卻無善知識幫助者所能為也！亦非此等悲愍之攝受即是 彌陀世尊之唯一本願，還有許多大慈大悲之本願故；亦非此一最低之本願所攝受者往生以後可以超越了中品往生乃至上品中生者，亦非此一最低本願攝受往生者可以即刻證得大涅槃、即時成佛。

再者，行者若能發起至誠心與深心，即是已經略知諸佛所成就之功德，已知自身具足了成佛之理心—實相心、菩薩心、如來藏阿賴耶識；如是聽聞善知識正說，或者自行閱讀淨土三經，心中生起至心之信樂，精進行持念佛，乃至十念而能一心不亂發願往生者，必能得佛加持攝受而成就。此信樂乃行者之至誠心與深心，而從行者自心生起者，然親鸞卻另有所解：「次言信樂者：則是如來滿足大悲、圓融無礙信心海。是故疑蓋無有間雜，故名『信樂』。即以利他回向之至心，爲信樂體也。然從無始已來，一切群生海，流轉無明海，沉沒諸有輪，繫縛衆苦輪，無清淨信樂，法爾無眞實信樂。……以此虛假雜毒之善，欲生無量光明土，此必不可也。何以故？正由如來行菩薩行時，三業所修，乃至一念一剎那，疑蓋無雜；斯心者即如來大悲心故，必成報土正定之因。如來悲憐苦惱群生海，以無礙廣大淨信，回施諸有海，是名利他眞實信心。」（《親鸞，教行信證》P.109）　阿彌陀如來於因地行菩薩行時，所修之三業與四無量心，及圓滿一切種智之修學，皆於 阿彌陀如來之佛地眞如—無垢識—圓滿其一切法種，非是其他有情之如來藏或十方諸佛之佛地眞如所能共有者。仰望 彌陀世尊之種種悲願，衆生若願生其國者，釋迦世尊已將諸多往生極樂之行門與義理開示於淨土三經中，行者應當衡量自己之心量，願上品上生？或中品上生或下品下生？然後依 佛之法教，修學所應具備之行持，自然能與 彌陀世尊之種種悲願相應，並非行者以 彌陀世尊所修之功德，以自己認定之信，就可以乘著此功德而往生極樂，就可以如親鸞所說的：「能發一念喜愛心，不斷煩惱得涅槃，凡聖逆謗齊回入，如眾水入海一味。……一生造惡值弘誓，至安養界證妙果。」（《親鸞，教行信證》P.77~80）事實上，極樂世界卻不收一類惡人：誹謗正法者。

《深密解脫經》：《觀世自在菩薩白佛言：「世尊！世尊！若諸菩薩一切資財隨心所用不可窮盡，菩薩復有大悲愍心，何故世間貧窮眾生受種種苦？」「佛言：觀世自在！此諸眾生自業罪過，菩薩大悲，常欲與諸一切眾生無盡富樂，常懷憐愍堅固不動。觀世自在！若諸眾生無自罪障，世間無有貧窮眾生。觀世自在！譬如一切諸餓鬼等為渴逼惱，注見一切諸河大海悉皆乾竭，此非諸河大海過咎，是諸餓鬼自罪業報。諸菩薩等施諸眾生一切資財，如彼大海無有過咎，而諸眾生受貧窮苦，如彼餓鬼自作惡業有如是報，非菩薩過。」》諸 佛菩薩所為雖常欲利樂一切有情眾生，常以大悲心攝受一切眾生，但是並非因為如此，一切有情眾生就可以單憑著「信」來獲得菩薩布施之資財；有情眾生無法獲得菩薩「等施」之資財，乃是有情眾生「自造惡業遮障自己」之罪過，非菩薩之過。

有情眾生若能勤修三福淨業、於正法廣植福德資糧，即能獲得菩薩等施之資財，例如天降甘霖，根部較深較穩固之草木，自能吸取較多水份，部份草木則被漂流或淹爛，此非所降甘霖之選擇，乃是草木自身各依自己果報功德之所獲得。親鸞之妄想要以　彌陀世尊之功德，以一狹劣粗糙之「信」，即可獲得與　彌陀如來同等之眞實信樂，妄想得此淺信而獲得與　彌陀如來同等之眞實信樂，妄言此淺信生起時即得「眞實信心」、「深心」。有情眾生雖與　佛同樣皆具足了成佛之理心，然而各自之理心中之煩惱障種子與所知障種子，得要由各自有情眾生自行精進修行，去除有漏邪惡諸法種，圓滿成就無漏有爲法與無漏無爲法之法種。然於此修學過程，諸　佛菩薩時時護念加持著這樣在佛菩提道修學之有情，此乃自力與他力兩者不可缺一者。任何行門都不離自力與他力，更別說是不修任何行持，反而暴動殺人、造作諸惡者，僅憑一念之信就想要上品上生往生極樂而證妙果，免除蓮苞中多劫聞熏之過程，免除消業而離蓮苞後多劫之親隨 彌陀修學之過程，便立即成佛；果眞可以如此，菩薩等施之資財應是諸貧窮眾生都可享用，也應是十方諸佛剎之眾生皆已於一念中往生極樂世界成佛了，也應該出離蓮苞的極樂世界有情都不必再隨 彌陀學法了，何有因果可言乎？豈非違教、悖理乎？

次說上品上生所應具備三心之第三心：「迴向發願心」。行者於十信位時即隨分修學迴向心與願心，常發無量的「有行無行」大願，而廣行一切願，將一切行都迴向成就佛道。於十住位、十行位更能於佛道之修學，發出至誠心與深心，因爲親證了眞實心之菩薩心，從眞實心而能入眾生空與無我空，於此二空平等觀中，不捨眾生、救護眾生；以所修之因，迴向於未來將成之佛道。若行者於此時，能將所修之行，迴向發願往生西方極樂淨土，將是　彌陀世尊本願所攝受之易化眾生；其所修學之次第及所修之大乘法，既與極樂世界相同，則行者於往生極樂世界時，立刻就見佛聞法，不必住於蓮苞中；聞法後即悟入無生法忍，承　彌陀世尊威德力攝受，經須臾間即能歷事諸佛，遍十方界而於諸　佛前次第受記，此即是所謂之易化眾生也！

法然所說之迴向發願心爲：「一切善根悉皆迴向往生極樂，決定眞實心中迴向，作得生想。此心深信，猶若金剛；不爲一切異見、異學、別解、別行人等之所動亂破壞。」（《法然上人文鈔》P.268~269）以法然本身日誦七萬遍之行持，將此功課迴向往生極樂，尚可理解與接受；然而他教導門徒不許修「大乘行諸善根」，又不要求修學念佛三昧之一心不亂定力，處處解說皆是以十念乃至一念之方便，教人自己於心中生起信　彌陀本願之念，自己決定深信即可，而其門徒究竟要以何等之善根迴向發願往生而言可以上品上生？善根者，要修十信心、十住心、十迴向心諸行而培植；善根者要發大乘菩提心而培植，善根者要修學大乘諸六度波羅蜜而培植，善根者要修學讀誦大乘經典而培植，善根者要修念佛三昧等等諸行而培植；然而這些卻都是法然所說之雜行，非往生之正行，如何能有善根憑藉而迴向之？又所提之念佛者，也僅以稱名十聲乃至一聲，不知其所謂之上品上生善根從何而生？

又，親鸞將此迴向發願心，套入彌陀世尊第十八願中：「**十方衆生，至心信樂，欲生我國，乃至十念，若不生者，不取正覺。**」所說「欲生」之意。親鸞說：「次言欲生者：則是如來招喚諸有群生之敕命；即以眞實信樂，爲欲生體也。誠是非大小、凡聖、定散、自力之回向，故名『不回向』也。然微塵界有情，流轉煩惱海，漂沒生死海，無眞實回向心，無清淨回向心。是故如來矜哀一切苦惱群生海，行菩薩行時，三業所修，乃至一念一剎那，回向心爲首，得成就大悲心。故以利他眞實欲生心，迴施諸有海，欲生即是回向心。」（《親鸞，教行信證》P.117） 親鸞更簡化了法然的教導了，連一切善根皆迴向往生也免了，親鸞認為　彌陀世尊已經以其利他眞實欲生之心迴施於一切有情眾生了，所以每位有情眾生都可以依此而往生了：只要生起欲生之念，就是具足了與　彌陀世尊同等之回向心了。然而這樣的道理若可成立，卻有一個大問題隨之出現：為何二千五百多年來，不是十方諸佛剎一切有情眾生都已往生極樂、證涅槃妙果了？

因此親鸞說：「信知：『至心』、『信樂』、『欲生』，其言雖異，其意惟一。何以故？三心已疑蓋無雜。故眞實一心是名『金剛眞心』，金剛眞心是名『眞實信心』。眞實信心必具名號，名號未必具願力信力也。」（《親鸞，教行信證》P.121~122）　親鸞將上品上生必具之至誠心、深心與迴向發願心三心，曲解為至心、信樂、欲生，更妄自認為：此「至心、信樂、欲生」乃是從　佛之佛地眞如之功德而得，行者本身不必於至心信樂乃至欲生而有所付出、有所努力；又將此三心曲解為只要心中有一念之信—信　彌陀世尊之本願力，加上稱唸　彌陀世尊之名號，即具足了上品上生之三心，並契入　彌陀世尊第十八願之所謂念佛往生本願，即可往生極樂證得與 佛相同之涅槃果。

法然也如是說：「三心之名，雖似各別；總之，唯在『一向專念』。一向憑託彌陀，稱念佛名，不雜餘事也。」（《法然上人文鈔》P.94） 法然亦以爲一向專唸 阿彌陀佛之佛名，即具足了上品上生所應具足之三心。楊仁山居士對此謬見亦有所評論：「經中所說菩提心及諸功德，皆是念佛行門，良以一切法入一法，一法攝一切法，方見純雜無礙妙用，即得名為一向專念也。若如此中所說，為廢諸行歸於念佛而說者，則經中有自語相違之過。何以故？經文明明一聯說下，絕無廢歸之意也。且著衣喫飯亦是雜行，便利睡眠亦是雜行，必須不食不眠，一口氣念到死，方合此集（選擇本願念佛集）引證之言也。佛經何等深妙，而以淺見測之，豈不貽誤後人哉。」（《楊仁山居士遺著》P.334）

蓋至誠心、深心、迴向發願心等三心，是行者念佛之功德、欲學佛道所發之心，經中上品上生行門之一，尚有修六念迴向發願往生者，其中之

念佛並非僅是稱　佛之聖號即可得之。因為好求　佛之功德故，因此了知佛有十德：如來、應（供）、正遍知、明行足、善逝、世間解、無上士、調御丈夫、天人師、佛世尊；及了知此十德之內涵，因而能修學如來正法、得如來義。因此，如楊仁山居士所說：「念佛一法攝一切法，修一切法入於成佛之法，於此修學狀況下，再提出一向專念　阿彌陀佛，迴向發願往生極樂世界。」才能符合經義、符合教理也。

又親鸞所說眞實信心是金剛眞心，乃是不明金剛眞心之眞義者，才有如此錯誤之援用。能生信心者，意識心也，此一「信」心所有法，是意識相應之善十一心所之一，則知信心即是意識心；意識心非是實相心，意識心於分段生死中出現，是五陰所攝之生滅法，世世於捨報時因色身之五根壞滅而永滅，不能去到未來世；於下一世新的色身五根具足時，又從持種心如來藏阿賴耶識中，等流現起另一全新的意識，不是上一世的意識來到此世。於此世意識所生之信心，雖熏習於種子識阿賴耶識中，但是於下一世全新之意識生起時，並不能憶持過去世所修之信，要等下一世值遇類似之境界或因緣時，方能相應而使信根再等流現起，成爲信力，也就是說上一世所修得的信根要待此世之外緣而再度生起的。因此說，親鸞所主張之眞實信心絕非是金剛眞心；金剛眞心乃是實相心、菩薩心、如來藏，即是第八阿賴耶識；此心未修至成佛轉爲佛地眞如前，皆不與五別境心所及善十一心所相應，此時之金剛心如來藏—阿賴耶識—爲恆而不審之無覆無記性，此金剛心無有見聞覺知之我性，從不自知我、從不作主，更非有所謂之信心可以說之。然而修學十信諸善法，卻要由此心執持種子—信根—延續到未來世而不壞滅，只要世世都能值遇善知識修學正法，此信心種仍能世世相應而現起、熏習，益加堅固。倘若只是如親鸞所說，於意識心生起一念之信而不必修三福淨業，此一念之信是否能夠堅固到捨報身壞命終時，於諸苦逼迫、意識昏沉散亂的情況下，仍然可於心中生起？得要看此人是否於過去無數劫中常修十信之行？於此生能於往生時酬滿此信而使得意識心不顛倒？能以此信力生起發願求生之念？在這種情況下才能稍爲解釋得通，即使有幸親蒙　彌陀世尊示現攝受，那也得要曾修三福淨業，才能以一念之信而蒙　佛於命終時示現提醒接引；往生後也不是上品上生或中品上生者，所以淨土行者應先瞭解九品往生之內涵，才不會被誤導。

第五節　評本願念佛之「證」

釋迦世尊於《觀無量壽佛經》中說：「凡生西方，有九品人。」接著次第的開示每一品往生者生前之行持與往生之相，世尊已經說得非常清楚了，往生西方者無有離此九品之相者，縱然是疑者之往生相，世尊也已交待清楚了。然而，法然與親鸞卻摒棄　佛於經中之語，有其自宗之解。有人問法然：「極樂有九品之差別，阿彌陀佛所立乎？」法然答：「極樂九品非彌陀本願，四十八願中所無；此是釋尊之巧言也。若言善人惡人同生一處，惡業之輩易起慢心，故顯示品位，而言善人生上品，惡人降下品。應速往生，以見其實。」（《法然上人文鈔》P.284） 釋迦世尊乃是如實語者、不妄語者，如今法然爲了維護自立之宗，不惜如此謗佛之所言，《無量壽經》、《觀無量壽佛經》、《阿彌陀經》，皆是由 釋迦世尊親口所說，彌陀世尊因地所發之願，亦是由 釋迦世尊親口說予阿難尊者、彌勒菩薩及大阿羅漢、大菩薩、十方諸菩薩眾所聽聞者，法然怎可說九品之說爲 世尊之「巧言」耶？如果不許《觀無量壽佛經》、《阿彌陀經》亦是往生極樂淨土之教義，世尊何不一貫的重覆說《無量壽經》即可？ 世尊所說之淨土三經教義必定貫通，僅是廣說略說之差別而已，法然之妄舉，後人應引以爲戒！

由於選擇本願念佛法門，要規避其他大乘殊勝之行，又要以自立下劣之宗，推爲是最上等，因此將 佛所說之修學大乘或二乘法者九品往生之人，貶爲生於邊地者。而以其所謂一向專唸、選擇本願念佛者之下劣往生，評爲證入無上涅槃之極果。法然說：「**本願念佛者，獨立不插助也。插助之**

人者，生於極樂邊地。言插助者：以智慧插助、以持戒插助、以道心插助、以慈悲插助也。」（《法然上人文鈔》P.23）　親鸞亦說：「謹顯眞實證者，則是利他圓滿之妙位，無上涅槃之極果也。」（《親鸞，教行信證》P.179）　但是法然與親鸞二人，全然不知不解聖道之內涵，全然不知極樂世界是以聖道之次第，攝受十方諸佛剎行者之往生，而不捨下劣根性者；亦以聖道之內涵，傳授教法於極樂國中人天與菩薩，極樂國土中一切人天與菩薩眾，皆要修集「福與智」諸聖道門之助道法，例如：每日承　彌陀世尊之神力，供養他方十萬億佛，並聽受經法，以修集福德與智慧；亦需於極樂國土中親侍　彌陀世尊，聽經聞法、思惟佛法、增益道法之勝解，以所勝解之法義除滅諸煩惱，以成就菩薩行，以及進修禪定……等法，方能進至究竟佛地；於淨土三經中，佛語如此明言開示，法然與親鸞二人，怎可故作不知、虛妄說法？所修「福與智」聖道門助道法，即是發無上道心，實修布施、持戒、忍辱、精進、禪定與般若智慧，即是三福淨業之廣修；於此娑婆世界已修、今修、當修，亦是於極樂國土所必修，所以應是最上品與最相應之修持，法然卻妄說：「發無上道心者、修學大乘般若智慧者是生於極樂邊地」，親鸞卻妄說其選擇本願念佛等下劣修者往生即證無上涅槃之極果，即是成佛。立此大妄語之言以後，復將此大妄語撰寫於書中流通，傳與無智之門徒，其罪難可一語道盡焉！

法然與親鸞之虛妄想，以爲心中生起一念之信，即可獲得 佛之所修、佛之所證。如果有人對於其所立之宗旨與教義有所懷疑，認爲應該遵從 世尊經中所說，發無上道心、修學大乘、持戒修三福淨業等；法然與親鸞卻反說此等爲「插助」之人，將生於極樂邊地。如果依親鸞所說，彼等下劣人往生極樂時即證無上涅槃之極果，則曾修三福淨業，日課佛號數萬遍之念佛人，更應往生後即刻成佛，那麼此時極樂世界應已有無量數佛；然而經中 佛說 阿彌陀如來般涅槃後，二恒河沙阿僧祇之餘，初夜 阿彌陀如來正法滅已，觀世音菩薩即於後夜安樂世界成佛；本願念佛法門之下劣人反於觀世音菩薩之前成佛，此理說得通否？豈可不顧經中　佛語而自說自話、自立果證？縱然上品上生往生極樂世界者，所得果位也只是在初地以上，佛未曾說有人往生即刻證得無上涅槃者，行者應當仔細於淨土三經中，以正知正見領受　佛語，勿受他人違經所說之妄語所誤導，方是智者。

其淨土眞宗之教義第九號說：「信心從他力而發，名他力信心，佛力爲他力，明信佛智爲信心。祖師曰：歸命之心，非從我生，從佛敕生，故名他力信心。自力之徒修雜行雜修，他力之徒不修之。自力之信有九品，所生之土亦有九品，經曰胎生。他力之信，一相無別，所生之土，亦一無量光明土，經曰化生。」（《楊仁山居士遺著》P.331，眞宗教旨第九條）楊仁山居士評曰：「經云：『十方衆生至心信樂，欲生我國』，發此三心者，仍係自力也。若云從他力生，他力普遍平等，而衆生有信不信，豈非各由自力而生信乎？倘不仗自力，全仗他力，則十方衆生皆應一時同生西方，目前何有四生六道流轉受苦耶？能領佛敕者，自心也，故仍從自心生。……九品之中，上品上生者，立刻見佛，得忍受記，以下諸品均無胎生之事。大經所說之胎生，以疑惑無智所感，與上品之超越，中品之純篤，大相懸殊矣！」

（《楊仁山居士遺著》P.331）

夫十信之行，是菩薩之根本，《仁王經》中　佛說：「一切諸佛菩薩長養十心（十信心）為聖胎也。」菩薩望於　佛之不捨眾生，　佛為度化眾生而發願、行諸菩薩行，隨所調伏之眾生而取國土；欲報　佛恩，應深心於佛法生不壞信。此信心之養成，必由自力之所發，不斷精進修持而長養，蒙　佛力（他力）之加持而成就；淨土眞宗之親鸞卻妄言僅憑　佛力（他力），並排斥修學諸菩薩行，即可依所謂他力而生淨土。

修諸菩薩行乃是趣向成佛之道之因，十方諸佛無一不是經由累劫修菩薩萬行而成就佛果、而成就唯心淨土，並隨所化眾生化現淨土或穢土，云何可說修菩薩行之行者往生極樂為胎生？而不修諸菩薩行，僅憑下劣之一念信者，就想要超越應修證之過程而往生一相無別之無量光明土（隱藏之義乃說往生即超證大涅槃）？法然亦說：「我立淨土宗之元意，爲顯示凡夫往生報土也。……若不別開宗門，何顯凡夫生報土一義乎！」（《法然上人文鈔》P.198~199）如此說法，誤解修道次第與誤解經中 佛語到極點也！

極樂淨土乃是 彌陀世尊爲其本願所願度化「十方來生心悅清淨之眾生」，爲彼等眾生而取而化現之淨土，爲彼等眾生依報之土。世尊於《菩薩瓔珞本業經》中說：「『土』名一切賢聖所居之處，是故一切眾生賢聖，各自居果報之土。若凡夫眾生：住五陰中為正報之土；山林大地共有，名依報之土。」 彌陀世尊所化極樂淨土之國土清淨相、國土眾寶莊嚴相，乃是生於極樂者之依報土相；而生於極樂者多是蓮華化生，乃至生於邊地者亦是化生，經中 佛說「胎生」者，乃是解說：生於邊地者不得自在，而受宮殿之自內境界所束縛，五百年中不能出離邊地宮殿，因此而說爲胎生；實者極樂世界無有世間男女欲之惡，其名亦無，何有胎生之實乎？蓮華化生者，託質極樂蓮花而生是實，然而何時能花開而離開蓮苞？得以在極樂世界自由活動、聽經、聞法、修定，得依其所生品位而各有不同。一旦得能離開蓮苞以後，就能如《無量清淨平等覺經》中佛所說：「其諸菩薩阿羅漢，各自行道：中有在地講經者，中有在地誦經者，中有在地說經者，中有在地口受經者，中有在地聽經者，中有在地念經者，中有在地思道者，中有在地坐禪一心者，中有在地經行者。中有在虛空中講經者，中有在虛空中誦經者，中有在虛空中說經者，中有在虛空中口受經者，中有在虛空中聽經者，中有在虛空中念經者，中有在虛空中思念道者，中有在虛空中坐禪一心者，中有在虛空中經行者；中有未得須陀洹道者，則得須陀洹道；中有未得斯陀含道者，則得斯陀含道；中有未得阿那含道者，則得阿那含道；中有未得阿羅漢道者，則得阿羅漢道；中有未得阿惟越致菩薩者，則得阿惟越致菩薩。菩薩阿羅漢各自說經行道，皆悉得道，莫不歡喜踊躍者。」

或有上品上生者，甫生西聞法已，即入地上菩薩數，或有中品上生者即入阿羅漢數；或有上品中生者於蓮苞中安住一晚，上品下生者於蓮苞中一日一夜，才能蓮花開敷，離於蓮苞中，經過親近觀世音及大勢至菩薩，與聽聞　彌陀世尊之法教後，再逐漸修行入菩薩數，如經中　佛所說。中品中生、中品下生者與下品生者亦皆需於蓮苞中等待業障消除、心性轉變以後，蓮花開後而出生者，亦如淨土經中　佛所說次第之念經思道、聽經行道而修學佛法。而此極樂世界之修行者，皆是共住於此淨土相之依報土——此共有之依報土亦是凡聖同居土，同時亦各自住於自己之果報正報之土，依其自身內證之情況而有凡聖同居土、實報莊嚴土、方便有餘土之差別，於極樂世界唯有　彌陀世尊自居於眞正之淨土——也就是常寂光淨土，此唯有佛始能見之，是故《仁王經》中亦說：「**三賢十聖住果報，唯佛一人居淨土。**」淨土眞宗教條所說九品所生之土亦有九品，不符淨土三經　佛說，乃是於佛法不知不解者所妄想之見，於教於理皆不得成。

因此說，法然所主張凡夫生報土，也僅是生於共業所有之極樂依報土，自身所居者仍是依自身內證而有所差別，非是往生極樂即證與　佛相同之常寂光淨土。況且極樂世界僅是 彌陀世尊之化土，法然卻說：「**極樂是無漏眞實之勝相，泥洹無爲之樂邦也。**」（《法然上人文鈔》P.231） 若是無漏眞實、泥洹無爲，即是指佛地眞如所證之大菩提與大涅槃境界。無漏眞實者乃指佛地所證四智圓明之大菩提，經由無量數劫之菩薩十度修行，究竟破除了如來藏中所知障之障礙，而生起了大圓鏡智與成所作智，具足圓滿了上品平等性智、妙觀察智。佛地時已永捨有漏法種，一切法種皆爲純無漏，且依止於如來地「常樂我淨」之自性法身，永不壞滅、永不變易種子，隨所化有情無止無盡故，窮未來際無斷無盡，因此而說此大菩提無漏眞實。

佛地之泥洹無爲，乃是菩薩位中無量數劫於聖道之修行，斷除了煩惱障與所知障之覆蓋，令自心如來之本來自性清淨涅槃之清淨法界完全顯現；又因已離煩惱障故不住生死，爲利樂有情窮未來際故不住涅槃，此不住生死不住涅槃所顯之清淨法界，即是大涅槃。而於極樂世界只有 彌陀世尊得此大菩提與大涅槃；極樂世界中人雖因 彌陀世尊之攝受，暫時沒有生死輪迴之現象產生，但是並非各各皆已於自心斷除分段生死之煩惱障種，雖因 佛之神力故得金色身等殊妙天身，得宿命、天眼、天耳、神足等五神通，於極樂世界之依報土中仍然有爲有作。例如：飯食、經行、受讀經法、諷誦持說、修習禪定等，乃是不離三界之有爲法，怎可將極樂世界諸菩薩住境妄說爲是佛地之境界？豈非是妄說往生極樂者即是成佛？此種大妄語之過失，勸請修學淨土法門者務必要謹愼，勿重蹈本願念佛行者之覆轍。

又，往生至極樂世界者，各各並非一律同時擁有相等之功德，自身於往生前所修之福德，以及在佛菩提道上所修證之智慧，將影響其在極樂世界之果位與功德受用。例如，《無量清淨平等覺經》中 佛說：「無量清淨佛國諸菩薩阿羅漢，所居七寶舍宅中，有在虛空中居者，中有在地居者；中有意欲令舍宅最高者，舍宅則高；中有意欲令舍宅最大者，舍宅則大；中有意欲令舍宅在虛空中者，舍宅則在虛空中，皆自然隨意在所作為。中有殊不能令其舍宅隨意所作為者，所以者何？中有能者，皆是前世宿命求道時，慈心精進，益作諸善，德重所能致也。中有不能致者，皆是前世宿命求道時，不慈心精進作，善少德小，悉各自然得之。」經中所說前世宿命所作所爲之慈心精進、作諸善行，亦即於菩薩六度、十度諸聖道行上之修持，此乃是選擇本願念佛立宗者所排斥之所謂「雜行」，亦是其所主張應捨之「聖道諸行」，只是專修淨土一向稱唸　阿彌陀佛；然而於極樂世界依報體中之事相上功德受用，卻因於此而有所差別，更何況是聖道門理上修證之差別呢？極樂世界　彌陀世尊必定不會昧於因緣果報之正理，對於　稱念其聖號者就特別優待予以自動升級或增加福德，必定是依往生者在世所修集之福德資糧及慧學等而有所差別；其前世宿命之有所作爲，皆執藏於自心如來之種子而不毀壞，其善惡染淨程度，對於生到極樂世界者來說，大家皆有他心智的情況下，也是無法遮掩的；所以　彌陀世尊必須依各人不同之高下狀況，隨分給予九品之適當品位，不許將本願念佛下劣修學者，妄賜上品上生之品位。選擇本願念佛法門之行者，應該要認清自宗之矛盾處，以及處處違背因果之處，便知「本願念佛法門」宗旨，非是 佛本願之眞意也！

對於因緣果報，法然爲其「惡人凡夫往生報土」，而有如下因果之說：「凡眞如法性之理，非自非他，無修因，無感果。無因果中強論因果之時，既依自修因感果云者，何又依他緣不另感報？……淨土門意，發三心稱名號，造惡不止，妄念不息，行者自力至弱，然佛願力強，不被障於惡業，不被染於妄念，稱名號必得往生；本願名號力強，行者自心功力弱也，故云他力往生也。是亦不背因緣果報之義。」（《法然上人文鈔》P.232） 眞如法性之理，即是眾生各各本自具有之眞實心、根本識、如來藏、阿賴耶識心體所顯示之本來自性清淨涅槃性，此心具足未來成佛之體性，然而無始劫以來，此心雖然沒有我相、人相、壽者相、眾生相，但卻不昧因果的將眾生所造之善惡業種一一儲存，以備他緣具足或自心種子熏習成滿時現行受報；眾生迷於此法界之理，而造作了輪迴三界六道之業，此本來自性清淨涅槃心，被所執藏之三界業果種子染汙，而出生七轉識之貪愛生死現象，牽絆自性清淨心常在三界流轉，無法出離。

但是此心之清淨性，並非因修行而得，也非不因修行即可與 佛相同，依此心所現起之善惡果報，都是有因有緣的；若論因緣果報之理，不得離於此心而言因果；但卻不可以猶如法然將此心之本來自性清淨涅槃理，強說一切果報無修因、無感果。能夠往生極樂淨土是屬於果報之一，要得此往生淨土之果報，此眾生之自心如來中就要儲存著多植善根之因、清淨自心粗重煩惱之因、發菩提心之因、修學大乘之因、親證此自心如來所得之無相智慧之因、迴所作諸菩薩行願生極樂之因等等，因於此自心如來所儲存之往生極樂之因，得與 彌陀世尊之慈悲大願力之緣而相應，如此之自力之因與 佛力他力之緣方是圓滿因緣果報之正理；若不具足這些因，只有多分或少分者，就是極樂淨土之因不具足者，往生後就得要住在蓮苞中一段時間，才能花開見佛。法然所說以眞如法性之理來談因果，才是「無因果而強論因果」，完全是迷於法界之理者；在選擇本願念佛之行者於造惡不止、妄念不息的情況下，其自心如來所含藏之種子勢力全是惡業之因，所謂之「發三心、稱名號」必是於散亂心位中完成，並未具足至誠心、深心之條件，縱然能得 彌陀世尊之攝受，能得下品下生，已是最上之結果了，遑論感生與 佛相同之報土矣！

爲何法然會以眞如法性之理來談所謂之他力論呢？法然如是說：「初言『他力本願之實體』者，謂佛密意也，亦是佛智之所照也。凡聖道淨土二門，共以眞如實相爲其體，故前聖道門中所明，無塵法界凡乘齊圓之理，恒沙功德寂用湛然之性，即是他力實體也，五智中佛智者，即指此理也。……故眞如界，佛爲平等性衆生，開示一心法界理之處，垢障覆深凡夫以自力自己淨體難顯照，故諸佛無極慈悲，哀衆生迷倒，示現法藏發心，發起超世弘願，以易行易修之口稱，得頓悟頓入之往生，他力之實體爰易顯，弘願之化用忽易成。」（《法然上人文鈔》P.223~224） 法然說眞如實相是聖道門與淨土門之體，實有理事之差別應該敘明。眞如實相者：乃是指眾生於因地時以禪法或者修淨土念佛三昧轉而體究念佛，親證佛地眞如之因地心—如來藏阿賴耶識，此心一切有情皆本來具足而有。經由親證此心所得之根本無分別智，再進修後得無分別智—一切種智，可以智力斷除此心所執藏之分段生死煩惱障種與變易生死之所知障隨眠，此智力就是所謂的修學聖道門之聖道力。其中再廣修自利利他六度、十度波羅蜜等無量福德，廣行十無盡願，最後此心可以離於煩惱與所知二障而圓滿究竟佛地果德。此自心如來可因眾生所造之善惡業因，而現善惡業報，或現人身、或現天身、或現地獄身、或現畜生身等，然而此自心如來卻從不自覺有我、從不作主於任何善惡業報，只是隨業而行、隨眾生心而現，於任何業報中仍然保有其本來自性清淨涅槃體性，如此所說才是眞如實相。

眞如實相實是淨土法門修學者所不知不證者，眞如實相是聖道門修學者必須親證之心，是聖道門所修學之內涵，是聖道門所修學次第之根本依。

然而若知淨土之眞意乃是指自性法身之唯心淨土，聖道門所親證之心即是自性法身、眞如實相，以親證此自性法身所得之智慧進修一切種智，即是成就實報莊嚴土之智身，如此才可說眞如實相是聖道與淨土之體。法然對於眞如理體及事修之次第修證上毫無所知，僅是以虛妄之想，期待以凡夫垢障覆深之心，而得 佛地眞如實相之功德體用；以這樣的凡夫垢染境界相來比擬佛地眞如實相，這樣的聖道門與淨土門之體，也只能迷惑無知懵懂之佛法門外漢。

而且，本願念佛法門之淨土門之修學念佛發願迴向往生極樂，並非可以即刻證悟此眞如實相；極樂世界亦非是法然所說涅槃無為之樂邦，極樂世界更非是 彌陀世尊之報土，彌陀世尊之報土（實不可說 佛居果報之土，應說極樂是 彌陀世尊所住之化土）乃是眞正之淨土—常寂光淨土—佛地無垢識境界。往生極樂世界眾生之各自所居報土，仍須以其往生前宿習所造之一切善惡業、無漏業為決定因素：住於蓮苞中多久，花開以後所證之果位如何，修學多久可得何等果位，皆不離自力修學之因緣果報正理。如今法然卻要將　彌陀世尊已得之佛智，虛擬化成爲他力本願之體，只要信此他力本願者，只要稱　彌陀世尊之名就可以得到此體之用，進而一次躍過三大阿僧祇劫之修行，便可生於極樂，享有與　彌陀世尊相同之功德果報。這樣會是　佛之眞正密意嗎？有智之人必定無法認同如此荒謬絕倫之說。

法然更不可說發菩提心修學聖道般若智慧者，與持戒慈悲做諸善行者，是生於極樂世界邊地者；修學此諸多菩薩行之人，都正是了知　佛之不思議智、不可稱智、大乘廣智與無等無倫最上勝智者，於此諸智深信不疑；雖然聖道門之善知識難值難遇故難修難證，然而於佛法能生不壞信故，亦知要發菩提心、修集大乘福德資糧，故能如《菩薩瓔珞本業經》中　佛所說：「佛子！法門者，所謂十信心，是一切行本。是故十信心中，一信心有十品信心，爲百法明門。復從是百法明心中……如是增進……百萬阿僧祇功德一切行，盡入此法門。」十信之法爲一切菩薩行之根本，依此十信之根本而增進修諸功德，並將此諸功德迴向願生極樂佛國。此等精勤上進修學者，往生極樂世界之品位不離上品，焉可誣蔑爲是生邊地者？不可妄說「不信其選擇本願念佛所立之宗者，就說是疑者之輩。」此是恐嚇威脅他人相信其所妄說謬法之手段罷了。

佛所說之生於邊地者，乃是倡導人間佛教邪見的法師等，不信 佛所說超出其凡夫心量所能思議者，不信 佛說有十方諸佛與諸佛國土，誣說「阿彌陀佛是太陽思想崇拜之淨化，東方淨土是天界之淨化」，以其凡夫之所思所見，無法信受 佛之不思議智、大乘廣智等無等無倫最上勝智；雖然如此，卻也教授隨學者與信徒念佛，作諸法會迴向往生極樂世界。如此之暫信暫不信，倘若能夠不謗正法，那麼就可以是往生極樂世界之邊地者，住於自心之疑見境界中，因此到了極樂世界所顯現之果報就是住於邊地蓮花宮殿中，雖受諸樂如忉利天，但五百歲中皆無智慧、不見佛不聞經法，不得供養三寶修諸善本，此是其苦。

然而印順法師等人間佛教倡導者諸師，卻同時誹謗正法：不必阿賴耶識，即可成就因果，即可貫串三世之統一，可以無因唯緣而有三世之輪迴。他們既然如此，連極樂世界之邊地往生也是無望的。印順法師並不知道：彌陀世尊之佛地眞如—無垢識—即是由因地之阿賴耶識心所修證而成，斷除煩惱所知二障之覆蓋，使阿賴耶識心體永捨有漏法種，無漏法種得以生起並增長，此阿賴耶識捨其阿賴耶識性與異熟識性，心體得以成就清淨法界之佛地眞如。若無阿賴耶識，一切修證都將是戲論之斷滅法，也將使佛法不異斷見外道法，哪還有佛可成？如此而寫作《成佛之道》也成多餘之事了。既無 阿彌陀佛、無極樂淨土，也可以沒有娑婆世界，也無眾生界；此種誹謗阿賴耶識的事行，成就了謗佛、謗法、謗僧之大過失，彌陀世尊之悲願中，已聲明不攝受此種謗法人，唯有大悲 釋迦世尊慈悲哀愍，攝受其人入於娑婆地獄中思過悔改也！

選擇本願念佛行者，皆妄想其宗所言：「只要有一念他力本願之信，即能心得決定，往生極樂世界橫超而出離生死流。」信以爲眞。親鸞如是說：「言『橫超斷四流』者：『橫超』者，橫者對豎超、豎出；『超』者對迂對迴之言。『豎超』者：大乘眞實之教也。『豎出』者：大乘權方便之教、二乘三乘迂迴之教也。『橫超』者：即願成就一實圓滿之眞教眞宗是也。亦復有『橫出』：即三輩、九品、定散之教，化土、懈慢、迂迴之善也。大願清淨報土，不云品位階次；一念須臾頃，速疾超證無上正眞道，故曰『橫超』也。」（《親鸞，教行信證》P.132~133）

極樂世界　彌陀世尊，於因地所發之願，皆未曾說修那一種行門往生極樂國土者，一念頃生至極樂就是證得與　佛同等之大涅槃與大菩提道。彌陀世尊自性法身於極樂淨土所自住之常寂光淨土，與　釋迦世尊自性法身於此娑婆五濁惡世所自住之常寂光淨土並無兩樣，唯佛與佛能知能見。親鸞以　彌陀世尊所化現之極樂世界清淨莊嚴化土相，妄想等同於　彌陀世尊自性法身所居之絕對清淨報土，因此而說依其宗所行者可以生於極樂清淨報土—佛地之常寂光淨土—沒有九品位階之分；不必修行聖道之次第，即可超越生死流而證佛果。

但是得生於極樂國土者，必定含攝於九品位階之中，沒有人能超出九品以上，釋迦世尊所說不違 彌陀世尊之本願故；已生者承蒙 彌陀世尊願力與神力攝受，暫時得免於分段生死之現行果報，可得壽命無能限量，如此並非就等於眞正證得如阿羅漢之解脫果；如果有人中品往生極樂以後，成阿羅漢而入無餘涅槃，則他在極樂國的這一生，仍然是分段生死。倘若有別願，要迴入他方世界或者娑婆世界廣度有緣眾生者，仍然要再受分段生死之果報。依 彌陀世尊之本願，此種發大心之菩薩，於極樂國土壽終迴入他方世界者，不再入三惡道受果報，可以因此而說，生於極樂國土者，再迴入他方世界時必定斷了異生性障：已斷了引生三惡道之煩惱業行，並且因爲通達了自心如來所生一切法之內涵，同時也斷了因退轉於正法而誹謗正法之業行。縱然是他方佛土之地上菩薩願生極樂國土者，亦是以上品上生之品位而生，不能超出三輩九品範圍；若無他願者，於極樂國土中究竟至一生補處，也不是成佛，唯除觀世音與大勢至菩薩。

大乘之教，從未有如親鸞所說「豎超」之法，修學大乘聖道門的方法，唯是「理則頓悟，事則漸修」，於事修中不能離於理證，於理證後不能離於事修；能夠證理者更是不能離於事修。於頓悟自心如來之理的當下，並未有超斷三有生死之功德，必得要於證理以後，以證理所得之無我性智慧及所斷我見之智慧，於事修過程中歷緣對境對治煩惱障、分破所知障；次第而上至七地滿心入於八地，才斷三有生死流，於解脫果自在，但是此八地菩薩不同於二乘之阿羅漢，阿羅漢滅五陰而取證涅槃，八地菩薩卻不滅五陰（也就是不出離三界）而證涅槃，於解脫果自在。所應頓悟之理包含了七住位之眞見道，及往後十住位、十行位、十迴向位之相見道及初地之通達智；相見道皆不離七住位眞見道頓悟所見之理，亦不能離於漸次而進之事修之功。親鸞將最後身菩薩「一悟即成佛」說爲是「豎超」，理亦不成，最後身菩薩仍然歷經了無量數劫之理證與事修之過程，非是一般凡夫不經此過程即可一悟即至佛地的。

因此極樂國土未曾有如親鸞所說「橫超」之法，修學淨土法門之行者應要了知此中正理。親鸞將三輩九品譬爲化土、懈慢、迂迴之善，亦是不解佛語經義、不知淨土之聖道修學次第之錯誤譬喻，上輩與中輩者皆是如實依於聖道次第或解脫道，修學大乘或二乘之行者，乃至下輩亦須發無上道心—也就是菩提心。要發菩提心者，就要於一劫、二劫乃至十劫修集十信之行，於信根具足方能成就發起菩提心之善根，此中之「行」者皆是精進、直趣於佛道者。於《大乘悲分陀利經》中 寶藏如來說：「菩薩有四懈怠。何謂爲四？一者、立願於淨佛土。二者、願淨意衆生中而作佛事。三者、願逮菩提已，不說聲聞辟支佛乘。四者、願逮菩提已，長壽作佛。是爲菩薩四懈怠地。」 彌陀世尊因地於 寶藏如來前所發「取淨意眾生、於淨佛土成佛」之願，相較於 釋迦世尊於因地大悲所立之願：「願取五濁惡剎造無間業乃至集不善根者而攝度之」，雖有不同，然而 寶藏如來尚稱「取淨佛土、攝度淨意眾生者爲懈怠菩薩」，親鸞所立之淨土眞宗修習選擇本願念佛者，僅依一念之信與稱名，就要超證無上菩提、立成佛果，更應是最爲懈怠者；最懈怠之親鸞，反稱精進修學大乘趣向佛菩提道得能上品往生者爲懈怠，非但理不能成、教證上亦不能成，於眞修實證上亦不能成。

於極樂淨土修聖道或者於娑婆修聖道者，皆不應以所謂之橫出、橫超而解釋之，眾生各自之自心如來所執藏之有漏有爲煩惱習氣業種，不因往生極樂淨土而剎那轉爲究竟無漏之清淨法種；其自心如來之所知障隨眠，不因往生極樂淨土而剎那破除、而增長出無漏無爲菩提法種。先不論凡夫地，菩薩於十地之菩薩道修行中，要斷粗重煩惱種子與微細之所知障隨眠，須歷經二大不可數劫方能斷除，再經百劫專修福德而具足種種好相，至佛地才能永離一切隨眠，十方諸佛皆知此理。因於 彌陀世尊之大願力，攝受有情眾生於極樂國土能得不退轉，得生以後若永不離極樂國者，乃至一生補處，於其中間皆不退轉於佛菩提道。倘若有情眾生於前生宿命所學之聖道次第，已到七住位以上（指已得佛菩薩或善知識所攝受而不退者，若是退於所親證之自心如來之見地，則不在此內），發願往生極樂，到已即得面聞彌陀世尊說法，聞法後，即刻證得無生法忍，得以領受彌陀世尊之威德力，於極樂淨土修學地上大乘聖道而不退轉；將異生性障所可能障礙修道而退轉之風險，藉著往生極樂之因緣而得以消除。然而接續於後者，仍然是要於極樂世界次第的進修佛菩提道；若無迴入娑婆利樂有情之別願，則可於極樂國土修學到一生補處之菩薩位。

倘若有情眾生於得生極樂世界前之修證，尚未入七住位之不退階位，或於十信位，或於初住位或於六住位，或悟後生疑不信，但不誹謗者，以所修諸大乘功德迴向發願往生極樂國土，得生之後，或者要於蓮苞中住一晚（相當於此娑婆世界半劫），或者要於蓮苞中住一日一夜（相當於此娑婆世界一劫），才能離於蓮苞而花開見佛，或者只見觀音、勢至大菩薩；之後尚且要修學第一義諦甚深妙法，歷經一小劫或三小劫才入住初地。這段相當於娑婆世界無量數劫的期間，也不得超越所應修證之次第，唯得受 彌陀世尊神力攝受，免於異生性障之障礙而退轉於聖道之修學乃至輪迴三惡道之果報。因此，親鸞所說淨土眞宗之橫超者，實爲癡人夢想之言語，違教悖理之處甚多，不符淨土三經之教理，修學淨土法門之行者應捨棄之，並速遠離爲要。

第六節　回應楊仁山居士之闡教聲明

楊仁山居士，名文會（西元 1837～1912），於清朝末葉創設金陵刻經處，並自日本蒐購久已散佚之經典疏論，由刻經處刻印流通，使得佛之教法得以因爲經典之流存而不至於提早步入末法之毀壞。由於楊仁山居士透過日本友人尋找散佚之經論，因而有因緣看到日本淨土宗與淨土眞宗之教旨，以其深入經教之背景與實事求是之科學精神，對於淨土眞宗之主張與經意不合處，以眞心論道之精神，不避、也不忌諱與日本友人之情誼，可能毀於一旦，仍然振筆疾書與之書信辨正。其護持法教之所行，與恩師 平實導師今日不計毀譽而摧邪顯正之行，可說是前有古人、後有來者，遙相輝映；觀其對眞宗教旨之評論，句句直搗錯謬之立論，毫不受情誼之繫縛，此乃是今人所應學習與讚歎之處。茲摘錄楊仁山居士十點闢教聲明，以申其襟懷，藉以明示教界人士，當如是學之，才不枉爲 佛之弟子。

一、報佛恩故：釋迦如來說法度生，流傳經教，普應群機。淨土眞宗，斷章取義，直欲舉三藏教典而盡廢之，豈不孤負佛恩哉？

二、彰佛本願故：彌陀因地發四十八願，攝受無遺。貴宗單取一願以為眞實，則餘願非眞實矣！既非眞實，彌陀何必發此等願也。蓋佛之本願，願願眞實，互攝互融；取一願為宗可也，判餘願非眞實，不可也。

三、光顯教道故：如來教法，三界獨尊，一切異教所不能及。良以出世妙法，極盡精微，無有能過之者；今若將深經妙論棄而不學，則異教道理，駕於佛門之上，聰明才智之士，將視佛法如弁髦，視異道為拱璧矣！

四、令法久住故：佛滅度後二千九百餘年，現當末法之初，實證者雖覺罕見，而信解觀行者不乏其人；若除稱佛名號外，一概遮盡，是行末法萬年後之道也，豈非將　釋迦遺教促短七千餘年哉！

五、普被三根故：十念往生，大經觀經皆（說是）屬下品；發菩提心修諸功德，方生中上。今廢菩提心及諸行，是專攝下輩而不攝中上矣；根有利鈍，不可一概而論也。

六、令僧和合故：在家出家，同為　釋迦弟子，同遵　釋迦遺教，隨根授法，各有專修，互不相違；若「是一非餘」，則於大法中別闢一門，不得謂之和合矣。

七、提獎後學故：初學佛者，心志勇銳；教導無方，不進則退；若捨佛法不學，而學世法，雖有他力之信，亦恐為俗習所染，豈能與彌陀清淨光明相接耶？必於淨土三經內深究其義，知念佛一門為圓頓教中超勝之法，時有進境，方能增長信心也。

八、融攝十方故：淨土一門，為十方諸佛所共讚，十方菩薩所願注；下至凡夫，上至等覺，皆在其內。蓋凡夫心體與諸佛法身無二無別，若執凡境與聖境判若天淵者，則不能生淨土。以佛眼所見，是假名凡夫，是故生一佛土，即生十方諸佛國土，豈世俗情見所能思議哉！

九、貫通三世故：一念念佛，全念是佛；佛無古今，念亦無古今；說自說他，方便施設，執之成對待法，不執即絕待法。絕待之法，一念融三世，新佛即舊佛，全自成他，全他及自，如平等真法界矣。

十、究竟成佛故：世出世法，不出因果二字，無因得果，不應道理。菩提心者，佛果之因也；大經三輩往生，皆以菩提心為本；接鈍根人，雖未能令其速發菩提心，亦當示以發心之相。蓋發心有二種，凡位以四宏願為發心，至信滿時，發眞實菩提心，即是初發心時便成正覺。若以初住之心教凡夫發，似覺甚難；然發四宏願，即菩提之因也；往生淨土仗此因，究竟成佛亦仗此因，是以可勸而不可捨也。（《楊仁山居士遺著》P.320~321）

淨土眞宗又名一向宗，就是主張以 彌陀世尊之第十八願爲攝受眾生往生極樂之本願，因此只要專稱 阿彌陀佛名號，不必再發菩提心，不必再修任何六度波羅蜜之行，以一向專念無量壽佛而廢諸精進上修一切行，因此說一向。然而如此懈怠之徒所立之宗，廢諸聖道門所應修之菩薩行，而鼓勵一向宗之出家眾結婚行淫生子，家人同住寺中，過世俗之五倫生活，以滿足其世俗之五欲，並扭曲佛意自我安慰爲：只要安立其心於一念之信，即此一念之信，便能得到佛地之無漏果德。

譬如淨土眞宗第十號教條云：「眞俗之名，有重重之義，本宗假以安心門爲眞諦，以倫常門爲俗諦。本宗既開許畜妻，不能無五倫，既有五倫，不能不履其道，是爲俗諦。凡夫之罪雖大，較諸願力，不啻滄海一粟，所以不問啖肉畜妻也。眾生之善爲有漏，彌陀之報土爲無漏，有漏之善，不可以生於無漏土。」（《楊仁山居士遺著》P.331，眞宗教旨第十條）楊仁山居士評論云：「……豈所掃者是出世行，而不掃者是世間行乎。夫世間行長生死業，而出世行逆生死流，孰正孰反，必有能辨之者。」（《楊仁山居士遺著》P.332）淨土眞宗既要享用佛之三十二大人相與八十種隨行好之出世功德，又不捨世俗之啖肉、畜妻、五欲之行，更妄言以其一念之信所安之意識妄心爲無漏之眞諦。

佛陀所制之佛戒何其清淨，對諸弟子眾僧之教誨何其嚴謹，所傳之法義何其廣大勝妙，竟有如此附佛法表相之徒，不離殺與淫、不修福與慧，所行皆是不善之行，以貪瞋癡而廣植不善之根，卻誑言以此不善之根，可生 彌陀無漏報土（實無 彌陀無漏報土可往生，皆是住於自身之果報土與 彌陀之化土），而反說發菩提心者、修學聖道門諸助道法者所修之善為有漏善，蔑指為不得往生於 彌陀之無漏報土。聖道門諸助道法，於七住之前所修者，乃是外門修菩薩行，尚未親證聖道門之正道──未證自心如來阿賴耶識，其所修之善唯是有漏之善。然而於七住位親證自心如來之般若現觀，得能轉依此自心如來之無分別、無所得之根本無分別智以後，所修諸菩薩行兼攝無漏善之行，此乃是淨土真宗所有選擇本願念佛者所不知不證，窮極意識心想而仍然不可思議者。

佛法中之俗諦，也就是世俗諦，指的是二乘所修所證之苦集滅道四聖諦，由於此四聖諦所修證之解脫道觀行，不離於世間五陰十八界之世俗境界相，於世間之境界相觀行中，知苦、斷集、證滅、修道，因於遍依世俗境界所見之理與所得之智，如此而說二乘所修證之解脫道爲世俗諦。親鸞卻亂作解釋，將世俗五倫之法說爲出世間法之世俗諦，以符合自己之立場及宗旨。佛法中所說之眞諦，也就是大乘第一義諦之理；此理乃是法界眞實之理，是十方過去現在未來諸 佛無差別相之「理一心」，此理一心就是眾生本自具足之自心如來阿賴耶、異熟、無垢識，乃至二乘亦不知不覺此「理一心」，此自心如來是大乘佛法事修與理證之根本所依。

大乘佛菩提道之事修與理證函蓋了二乘之解脫道修證，二乘阿羅漢未證得理一心，但信受佛語：「有本際、實際，五陰滅後非是空無、非是斷滅」，阿羅漢才敢捨滅因五陰而現之覺知心自我，而入無餘涅槃，解脫道因此得能修證，而不落入外道之斷滅見中。然而八地菩薩，亦得能不滅五陰，不捨意識覺知心之現行而證無餘涅槃（依分段生死已斷而說），因爲二乘阿羅漢入無餘涅槃時，其實無所入，只是滅了十八界我，留下第八識自心如來獨存，因此而方便說二乘之解脫道因理一心而得成得證，然而二乘聖人其實並沒有證得自心如來。

大乘佛菩提道函蓋二乘之解脫道，所證之解脫是究竟解脫，二乘所證之解脫是有餘過解脫，所證得之涅槃是少分涅槃，未斷除無始無明住地故（未證理一心、所知障未破），因此說大乘所修所證是眞正了義之第一義諦；因爲是世間出世間之第一義諦故，所以說是眞諦。淨土眞宗以佛法名相亂作解釋以符自宗，遮蓋及美化其世俗愚癡之所思所見，有智之行者，於一念之思惟間，即可看出破綻，知其非是佛法之理路與行門也。

極樂淨土者，實不離唯心淨土之理證；三世諸佛欲取佛土，皆以所發之菩提心，爲其所取淨土之根本。以所發之菩提心修諸菩薩行，方得趣向成就佛土與成佛之門，因此說：發菩提心方爲淨土之根本因。善財童子五十三參，每一參皆要先述明自己已發無上正等正覺之菩提心，接著才向善知識參問如何修學菩薩行、如何實行菩薩行、如何清淨菩薩行、如何親入菩薩行、如何成就菩薩行、如何增廣菩薩行，並參問如何能令普賢行速得圓滿，由此可知發菩提心之重要，淨土眞宗怎麼可以排斥貶抑呢？

所謂普賢行，即是 佛所說一切菩薩無不入而修學之六入次第道——十住、十行、十迴向、十地、無垢地、妙覺地，如《華嚴經》中所說：「**住普賢行已，入大願海；入大願海已，成就大願海。以成就大願海故，心清淨；心清淨故，身清淨；身清淨故，身輕利。身清淨輕利故，得大神通，無有退轉。**」十方三世諸佛，皆於因地廣修五十三階位之菩薩行、廣行普賢行，方得入大願海，成就所發之「取佛國土」與「成就佛道」之大願。普賢菩薩更咐囑：當令眾生發菩提心，發菩提心已，令聽聞、讀受普賢十大行願，以受持此普賢十大行願之善根力，於臨命終時不捨此願，即得上品往生極樂世界。何等爲普賢十大行願？一、禮敬諸佛。二、稱讚如來。三、廣修供養。四、懺悔業障。五、隨喜功德。六、請轉法輪。七、請佛住世。八、常隨佛學。九、恆順眾生。十、普皆迴向。此十大行願，函蓋於菩薩六入次第道中，然而首要者乃是發菩提心，如楊仁山居士所言：要勸發菩提心，不可勸捨菩提心。勸發菩提心以後，就要勸修菩薩行，也就是要入普賢十大行願中，如此才是行者契入淨土之正確行門，不可如「選擇本願念佛」之既荒謬又違教悖理之主張，自誤而又誤人，卻不自知。

第五章　聖道門與淨土門互相含攝

第一節　聖道門之易行道與速行道

上來已闡明，極樂淨土亦不離聖道門之修道次第，也就是說，淨土門之修學其實是通往聖道門之行門之一，而聖道門之修學實不離自心唯心淨土之親證，也可以增益自己往生極樂時之品位提升，不可如日本淨土宗或淨土眞宗所言「捨聖道而入淨土」，不可如法然所說：「聖道門者，在此娑婆世界斷惑證果之道也。……淨土門者，厭捨娑婆，急生極樂也。」（《法然上人文鈔》P.114）聖道門非僅是娑婆世界斷惑證果之道而已，十方諸佛刹土—包括彌陀世尊極樂國土在內—無不於菩薩法道上精進修學種種聖道門而期斷惑證果，實乃法然不知聖道之內涵，故以自宗之立論方式，將淨土與聖道切割爲二，並在行持上排斥所有聖道門之正道與助道之行，則使其信徒往生之品位降至極低，絕非正法知見。法然於《選擇本願念佛集》說：「曇鸞法師往生論註云：謹按龍樹菩薩十住毘婆沙云：菩薩求阿毘跋致有二種道，一者難行道，二者易行道。……易行道者謂但以信佛因緣願生淨土（起心立德，修諸行業；佛願力故，即便往生），乘佛願力便得往生彼清淨佛土。（以）佛力住持即入大乘正定之聚，正定即是阿毘跋致，譬如水陸，乘船則樂，此中難行道者即是聖道門也；易行道者即是淨土門也。難行易行、聖道淨土，其言雖異，其意是同。」（《選擇本願念佛集》P.4~5）

法然所引用　龍樹菩薩《十住毘婆沙論》所說文句，實有斷章取義之處，今將相關前後文摘錄如下：《問曰：「是阿惟越致菩薩初事如先說。至阿惟越致地者，行諸難行，久乃可得，或墮聲聞辟支佛地，若爾者是大衰患。……是故，若諸佛所說，有易行道疾得至阿惟越致地方便者，願為說之。」答曰：「如汝所說，是儜弱怯劣無有大心，非是丈夫志幹之言也。何以故？若人發願欲求阿耨多羅三藐三菩提，未得阿惟越致，於其中間應不惜身命，晝夜精進如救頭燃。……行大乘者，佛如是說：『發願求佛道，重於舉三千大千世界。』汝言阿惟越致地，是法甚難，久乃可得，若有易行道疾得至阿惟越致地者，是乃怯弱下劣之言，非是大人志幹之說。汝若必欲聞此方便，今當說之。佛法有無量門，如世間道有難、有易，陸道步行則苦，水道乘船則樂。菩薩道亦如是，或有勤行精進，或有以信方便，易行疾至阿惟越致者。……若菩薩欲於此身得至阿惟越致地，成就阿耨多羅三藐三菩提者，應當念是十方諸佛，稱其名號。」……問曰：「但聞是十佛名號，執持在心，便得不退阿耨多羅三藐三菩提。為更有餘佛、餘菩薩名，得至阿惟越致耶？」答曰：「阿彌陀等佛及諸大菩薩，稱名一心念，亦得不退轉。……復次，過去未來現在諸佛，盡應總念恭敬禮拜。……復應憶念諸大菩薩。……」問曰：「但憶念阿彌陀等諸佛，及念餘菩薩，得阿惟越致，更有餘方便耶？」答曰：「求阿惟越致地者，非但憶念稱名禮敬而已，復應於諸佛所懺悔、勸請、隨喜、迴向。……是菩薩以懺悔、勸請、隨喜、迴

向故，福力轉增，心調柔軟，於諸佛無量功德清淨第一，凡夫所不信而能信受，及諸大菩薩清淨大行，希有難事亦能信受。」》

從 龍樹菩薩於《十住毘婆沙論》中問答之開示可以得知，要於此生以方便門求得阿惟越致（或稱阿毘跋致）——不退轉、不懈廢於無上正等正覺者，即是儜弱怯劣、無有大心者，而 龍樹菩薩緊接著所開示之「以信方便，易行疾至阿惟越致者」，並非只是念十方諸佛稱其名號，尚包括：恭敬禮拜諸佛、於諸佛所懺悔、勸請、隨喜、迴向。由於行諸廣植善根之行，行者方能福力轉增，心調柔軟，於三寶才能生起深信、正信，於三寶所生起如此之信以後，尚且要於外門修學六度波羅蜜，發起大悲心隨緣度眾生。龍樹菩薩所說之信方便，與 普賢菩薩所說行持普賢十大行願，得能往生極樂世界，所開示於眾生者，實際上是同樣殊勝的淨土聖道門。法然虛妄曲解 龍樹菩薩所說之易行道，並非以他自己所謂一念之信即可具足 龍樹菩薩所說之信方便，而 龍樹菩薩所說具足信方便之行持，皆被法然等主張選擇本願念佛者所排斥，說爲雜行雜修，說非是往生極樂世界之正因，如此「選擇」符合己意之文字，以彰自宗所立之謬論，枉顧菩薩全文之義，非是誠實之行爲。

法然說：「上輩之中雖說菩提心等餘行，望上本願，意唯在眾生專稱彌陀名，而本願中更無餘行。三輩俱依上本願，故云一向專念無量壽佛也；一向者對二向、三向等之言也。……雖先說餘行後云一向專念，明知廢諸行唯用念佛，故云一向。」（《選擇本願念佛集》P.25） 彌陀世尊所發之願，願願皆眞實，皆與 釋迦世尊於《觀無量壽經》中所說之九品往生相，或於《無量壽經》所說之三輩往生相，字字不增不贅、句句不遮亦不遺，無所謂「先說餘行後廢諸行」之處，乃是法然不懂聖道門之內涵，不明經文之實義所造成之過失。

於上輩往生之經文中， 佛說「**應發無上菩提之心，修行功德，願生彼國**」，此中函蓋了上品上生、上品中生與上品下生者；中輩往生之經文

中　佛說：「當發無上菩提之心，一向專念無量壽佛，多少修善、奉持齋戒……以此迴向願生彼國。」此中亦函蓋了中品上生、中品中生與中品下生者；下輩往生之經文中　佛說：「當發無上菩提之心，一向專意乃至十念，念無量壽佛，願生其國。若聞甚深法，歡喜信樂不生疑惑，乃至一念念於彼佛，以至誠心願生其國。」此中所說亦是函蓋了下品上生、下品中生與下品下生者，都需發菩提心，乃至中品上品人都需修諸善行，非不需修。

彌陀世尊之願中含攝了九品往生之眾生心所行之業因果報，《無量壽經》彌陀世尊於因地所發攝受眾生之願爲：「設我得佛，十方眾生，至心信樂，欲生我國，乃至十念，若不生者，不取正覺，唯除五逆、誹謗正法。設我得佛，十方眾生，發菩提心，修諸功德，至心發願，欲生我國；臨壽終時，假令不與大眾圍遶現其人前者，不取正覺。設我得佛，十方眾生，聞我名號，係念我國，殖諸德本，至心迴向欲生我國，不果遂者，不取正覺」一一願中所說，皆不違逆眾生所行，皆隨眾生心之所行而攝受之，如

何可說　彌陀世尊有「廢諸行」之意耶？所發之無上菩提心與所修諸功德之行持，乃是　成佛之因與必修之菩薩行，縱然　龍樹菩薩以「方便之信」開示予此生欲得不退轉之行者，仍然包含了恭敬禮拜諸佛、於諸佛所懺悔、勸請、隨喜、迴向及外門修六度般若波羅蜜等必行之行持。法然竟然僅以下品下生之方便攝受造諸五逆十惡者，以稱名之便而曲解　彌陀世尊之願與釋迦世尊之開示，遮遣了發菩提心與修諸善業，及於內門或外門修菩薩行之聖道門行業，誣說是修雜行者，妄說是自障障他往生之行，說為是往生邊地者；以其所居住時代環境背景之所需而安立之宗旨，說之為究竟勝妙之念佛法門，乃是牽強之說。

又菩提心者，行者於未親證自心如來、未入初地之前，以其所發之四宏誓願心為主，已入初地者以其入地時所發之十無盡願為主，而此十無盡願實質上也包括了四宏誓願。四宏誓願者：一、眾生無邊誓願度；二、煩惱無盡誓願斷；三、法門無量誓願學；四、佛道無上誓願成。此四宏誓願之內容實函蓋了從因地之初發心到妙覺菩薩之修持，何以故？從大乘法之層面來說，眾生無邊誓願度，此所度之「眾生」包括了自心之煩惱眾生，即是一念無明四住地煩惱之現行與習氣種子隨眠，菩薩於七地滿心時爲修證增上慧學故，斷盡煩惱之現行：斷最後一分思惑而入八地，於二乘解脫道已具足圓滿。此解脫道不共二乘阿羅漢者，是八地菩薩已從初地開始斷除阿羅漢未斷之煩惱習氣種子隨眠；菩薩已破無始無明並分證佛菩提之功德，因而八地菩薩不捨五陰法性，而能念念住於滅盡定。八地菩薩度盡自心煩惱眾生，然而對於一切有情眾生未得度者，皆願盡未來際度化，乃至成佛，皆不捨此四宏誓願及十無盡願之增上意樂，廣度有情永不終止。

於度無邊眾生之願中，包含了煩惱無盡誓願斷之願，過去恆沙無量數劫，因爲無明而於貪瞋癡所造之三界業果及煩惱習氣，於初發心時即應了知，斷煩惱也是未來無量數劫不能避免所應修的事行，非是一世二世所能成就的。因此 龍樹菩薩說：「**若人發願欲求阿耨多羅三藐三菩提，未得阿**

惟越致，於其中間應不惜身命，晝夜精進如救頭燃。」在未得不退轉之前，像是要救頭上已燃起之火一樣，要不惜身命晝夜精進，期能將此煩惱火永滅殆盡，此煩惱火能燒一切功德故。佛說要以智水滅三毒火，智水者即是般若及解脫道之智慧；然而「法門無量誓願學」非是二乘之願，乃是大乘佛菩提道之通願，大乘佛菩提道函蓋了二乘解脫道之法；如同七地滿心入八地所證者，乃是不離二乘解脫道之法，然而佛菩提道之解脫智慧卻更殊勝於二乘之解脫道智慧。

佛菩提道之法門，略說為「福與慧」，或者戒定慧三學，廣說有三十七道品（四念處、四正勤、四如意足、五根、五力、七覺支、八正道……）、四聖諦、十二因緣、六度或十度波羅蜜、四無量心、百千無量三昧、一切種智等等。而修學此無量之法門，也是為了成滿無上佛道之願，為了度盡一切未度之眾生，因此又可說此四宏誓願實際上只有一心，也就是無上之菩提心，一切修學佛法者初入門時，於三歸依就已經發了此無上之菩提心了，此菩提心乃是修持菩薩行之根本依，乃是成佛之因；若是捨了此心，與佛道又怎能相應呢？法然、親鸞等選擇本願念佛之人，竟然主張捨此菩提心，更誣蔑 佛於淨土三經中廢棄「諸菩薩行」，妄說「只要一向專稱佛號即是 彌陀世尊攝受行者往生之本願」，如此之主張，實落於外道之數中矣！

又 龍樹菩薩所說阿惟越致者：「菩薩不得我，亦不得衆生，不分別說法，亦不得菩提，不以相見佛，以此五功德，得名大菩薩，成阿惟越致。菩薩行此五功德，直至阿惟越致。」 龍樹菩薩此處所說，與 佛於《菩薩瓔珞本業經》中所說：「是人爾時從初一住至第六住中，若修第六般若波羅蜜，正觀現在前，復值諸佛菩薩知識所護故，出到第七住，常住不退。」乃是法同一味。菩薩修學般若波羅蜜，現前親證自心如來：無我、無眾生、於諸煩惱無分別、自心如來無身根相貌、自心如來體性如虛空，因此而以意識有分別、有心相之覺知心，證得此根本無分別智。再閱讀諸般若經，領受 佛之護念，以此親證之根本無分別智，再受善知識於別相智之深入教導與攝受，因此得於七住位常住不退，不退轉於自身所親證之自心如來，乃是未來成就無上正等正覺之根本心，得能漸次信解並通達此無相之法，此乃是 龍樹菩薩所說漸漸精進後得阿惟越致者。

然而， 龍樹菩薩之意並非如法然所說：「難行道者即是聖道門，易行道者即是淨土門」，若有人以 龍樹菩薩所說之「信方便易行門」欲入阿惟越致者，所修所行應皆不離「發菩提心、行菩薩行，念佛發願迴向」等聖道門之助道，唯除親證自心如來之正道修證。如此而修者，假使所發之願為往生 彌陀世尊之極樂世界者，定非是上品上生，最殊勝之品位為上品中生；上品上生者需於往生前即已親證自心如來且不懷疑、不退者，生於極樂時即能見佛聞法，已證知如何是見佛故。上品中生者，尚且要在蓮苞中待一個晚上，花開後不斷聽聞熏習第一義諦甚深妙法，七日後才得不退轉於無上正等正覺。如此而行之行者，乃是 龍樹菩薩所說得於此生以「信方便而易行疾至阿惟越致」，其餘品位，除中品上生者以外，生於極樂世界以後，亦能夠「先得不退轉於無上正等正覺之修證」，再依證聖道門之次第而漸次修進。如此之易行，龍樹菩薩稱爲是「儜弱怯劣、無有大心」者，僅是方便之行門，藉由佛之威德力與神力，得能攝受行者不輪迴於三惡道中，令行者不因異生性障而毀壞所發之菩提心；然此等「信方便易行門」，絕非如選擇本願念佛者所扭曲之一念之信彌陀本願所能成就者，仍須有許多菩薩行故。

得能往生極樂世界之淨土門行者，若能遵守龍樹菩薩之開示，如說修行，縱然未能上品上生而即刻見佛聞法證無生法忍，未能於往生極樂時立即證得阿惟越致果地，也應勤求能上品中生；上品中生尚且要在極樂世界修學七日（相當於娑婆世界七劫）；下品上生者，於蓮苞中要待七七日（相當於娑婆世界四十九劫）後花開，聽聞甚深之法後才能發無上道心；下品中生者，於蓮苞中待六劫（相當於娑婆世界不可數無量數劫）後花開，聽聞大乘甚深經典妙法才發無上道心；下品下生者，於蓮苞中待十二大劫（相當於娑婆世界不可數不可數無量數劫）後花開，聽聞實相除滅罪法，才能發起菩提心。如此長劫於極樂世界之蓮苞中，乃是要無條件的聽聞「苦、空、無常、無我」之法，勸離生死之心，勸離粗重之煩惱與習氣。雖然於極樂世界未出花苞時亦是遠離三惡道之輪迴，概括言之，可以說「不退」，然而將來花開而出以後，終究還是要走入聖道門之修道次第而無法逾越，若說本願念佛是聖道門之易行道，其實是很難與極樂國之聖道門相應的，龍樹菩薩的「信方便門」雖然僅是以行者之儜弱怯劣而言易行，已非本願念佛法門所能實行者，尚須修種種行故；若論時劫之長遠，則正應是難行道，非是易行所含攝者。

行者得離於蓮苞正式生於極樂，所遇者皆是已廣植善根、已自淨其意之菩薩，各各皆具足報得之五通；若想進修布施、持戒、忍辱之福，於極樂世界所能修集的很有限，唯能於「第一義諦忍」上用功，法的布施亦要看自身之修證，方能布施於比自己層次低之菩薩；持戒部份除非修到二地滿心之增上戒學，否則於極樂世界中之菩薩，對於國土所有萬物——包括自身之殊勝身相——皆無我所心、無染著心，國中諸菩薩皆無我、無諍、無訟，於諸眾生得大慈悲饒益之心，柔軟調伏無忿恨心，既無染著心、無忿恨心，又何需持戒？自心所執之隨眠煩惱與習氣，無法經由歷緣對境之現行再加以對治消除轉變之，僅能透過修學百法明門、千法明門及唯識道種智之慧學，慢慢聽聞、思惟、證解後，以聖道力予以伏除。極樂國中之人天菩薩阿羅漢等皆勇猛精進於禪定與般若二度之修學，若要討論「是否於極樂世界修證聖道門爲易行道」，應當要將所花費之時劫長短一起考慮衡量；況且，彌陀世尊對菩薩之教導，也是不離「發大願心，增廣諸菩薩行」，國中菩薩終究是要再以別願迴入他方世界，去積累德本、修菩薩行，開化恆沙無量眾生，使能趣向無上正眞之道，如此才不辜負諸 佛菩薩之慈心教誨與護念。

極樂世界之眾生，隨其宿命求道時心中之喜好與願力， 阿彌陀佛皆能隨順其意而爲其傳授經法，令行者開解而得道。有未得須陀洹道者令得須陀洹道，其中有未得斯陀洹道者則令得斯陀洹道，其中有未得阿那含道者則令得阿那含道，其中有未得阿羅漢道者則令得阿羅漢道，其中有未得阿惟越致菩薩者則令得阿惟越致菩薩。極樂國中阿羅漢亦有入無餘涅槃者，如《無量清淨平等覺經》佛說：「**阿彌陀佛國諸阿羅漢，般泥洹去者無央數，其在者，新得阿羅漢者，亦無央數，都不為增減也。**」此中須陀洹乃至阿羅漢，乃是中品往生所攝之輩，非是實義淨土門行者所含攝，何以故？修學淨土門之行者，始從發菩提心、憶念諸佛、禮拜諸佛，於諸佛所懺悔、勸請、隨喜、迴向，外門修學六度波羅蜜，皆是大乘菩薩道之修學內容，能夠信解諸法如說修行者，往生品位自能提升；不能如說修行者、不能信解法義得諸法趣者，發了菩提心以後，仍會毀壞所發之菩提心；縱能往生，自然是以較下之品位得生。此處說二乘以中品往生，非是實義淨土門所攝；除上品上生者外，其餘品位之長劫處於花苞中，以易行門攝入聖道門，如龍樹菩薩所說者，乃是儜弱怯劣者之方便之行。法然所說易行道者，謂但以信佛因緣願生淨土，絕非是　龍樹菩薩所說「信方便」易行之內涵；因此法然所說「易行道即是淨土門」之說，其宗所立「以選擇本願念佛往生　彌陀報土、證大涅槃爲易行道，應捨聖道門入淨土門」之說，理不得成。

龍樹菩薩說：「若人發願欲求阿耨多羅三藐三菩提，未得阿惟越致，於其中間應不惜身命，晝夜精進如救頭燃。……行大乘者，佛如是說：發願求佛道，重於舉三千大千世界。」一日月所照四天下之浩瀚，凡夫眾生尚不能於其意識心中勾勒出相貌之一二，更何況是　釋迦牟尼佛剎之一大三千大千世界？吾人於此北半球仰望穹蒼，細數大熊星座、仙后星座、天蠍星座之時，腦海中卻只能想像南半球的半人馬星座、南極星座、蒼蠅星座，無法一窺全貌。一四天下或者一三千大千世界，皆是住於　釋迦牟尼佛剎之共業眾生妄想安立所成，　世尊於《楞嚴經》中說：「汝等當知：有漏世界十二類生，本覺妙明覺圓心體，與十方佛無二無別。由汝妄想迷理為咎，癡愛發生。生發遍迷，故有空性化迷不息，有世界生；則此十方微塵國土

非無漏者，皆是迷頑妄想安立。當知虛空生汝心內，猶如片雲點太清裡，況諸世界在虛空耶？」修學大乘者即是要親證與十方諸佛無二無別之本覺妙明覺圓心體，證此心體，即能破除迷理之妄想、殺無明父及貪愛母，心中不再迷於法界之理、不再因癡愛而安立妄想，即不再有三界業報之世界出生。因此，龍樹菩薩說：「**行大乘者，佛如是說：發願求佛道，重於舉三千大千世界。**」能發願精進上求佛道，以此無上菩提心之大願，得能親證本覺妙明覺圓之自心如來心體，依此自心如來心體，行四宏誓願乃至十無盡願，其困難，超過舉起此三千大千世界，皆因佛菩提極難修證的緣故；即如 佛對阿難尊者所說：「**當知虛空生汝心內，猶如片雲點太清裡，況諸世界在虛空耶？**」如是菩提正理，二乘聖人根本不知，何況初發菩提心的行者？所以說極難。

發菩提心行大乘者，於此娑婆世界修學聖道門，有難行之處，亦有速行之便，何者是難行之處？《華嚴經》說：「**善知識者，是成就修行諸菩薩**

道因，是成就修行波羅審道因，是成就修行攝衆生道因，是成就修行普入法界無障礙道因，是成就修行令一切衆生除惡慧道因，是成就修行令一切衆生離憍慢道因，是成就修行令一切衆生滅煩惱道因，是成就修行令一切衆生捨諸見道因，是成就修行令一切衆生拔一切惡刺道因，是成就修行令一切衆生至一切智城道因。何以故？於善知識處，得一切善法故，依善知識力，得一切智道故。善知識者，難見難遇。」於此末法時代，各大道場之大法師大居士，似乎都揚著弘傳佛法之大旗幟，號召廣大徒眾廣興道場、舉辦各式法會、興辦佛學院等等，是否能如　佛於經中所說：「令一切眾生捨諸見、令一切眾生除惡慧、令一切眾生至一切智城……」等等？

何謂令一切眾生捨諸見？應捨之見乃指：我見、邊見、邪見、見取見、戒禁取見，此諸應捨之見又稱爲惡見，惡見之首即是我見。我見乃是輪迴三界之根本，我見者，以五蘊身（色、受、想、行、識）爲我，以靈明覺了之意識覺知心爲我，更有以清楚明白之意識覺知心，加上處處作主之意根末那爲我者。法鼓山聖嚴法師說：「運用禪的觀念，可讓人『從慌亂的心變成安定的心，從安定的心變成智慧的心。』方法就是『頓悟』，即六祖惠能大師所言，遇問題時，不思善不思惡，不考慮對自己好或不好，『當下安定，就是智慧。』簡單的說，就是遇事時，『面對它，接受它，用智慧處理它』；若處理了仍無法解決，『接受』也等於『處理』。」(2003年七月份法鼓雜誌)聖嚴法師以上之言語，如果不涉及所謂的悟或者禪，實際上並沒有過失，以一般人所認知的知識或者世間哲學，或者邏輯來開導，期望令人以理智之思惟遠離災劫之恐懼，並沒有過失。然而，由於聖嚴法師將此種行爲之認知或者世間哲學知識，教導徒眾時說之爲悟、爲禪，其過失之多不可數焉。

此種行爲之認知、世間哲學知識，皆屬於意識心所領受與抉擇之範圍，此意識心由於意根末那識之作意，先領受了事件境界法塵（受陰之運作）；接著意識心由於想陰之運作，了知此事件法塵相之意思，並於思心所的運行下，意識相應之欲、勝解、念心所，與慧心所於中加以分析、揀擇、思量，最後再由意根末那識做決定：要以哪個意識所相應之喜好方法處理事件，即是聖嚴法師所說「面對它，接受它，用智慧處理它」的心行過程。如此之心行過程，已落在意識之五遍行、五別境與意根之五遍行及簡略慧心所之剎那變異行陰上，意識透過自心之心所有法運作後所得之「結論」，仍是意識自身之法，該「結論」於事件過後可能會不記得，或者將來不再適用，絕非是禪宗祖師所說「頓悟」一語所相應之心；安定的心、智慧的心是經思惟觀察後才得的覺知心狀況，但眞心卻是未頓悟以前就已經在了，頓悟後更加能感受眞心一向任勞任怨、從不作主之隨順眾生性。禪宗祖師所說「頓悟」，是以意識覺知心，於剎那間明得「離於見聞覺知」之自心如來，在此剎那過了以後，意識心不必再起任何作意、思惟、揀擇、加行，都可以現觀此自心如來與五陰和合運作，於意識心斷滅之五位中亦是一樣不生不滅的運作，如此而說意識明見自心如來之那一剎那爲「頓悟」，此後才能證解實義淨土之眞義。

觀《六祖壇經》中六祖所說不思善不思惡，摘錄其前後文句如下：「惠能曰：『汝既為法而來，可屏息諸緣，勿生一念，吾為汝說。』明良久，惠能曰：『不思善，不思惡，正與麼時，那個是明上座本來面目？』惠明言下大悟。復問云：『上來密語密意外，還更有密意否？』惠能云：『與汝說者，即非密也。汝若返照，密卻在汝邊。』」這位惠明於六祖言下所悟者，非是六祖所言之心，六祖於當下爲覆護密意，不能將自心如來之所在明說；六祖所說不思善不思惡之心，乃是指自心如來，因爲已經要此惠明於屏息諸緣、勿生一念之當下，看此人是否可以契入那不必經意識作意、簡擇、思量，就「本來一向不思善不思惡」的父母未生前本來面目—自心如來。然而，此惠明也只能認取他那當下經作意以後不思善、不思惡之意識覺知心，否則又何必再問「上來密語密意外，還更有密意否？」如果六祖認可其所誤解不思善不思惡之意識心爲本來面目，六祖又何必再說「與汝說者，即非密也。汝若返照，密卻在汝邊」？六祖於此，對惠明還是有爲人之處，無奈惠明在六祖初句指示時，與今日之聖嚴法師一樣，都是同樣的認取意識自心之無取（實有取，取諸五塵之法塵相及自心之心相）、有捨（實無捨，未捨意識喜好之領受）爲本來面目；所幸六祖又以後面言句指示惠明，使他悟入。但是聖嚴法師於徒眾面前說禪示悟，皆以意識心於法塵之有所了知與決定，稱爲「頓悟」之智慧，此乃是陷於我見者，而更誤導眾多無辜隨學者也一起陷入我見深坑而不知自拔，又如何能令眾生離於諸見呢！

因於聖嚴法師於法鼓雜誌言語之講述，聽眾、讀者若信其言爲眞，將於此世誤將其能領受能抉擇能思考的意識心，於做出社會層面所期許的行爲時，便認爲自己即是開悟了。此時所種下以意識心自我之思惟、領受、抉擇爲「我」之見解，將更加深而不可拔；則於我見深坑越陷越深，我見不斷，疑見、邪見等諸惡見更難斷除；由於我見不斷，往生捨報時更讓意根末那識作意不斷的，讓自心如來生起未來世三界後有之依報身，因此而輪迴不斷、出離無期。

未斷我見之善知識，將無法帶領眾生至一切智城，一切智乃指二乘之十智（苦智、集智、滅智、道智、法智、類智、世俗智、他心智、盡智、無生智）及大乘之一切種智。二乘學人之所以能知苦、斷集、證滅、修道，乃是於初果須陀洹時斷了身我見，乃至到四果阿羅漢時斷了覺知心與意根之我執，漸次而修得十智。大乘菩薩行者，於六住位修般若波羅蜜，並修四加行——煖、頂、忍、世第一法，於所取五塵之我所，及能取五塵之「覺知心我」之虛幻性得印順忍，乃至於般若正觀現在前而親證自心如來時，斷除意識心相應之我見，入七住位，得大乘之無生忍；從此轉依自心如來之「無我」及「無我所」體性，繼續進修一切種智，乃至入初地證無生法忍。凡是想要入二乘解脫道之十智及大乘佛菩提道之一切種智之城，皆要先斷我見；聖嚴法師如此這般而以意識心自我之思惟、領受、抉擇而說之為禪、說之為悟，絕非《華嚴經》中 佛所說之善知識，絕非能依止而得一切智道之善知識。

另外，如何是一切眾生應除之惡慧？誤將意識覺知心透過五遍行與五別境及善惡「心所」所變之心相，認作是離於見聞覺知、不覺不觀六塵之自心如來心體，此等之見解，亦入惡慧之數。另一種惡慧者，乃是印順法師惡取空之見解，將如來藏與阿賴耶識分開，不承認阿賴耶識為出生三界之因，妄說不須以阿賴耶識為根本識即可成就三界輪迴之因果，不知阿賴耶識即是如來藏；此種見解之人，佛說之為惡慧者。如契經云：「**佛說如來藏，以為阿賴耶；惡慧不能知：藏即賴耶識。如來清淨藏，世間阿賴耶；如金與指環，展轉、無差別。**」具此種惡慧者如印順法師，縱然讓他於一生中研讀大藏經百遍，仍將無法於其自身之五陰世間找到阿賴耶，然而卻嚮往經中所說佛地眞如清淨無為之功德相，因此生起虛妄想之主張：一切眾生身中於因地已具足了佛地之眞如。

印順法師說：「大眾部說如來『色身無邊際』，也就是佛身遍滿而無所不在。這是信仰的事實，受到法法平等，相涉相入思想的啓發，那就佛與佛相即相入，平等無礙。也可以意解出：如來遍在眾生中（眾生遍在如來中），如來與眾生，也相即相入而平等無礙。這樣，眾生身中有如來的如來藏說，在華嚴的無礙法界中，以象徵的、譬喻的形式，漸漸的開展出來。」（《如來藏之研究》p.97） 印順法師之惡慧，障礙其對自心如來之正解，不知眾生身中（包括印順法師自身）之自心如來阿賴耶識與十方諸佛之佛地眞如乃是各各「唯我獨尊」的，非是相即相入的。《華嚴經》中說：「**佛子！如來智慧，無相智慧，無礙智慧，具足在於眾生身中，但愚癡眾生顛倒想覆，不知不見不生信心。**」經中所說乃是印順法師之意識心永遠無法思議的，眾生身中本自具足之自心如來，並非從十方諸佛如來之如來藏（於佛地應稱——無垢識——佛地眞如，成佛之體性已究竟圓滿）分割而來，亦非相即相入的；經中所說愚癡眾生顛倒想覆，不知不見此自心如來之無相、無礙智慧（如來藏能持大象、鯨豚之身，亦可持小如螞蟻、細菌之身。體性如虛空，非物質之法，火燒不著，水亦潑不著，故說無礙），於如來之智慧無法生起信心，所說者即是如印順、星雲…法師此等惡慧者也。

又《華嚴經》中說：「佛身無有量，能示有量身，隨其所應覩，導師如是現；佛身無處所，充滿一切處，如空無邊際，如是難思議。非心所行處，心不於中起，諸佛境界中，畢竟無生滅。」經中所說之「佛身」是指 佛的清淨法身，不是 佛的應化身或者報身， 佛的清淨法身就是第八識佛地眞如無垢識—因地佛心阿賴耶識，歷經三大阿僧祇劫之修除有漏法種後之果地佛心。此第八識阿賴耶識乃是一切眾生本各自具足且唯我獨尊的，修證到佛地成爲佛地眞如無垢識，仍然是佛與佛各自獨立；雖然第八識心之體性如虛空無有邊際，但絕非是諸佛共同一個無垢識而「相即」，亦非是諸佛之佛地眞如互相混合在一起而「相入」，更非是如來之第八識無垢識與眾生之第八識阿賴耶、異熟識相即相入。縱然是親證自心如來者，此第八識心也不是其意識心心行所能到之處，佛地眞如無垢識之境界，亦非是一般凡夫眾生乃至等覺菩薩之意識心所能揣測的。現今印順法師卻以其凡夫之意

識心來臆解 佛之法身如虛空無有邊際之境界，有所謂：「如來遍在眾生中（眾生遍在如來中），如來與眾生，也相即相入而平等無礙。」如此荒謬之臆解，有智之人不應認同，更不應隨其入惡慧之數。

此等我見不斷、具足惡慧之知識，非但不能令一切眾生捨離諸見，卻反而令隨學之眾生入諸惡見；非但不能令一切眾生至一切智城，反而令隨學之眾生於法界眞實理增長愚癡；非但不能令一切眾生離驕慢，反而令隨學之眾生增長驕慢，我見未斷故，我慢、高慢、增上慢等，仗恃著我見而增長故；非但不能令眾生普入法界無障礙道，反而令隨學者落入我見深坑、築起我慢高牆，遠離法界無障礙道，越行越遠。凡此種種，皆因惡知識之錯誤教導所致，因此說「要於善知識處，得一切善法，要依善知識力，得一切智道。」

善知識者，難見難遇，此是末法之季修學聖道門時最最難行之處。《大乘本生心地觀經》中 佛說：「菩提妙果不難成，眞善知識實難遇，一切菩

薩修勝道，四種法要應當知：親近善友為第一，聽聞正法為第二，如理思量為第三，如法修證為第四。」眞實之善知識絕非如表相之善知識所作所爲，要能夠如《華嚴經》中所說，令眾生於菩薩道修學六度皆能成就波羅蜜；也就是能於六度之修學中，度自身之煩惱眾生；能於六度之修學中，將煩惱轉爲菩提；能令眾生普入法界無障礙道，能令隨學之眾生皆能親證法界無障礙道之自心如來；能令眾生去除惡慧，具足正解「法界第一因—自心如來」之因地相與果地相，於修證過程中自心如來之能變相與所變相，能令眾生如理思量、如說修證；能令眾生離於惡見，離於「依附我見所生之驕慢等根本煩惱與隨煩惱」；能令眾生以般若智水消除貪瞋癡之三毒火；能建立修道次第與內涵，令眾生得能依止修學而入一切智城。如此之善知識才是眞實之善知識，何以故？於如此之善知識處才能令眾生得一切善法，依此善知識之力，才能令眾生得一切智道。

表相之善知識，譬如表相之三寶，能接引初機之學佛人，於佛之宗門教法未滅之前，仍有其存在之象徵、實質意義；吾人對於表相三寶之恭敬，即是對如來之恭敬；惟表相三寶於領受大眾恭敬之餘，應注意避免毀佛正法、謗諸賢聖，謹愼護覆如來之正法，亦應遵照 佛之教誨—尋覓參訪眞善知識，求能聽聞正法，如理思量，乃至如說修證，才能避免如印順法師般純粹研究佛法而產生謗法毀法之弊病，苟能如此，便可早日入於菩薩數中，成爲 佛之眞子。

佛說菩提妙果不難成，意謂「聖道門之修學並不難成就」；爲何眾生往往畏懼於佛菩提道之親證？或者會誤認爲此末法之際沒有明心見性之法？有時則認爲只有出家之表相三寶才是眞善知識，都是因爲正知正見不具足，以及情執深重的緣故，因此而應驗了「眞善知識實難遇」之佛語。未遇眞實善知識，即無法聽聞正法，無法如理思量而如說修證，此是於娑婆修學聖道門之最難處。

然而如何是聖道門速行之便？於 釋迦牟尼佛剎，南瞻部洲地球之台北，實際上已有　佛之正法在弘傳；此正法眼藏，透過書籍之流通，已有大陸及美加、東歐、東南亞地區眾多學人歡喜信受，並精進依著書中之知見與次第而自修。傳法善知識為正覺同修會之導師：恩師　平實導師。在恩師眞實善知識處所，台灣寶島北中南及東西部之學人，得能於禪淨班之課程中修學菩薩六度而得波羅蜜　，並能依相似般若知見除去惡慧之見解；於修學般若波羅蜜時並增修四加行之觀行，亦能捨離諸見而不落於我見中，乃至以無相憶佛拜佛之動中功夫及正確之看話頭知見，參究父母未生前之本來面目，於　佛菩薩之護念下而現前親證自心如來之般若正觀，親證實相般若，由此而入法界無障礙道。恩師　平實導師更以經教聖言量及親證之證量，提攜座下已證自心如來之弟子們，修學增上戒學、增上定學與增上慧學，期能讓座下弟子快速消除我執習氣，增長道種智，往初地之果位邁進。如此而得以滅諸煩惱之現行與習氣，更令學人得至一切智城。發大心之人，更能以無相念佛拜佛之綿密功夫與正確之看話頭方法，在一念相應時眼見佛性，以肉眼親見無形無色之佛性，以肉眼親見此五濁惡世之多分或少分淨土相，並親證世界如幻觀而得多分或少分之解脫受用。我等能值遇眞實善知識，能於善知識處所得一切善法，依著善知識之力而得一切智道，已現前領受到《華嚴經》中所說：「善知識是成就修行諸菩薩道之因。」善知識雖難見難遇，然而我等如今已見已遇，並已親隨修學而聽聞正法、如理思量並如說修學，也領受到《大乘本生心地觀經》中之佛語：「佛菩薩皆是如實語者，佛菩提道聖道門之路雖難，而因善知識之緣即能得入。」此是淨土聖道「速行之便」其一。

淨土聖道「速行之便」其二：學人能於善知識處，親證自心如來；親隨善知識修學增上戒學、增上定學、增上慧學一切種智，並能如說修學，進斷我執煩惱與習氣，將所修學菩薩道之所有功德發願迴向往生彌陀世尊西方極樂淨土；如此持續修學不斷至此生捨報時，必得上品上生於極樂國土。由於已於此世證得金剛心，必乘金剛臺隨從佛後，如彈指頃往生極樂國土；由於已在此世親見十方諸佛無差別相、法界一相之因地佛心，甫生極樂國時，得能即刻見佛，並於聽聞　彌陀世尊開示之際，當下即能信解第一義諦甚深妙法，此生於善知識所熏聞受教者皆是此第一義諦甚深之法，皆不離佛菩提道聖道門修學次第之內涵。因於己身所知障破除之程度及煩惱障伏除之多寡，於聽聞　彌陀世尊所演說之妙法後，即可悟得至少初地以上之無生法忍。承　彌陀世尊之神力經須臾間即能歷事十方諸佛，於諸佛前次第受記。於善知識所如此修學者，具足了　佛所說至誠心、深心、迴向發願心（此三心請參前文第四章第四節之釋義），同時也是讀誦大乘方等經典者，也是修行六念發願迴向生極樂國者，是　彌陀世尊上品上生所攝受之行者。雖生於極樂國土見佛聞法，然菩薩不捨眾生之悲心，當再迴入娑婆承擔如來家業廣度有情；然迴入娑婆時，由於　彌陀世尊之本願力，行者已是初地以上之不退菩薩，亦將永不落入三惡道，此乃是於此娑婆世界依止眞善知識修學淨土聖道門「速行方便」之二。

淨土聖道尚有「速行之便」其三：學人於善知識所縱使未能親證自心如來—未能親證自性彌陀—然而親隨善知識聽聞諸多方等經典之解說，並能善解義趣而於第一義諦心不驚動，深信佛道修學次第，因此深信因果而不造誹謗大乘之無間惡業，同時持續不斷的修持無相憶佛拜佛而得淨念相繼，深深體驗到所念之佛時時刻刻皆不離念佛之心，以此功德發願迴向求生極樂國，於此生捨報時，即入 彌陀世尊所攝受上品中生行者之數。上品中生於極樂國，住宿於蓮苞中一夜，由於此世於善知識所，聽聞熏習甚深第一義諸方等經典故，花開後所聽聞 彌陀世尊之種種音聲，皆能信解是在宣說第一義諦甚深妙法，經極樂國七日以後親證自心如來，而於無上菩提得不退轉。此得「速行之便」之上品中生行者，於極樂國蓮苞中停留一個晚上，相當於娑婆世界半劫之久，當蓮花開敷以後，必可遇見正覺同修會過去現在未來諸多上品上生之菩薩道友；此娑婆世界半劫時間，釋迦世尊宗門了義正法當持續弘傳，直至法道滅盡時，因此於正法法道持續弘傳之際，當有諸多行者得於此娑婆依此淨土聖道門之修證而上品上生極樂國土，亦函蓋了以下「速行方便」第四之發大願心及大悲心菩薩。

再者，淨土聖道「速行之便」其四：學人追隨於善知識聽聞正法，如理思量，並如說修學而親證自心如來，或者更能眼見佛性，現前領受如來之恩及傳法善知識之恩，爲報如來之恩及善知識之恩，精進修持諸菩薩道行，勇猛不退，勤殺煩惱賊，於一切種智思惟不懈，期能減少無始無明之遮障。爲感念 釋迦世尊不捨娑婆世界之恩澤、爲續正法之法脈、爲悲憫眾生因末遇眞實善知識而不能得度，發願世世於此娑婆住持正法、弘揚正法，直到法道滅盡前五十二年，護持月光菩薩於人間燃盡最後一滴法臘。如此發大願心之菩薩，於佛菩提道之修持上看似困難（因爲越是末法，人心越是險惡，邪師邪法充斥於人間，正法之弘傳必定相當艱困）。然而，於此充滿三毒煩惱之娑婆世界修行聖道門，卻也是最容易成就福德與智慧的方所。

《大樓炭經》中 佛說：「**閻浮利人，有三事勝忉利天人、焰天、兜率**

天、無貢高天、他化自轉天人。何等為三？一者意勇猛在住，二者意勇猛修梵行，三者有勇猛意趣佛。」閻浮利（閻浮提）人即是我等所居，處於須彌山之南；南瞻部州人，與欲界天人相比：五欲粗糙、色身粗重、壽命短促、所居之山河大地不及欲界天莊嚴、人心險惡而造惡者多行善者少，樣樣都不如欲界諸天，爲何 佛卻說有三事勝於欲界諸天？

我等閻浮提人所居世間，雖有諸苦——生、老、病、死、愛別離、怨憎會、求不得、五陰熾盛等苦，然而眾生通常是處於苦中不知苦；亦有樂處於諸苦中者，將此種世間苦視爲自然而能夠忍於諸苦。若眾生未造五逆十惡之重罪者，捨報後大多再投胎於人間，情執特重者或生於鬼道，如此而說閻浮提人住於此世間之意志勇猛。處於諸苦泛濫的世間中，佛之法道還在時，可從經論中或善知識之教導，而得知修學佛法之清白法與清涼法，可以對治濁惡與惱熱之煩惱，甚至可以解脫於輪迴之苦；因此於諸苦逼迫下而求出離，依止於善知識修學解脫道或是修學大乘佛菩提道。

在閻浮提，布施、持戒與忍辱也最容易行持，最容易成就；此界天災人禍不斷，總有許多眾生於財物、生命發生損傷，或老弱婦孺之照顧、或教養發生困難，隨處都可以方便的運用自身多餘之財物，至心的、親手去做即時的布施。由於眾生於苦中不知苦，往往貪於五欲、勤求不懈，求不得之時多、順於自意者少，因此瞋習相當頑強而處處著火；能引生自心貪習與瞋習現行之境界隨時隨處都有，所以容易對境練心，容易快速成就戒德；此時之持戒猶如大海中之浮囊，能護行者不於五欲海中沉淪，行者因於持戒心得清淨，與佛之法道容易相應。

《無量壽經》中 世尊亦說：「……汝等於是（是字，指此娑婆世界）廣殖德本布恩施慧，勿犯道禁；忍辱精進，一心智慧；轉相教化，為德立善，正心正意齋戒清淨一日一夜，勝在無量壽國為善百歲，所以者何？彼佛國土無為自然，皆積眾善，無毛髮之惡；於此修善十日十夜，勝於他方諸佛國中為善千歲，所以者何？他方佛國為善者多，為惡者少，福德自然，無

造惡之地；唯此間多惡，無有自然。……」如佛所說，因爲世間多惡而有諸苦，所以才能修世間苦之忍，也因爲世間人三毒煩惱具足，才能於境界中忍於眾生之惡口、罵辱甚至誹謗，更因爲有此世間諸苦之緣、外惡之緣，才能迅速成就忍辱之行，所成就之布施、持戒、忍辱功德，快速於極樂國及他方諸佛國土千萬倍。若處於 佛之法道滅盡時期，由於沒有佛法可以引導眾生離於苦難，外道法卻也瀰漫世間，他們也是爲了想要捨離諸苦，但是由於迷於法界之理，因此多在禪定上精進用功，說法時也多在禪定上著墨，以定中之境界或定中「心行之有無」認爲是常或無常，或是自以爲已經證得永不壞滅者，都是想要探究一切法之實相而不可得。佛因此而說閻浮提人意志勇猛修於梵行。

如何是閻浮提人有勇猛意趣於佛？釋迦世尊因地於寶藏如來住世時，身爲海齊婆羅門，海齊婆羅門勸進了多億那由他百千眾生於無上正等正覺發菩提心，包括 阿彌陀佛之因地身爲四天下轉輪王之無量淨王在內。

所有大眾所發之大願皆是攝取清淨佛土，而捨重結煩惱惡世，捨棄無間業及誹謗正法、非毀賢聖者；當時海齊婆羅門以大悲故，發五百大願，願於五濁惡世中成就無上正等正覺，不棄捨惡心熾盛、處於闇昧中之眾生。時海齊婆羅門於發願前起了這樣一個心念：「我當於中，為後世具大悲菩薩安立願眼，令後時乃至我逮菩提，聞我願者，令彼亦得極未曾有。復於後時，菩薩具大悲者，令彼如是於濁佛剎大惡世時願取菩提；法闇冥結病漂者，令救濟之而作佛事，為眾生說法。乃至我般涅槃後，過不可思議、不可稱量無邊佛剎中，諸佛世尊皆於菩薩眾前，稱譽讚歎我，為諸菩薩說我願眼，令彼菩薩受大悲力；聞我願者得未曾有，亦於眾生發起大悲，令彼如是取菩提願，如我今日取願無異。彼亦如是濁剎中成三菩提，於四漂浪濟脫群萌，以三乘法化度眾生，乃至著涅槃道。」（《大乘悲分陀利經》）

釋迦世尊不捨五濁眾生之大悲願心，於 世尊法道中得法者，皆能感念世尊之恩德與大悲願之浩瀚，因此於度眾之因緣具足時，必定有再來菩薩出興於世，或以潛行方式度一一有緣眾生；或以遊戲人間方式，不著痕跡的舉大法幢、吹大法鼓，例如：豐干禪師、寒山子、拾得禪師與布袋和尚，世人往往於善知識離開後才感受到他們所開示法語之機要。由於娑婆世界有 世尊之法寶──三藏十二部經留存於世，也不斷的有發大願心之菩薩再迴入娑婆，住持 世尊之正法法脈；處於諸苦之眾生，因其與善知識之因緣而得聽聞正法，聞法後能了知諸苦生起之因；又由於聞法後能如理思量，因此而能以思量後之信解，除去諸苦之生因；也由於能如善知識所說而修證故，能於正法思量解行後親歷佛菩提道之次第修證。更因於娑婆世界有 世尊正法之住持，善知識得能於弘揚正法、破邪顯正之際廣行法布施──布施之最殊勝行，隨學之行者亦能廣泛流通善知識所寫之書籍於有緣眾生，亦是隨喜共行「法布施」；行者更能於此正法之大福田，以個人之勞力或財力或智力，廣植福德與善根，作為成佛之道糧。如此之眾生皆以 世尊之法乳與悲願為食，皆於行持之過程中發起同於 世尊之大願心與大悲心，因此得

能受　世尊之攝受與加持，於佛菩提道法上勇猛精進得未曾有，所以　佛說「閻浮提人有勇猛意趣於佛」。

若有菩薩發願，願生生世世於世間住持　世尊正法，直至月光菩薩到來者，若以世間之時劫計算，距離法道滅盡尚有九千年，倘若此生能於佛菩提道上修得不退轉於無上正等正覺者，一生以七十年計，每一世都如此世，於佛菩提道上勇猛精進，再經一百多世，受　世尊之慈憫攝受，若能於月光菩薩到來之世入初地菩薩數中，於法滅盡時捨報往生極樂世界，亦是　彌陀世尊上品上生所攝受之菩薩行者；雖於娑婆世間歷經九千年，然而於極樂世界卻還不到半小時，便可獲得二地乃至八地之證量；於此世上品中生往生極樂世界者，於此世間九千年後，尚在花苞中等待，而於九千年後上品上生極樂世界者，已經見佛聞法悟得諸地之無生法忍，得能於諸佛前次第受記了。如此而於娑婆修學淨土聖道門，乃是得「速行之便」之最上者與最殊勝者之行。

第二節　淨土法門行門之易行與速行

對於一般淨土法門之修學者而言，主要在持念佛名，求往生西方極樂世界；而念佛一法，小乘法中攝於六念法門中；於大乘法中，則有較深入廣泛之義理弘傳。念佛者，入門首要爲三歸依，歸依於世間三寶，亦歸依於自性佛、自性法、自性僧；接著要發四宏誓願，再來就是念佛之行門（初入門者皆以稱唸 阿彌陀佛之名號爲主）。如此已經是初具大乘念佛行者之基本條件了，何故如是說？《大方等大集經》中 佛說：「**有一法攝取大乘，所謂初發菩提之心，既發心已，修不放逸。復有一法，明信業果。復有一法，觀十二緣。復有一法，於諸衆生其心平等，樂修大慈。復有一法，謂不退失菩提之心。復有一法，所謂念佛。**」發了四宏誓願即是初發菩提心，受三歸依時，依佛世規矩，通常也同時受五戒；受持五戒、稱唸佛名，即是修不放逸法；所以如 佛所說，修學淨土法門者，其實也是入於大乘法中了。

大乘乃是最爲廣大、於諸眾生無所罣礙、一切智善根之根本，於發四宏誓願之當下，已經於廣大無罣礙之菩提心種下善根；若非是大乘法所攝，爲何 彌陀世尊於攝受三輩九品眾生往生極樂國時，唯獨不攝受謗大乘經、誹謗正法者？其中之緣由已經相當清楚了。因此，淨土法門之修學者不可侷限於自己之心量，不可貶低自己之根器，不可侷限自己之修學法門。

既然入了大乘，就要能夠行於大乘之行，今時之大乘行則以念佛之行持最爲普遍；其中又以稱唸 阿彌陀佛名號者爲多，念佛法會、佛七法會乃是各道場經常舉辦之共修法事。念佛共修法會何以是佛七？而不是佛三、佛五？《稱讚淨土佛攝受經》佛說：「若有淨信諸善男子或善女人，得聞如是無量壽佛無量無邊不可思議功德、名號、極樂世界功德莊嚴，聞已思惟，若一日夜、或二或三、或四或五、或六或七，繫念不亂。是善男子或善女人，臨命終時，無量壽佛與其無量聲聞弟子菩薩眾俱，前後圍繞來住其前，慈悲加祐，令心不亂。既捨命已，隨佛眾會，生無量壽極樂世界清淨佛土。」

念佛之人要先聽聞無量壽佛的無邊不可思議功德、不可思議的名號及不可思議極樂世界功德莊嚴；善知識於解說此諸功德時，必定要先講述 無量壽佛之因地所發之無上正等正覺菩提心願，再解說 無量壽佛如何於無量數劫中，爲成就其大願與佛國而勇猛精進地行菩薩行，於諸多菩薩行中莊嚴國土、莊嚴衆生，攝受國土、攝受衆生，終能究竟圓滿 無量壽佛之不可思議功德、名號與極樂國土之功德莊嚴。整個解說的過程就已經函蓋了大乘聖道門之概要與行持精神，行者於聽聞以後應如理思惟之；而於思惟以後，心中生起景仰與正信之勝解，及願生 無量壽佛極樂國土之意樂；進而連續一日一夜繫念 阿彌陀佛之功德，繫念 彌陀名號及國土功德莊嚴之不可思議；或者連續兩日夜，甚至於連續七日夜繫念思惟；佛說能如此繫念而心意不亂者，即能得 彌陀世尊攝受接引往生於極樂國。此處並未說到要稱名念佛，但同樣是用功加行一整日乃至七整日。另一部《阿彌陀經》佛說：

「若有善男子善女人，聞說阿彌陀佛，執持名號若一日、若二日、若三日、若四日、若五日、若六日、若七日，一心不亂。其人臨命終時，阿彌陀佛與諸聖眾，現在其前，是人終時，心不顛倒，即得往生阿彌陀佛極樂國土。」此部經則是專說要持 阿彌陀佛名號，不是繫念思惟念佛。如是一日乃至七日持念名號至一心不亂，也就是要用功持名念佛一日乃至連續七日。

因此多有道場以念佛七日之方式進行共修，也多採用持名念佛方式；因爲持名念佛是最容易教導，也是最容易學會的；有的道場甚至於還教導配合著持名唱誦佛號而吐氣納息，使念佛人在時而慢板、時而快板之旋律下，能夠氣不喘、息不憋的唱誦佛號。然而，於慢與快的交換中，口中隨著佛號唱誦，或有時中斷，心卻沒有隨著口唸安住於唱誦之佛號中，意識心忽而緣於心所繫念之眷屬，忽而緣於心所繫念未解決之事件，忽而緣於自己身體酸麻之境界，忽而緣於……。所謂持名念佛，應讓心隨身、身不隨心的情況下，或一日、或二日、或三日，乃至七日的持名念佛下，憶想 阿彌陀佛。但是多年觀察下來，一般持名念佛人有多少時候意識心是專注於所唱誦的佛號上？如果意識心沒有專注於所唱誦的佛號上，那是散亂心念佛，雖然身安座於道場，心卻離於道場而四處攀緣於所繫念之過往或未來之六塵影像；如此之念佛，若要如《阿彌陀經》所說念到一心不亂，能得此功德者又有幾位呢？此種持名念佛雖然容易，但是如果沒有善知識進一步的在行門上給予轉折之指導，很容易就被平日之煩惱雜念牽動而不得其功。

至於以繫念於　彌陀世尊不可思議功德、名號與佛國，作爲念佛之行者，乃是透過意根末那識作意，讓意識心去緣　彌陀世尊不可思議功德、名號與佛國，不斷在此三種法相上去思惟與憶想，此時意識心不想別的，只起心念專注於這三種法相上。由於如此之繫念，是基於意識心聽聞彌陀世尊之不可思議功德、名號及國土之功德莊嚴以後，於心中思惟後決定印持（勝解心所），於是生起想要往生極樂世界之希望（欲心所），此一希望已經得到意根末那識之認同，經過末那識起作意，由心中現起三種法相，意識起念（念心所）緣此曾經熏習過之法塵境，念念不斷的去攀緣，期能明記不忘。而當意識能於念念之中專注於此熟悉不忘之法塵，即能由此加行等引而生起決定心的功德法，如此得以如經中所說而繫念不亂，便能制心一處而持唸佛名乃至同時憶念功德莊嚴而持往生之願。此種用功方式，甚少道場引用，一方面是難以讓普遍大衆都能契入，一方面是此種繫念若不是煩惱淡薄、心性單純者，很難成就，再者另一方面，則是善知識本身要具備成就此法之經驗，並能以方便善巧及心法之教導解說，讓行者能慢慢練習，但要於一整日或七整日成就，也不是容易的事。

由於衆生普遍著於表相上，希望心中有所依，能夠依於所想之像或者所聽之佛號聲音而念，因此或有念佛方式以前面兩者混合一起使用；先觀想佛之相貌，之後再唱誦佛號；但是卻時而能專注，時而不能專注，因爲煩惱雜念無法一時予以制伏，很難壓伏下去；雖然口中佛號不斷，意識心中雜念也是起伏不斷而干擾著，導致行者不能專注。行者很少能夠參加一次佛七法會，就能成就繫念不亂或一心不亂之功夫；往往一而再的、再而三的不斷參加，有的甚至已經參加了上百次了，爲的就是希望能夠成就經中佛所說的一心不亂或繫念不亂的功夫，期望能夠於此生往生西方極樂世界。如此之想法與精勤用功念佛是正確的，於此五欲囂動、五陰熾盛之器世間，雖以最容易入門之持名念佛爲行門，而無法成就一心不亂，僅是缺乏善知識之指引與行門轉折之運用，並非持名念佛一法之過咎。

繫念不亂或一心不亂，都是意識心之念，專注於一境所引生定心所之功能，也就是要將意識心制伏於同一處，才能等引而生；如果口中唱誦佛號，意識心未專注於佛號上，則散亂之心猶如蛇未入竹筒中，永遠是蜿蜒而行。因此，持名念佛之行者，應於口中唱誦時起作意，令意識心緣於此佛號之聲塵相，若發現意識心攀緣其他雜念妄想時，再起作意讓意識心回歸到佛號之聲塵相上。或者於心中默唸佛號，起作意令意識心緣於聖號每一字於心中之聲塵相，總之，就是要讓意識心能夠緣於同一境而不散亂。

如此的口唸心聽或者心唸心聽，鍛鍊若干時日以後，就能夠發現到，口中所唸、心中所唸、心中所聽的都是佛號；甚至於聽到夏日鳥叫蟬鳴也是佛號，因為行者已經將佛號之聲塵相透過意識之專注於心中憶持不忘。此清淨佛號之念，相對於五欲之煩惱雜念而言，乃是正念；緣於正念而使得一心不亂時，任何外在之聲塵所觸動而現起的，皆是心中佛號之聲塵相。

此種現象，猶如生於極樂國之諸上善人——依 彌陀世尊之願而生於極樂國中之人天——皆不於「我」與「我所」起任何染著與貪計，已離於五蓋（五塵中之貪欲蓋、瞋恚蓋、睡眠蓋、掉悔蓋、疑蓋），所念者皆是愛法、樂法、喜法之心，所聞皆是法音，與上善諸人所言語者也皆是經道，終不說他餘之惡；所思所修皆是慧門之法要，因此 世尊說生極樂國之眾生，皆悉住於正定之聚。極樂國之眾生心中所瞭解而印持的、所樂於追求的、所念念不忘的、所觀察思惟簡擇的——意識心與心所法聚合而運作的，都是修道、都是法要上之正念，如此則是正定之聚，非邪定或不定之聚。因此，極樂國之諸上善人，於心中思惟著三十七道品諸法時，各各心中有不同之解與不同之惑，然而極樂國中風所吹諸寶樹及寶華所出之聲，皆能因每人心中所欲聽聞之法而發出妙音，此乃　彌陀世尊之威德力所成之功。因行者住於正定之聚，若念念皆於七覺支上精進，則聽聞到之妙音亦是七覺支之法要，彌陀世尊說：「**設我得佛，國中菩薩，隨其志願所欲聞法自然得聞，若不爾者，不取正覺。**」因為極樂國中之菩薩是住於正定之聚，所以就能依其心中所欲聽聞之法而得聞。修學持名念佛，配合意識心之專注，能唸佛唸到心中自然佛號不斷，聽聞外聲塵時所相應者亦是佛號，此時不要起任何懷疑，心中應要歡喜：能夠以易入之持名念佛念到一心不亂，往生西方極樂世界今生有望了。但是要有一個前提，於大乘佛菩提道—淨土聖道門之修學內容，還是要隨緣聽聞吸取正知正見，以免一時被惡因緣所影響而隨他人謗大乘、誹謗正法，那就唐捐其功了，因為極樂佛土不攝受謗法謗賢聖之惡人。

念佛一法，範圍很廣，並非偈限於口稱聖號、持名唱誦而已。今再舉示佛與菩薩於經論中，有關念佛之法語如下：

「舍利弗！云何名爲念佛？見無所有，名爲念佛。舍利弗！諸佛無量，不可思議不可稱量，以是義故，見無所有，名爲念佛。實名無分別，諸佛無分別，以是故言，念無分別，即是念佛。」

「復次，見諸法實相，名爲見佛。何等名爲諸法實相？所謂諸法畢竟空無所有，以是畢竟空無所有法念佛；復次，如是法中，乃至小念尚不可得，是名念佛。」

「舍利弗！是念佛法，斷語言道，過出諸念，不可得念，是名念佛。舍利弗！一切諸念皆寂滅相，隨順是法，此則名爲修習念佛。不可以色念佛，何以故？念色取相，貪味爲識；無形無色無緣無性，是名念佛。是故當知：無有分別，無取無捨，是眞念佛。」

「舍利弗！無想無語，乃名念佛。是中乃無微細小念，何況粗身口意業。無身口意業處，無取無捨，無諍無訟，無念無分別，空寂無性，滅諸覺觀，是名念佛。」

「汝念佛時，莫取小想，莫生戲論，莫有分別。何以故？是法皆空，無有體性，不可念一相；所謂無相，是名眞實念佛。」（以上摘錄自《佛藏經》）

「念眞佛者，不以色，不以相，不以生，不以性，不以家，不以過去未來現在，不以五陰十二入十八界，不以見聞覺知，不以心意識，不以戲論行，不以生滅住，不以取捨，不以憶念分別，不以法相，不以自相，不以一相，不以異相，不以心緣數，不以內外，不以取相覺觀，不以入出，不以形色相貌，不以所行威儀，不以持戒、禪定、智慧、解脫、解脫知見（佛之五分法身），不以十力、四無所畏諸佛法。」

「如實念佛者，無量不可思議，無行無知無我我所，無憶無念；不分別五陰十二入十八界，無形無礙，無發無住無非住；不住色不住受想行識；不住眼色，不住眼識；不住耳聲，不住耳識；不住鼻香，不住鼻識；不住舌味，不住舌識；不住身觸，不住身識；不住意法，不住意識；不住一切諸緣，不起一切諸相，不生一切動念、憶想分別等，不生見聞覺知；……一切憶念、心、心數法及餘諸法，不貪不著，不取不受，不然不滅；先來不生，無有生相，攝在法性；過眼色虛空道，如是相，名爲眞念佛。」（以上摘錄自 龍樹菩薩所著《十住毘婆沙論》）

以上經論中 佛與菩薩之開示，所說之念佛，皆是以念法身佛爲眞念佛。初發心入門之行者，應先憶念 佛之莊嚴色身相，也就是先念應身佛或化身佛，因爲應身佛與化身佛之色身相，能攝受著相之初念佛行者，使能於大乘佛果生起正信，並深植善根；接著念報身佛，也就是 佛之三十二相、八十種隨形好諸功德相，應將念佛心轉進深入得中勢力。然而於持名或心中默唸，並將意識專注於佛號之聲塵相，而得以一心不亂時，更應再轉進深入，以發起較強之念佛勢力，也就是要於心中生起更上一層樓，求上品上生或上品中生之往生功德。《大方等大集經》中 佛說：「有二法利益大乘，一者樂念佛法，二者樂離聲聞。……復有二法，一者念佛，二者知無念處（證知本來無念之自性彌陀所在）。」既然已入大乘之門，更應求能利益自己實證大乘之法，也應行能利益大乘之行，佛說念佛而能知無所念之處，就是念法身佛，能利益大乘。

為何念法身佛能利益大乘？法身佛是大乘法所修所證最究竟最圓滿之果德，此法身佛之因地心，是眾生各各本自具足，從過去無量劫之前際到現在，乃至到未來無量數劫之後際，從來不生不滅，體性堅固如金剛，不可毀壞；執藏著眾生各自所造之善惡業種，隨著業力或者菩薩之願力，而於三界六道中出生五陰；五陰業報盡了，此心執藏一世新造（或更染污或較清淨）之業種，再於所應受報之六道中再出生五陰，讓眾生受報無盡。此心即是眾生之第八識阿賴耶識，此器世間之阿賴耶識與如來之清淨藏是展轉不相異的，如來於因地也是依此世間心阿賴耶，展轉修證而淨除有漏種，成為清淨法身。

念法身佛能利益大乘，就行門而說，尚未親證自身之阿賴耶識者，自然無法以「念法身佛」之方式念佛，但是行者得以相似於念法身佛之方式，取代持名念佛或心中默念之有相念佛；也就是於心中所默念已經熟練之佛號之同時，起一個作意，讓意識於心中佛號不斷之際，同時去憶想佛號之意思，但並非憶想佛號每一個字之文字相或聲相，讓意識心的每一個念都能持續的緣佛號之意思。行者慢慢的就會覺得心中默念的佛號太過於粗重，如能將所默念之佛號捨去，僅以意識心憶想佛號之意思，相較於持名念佛或心中默念佛號等有聲相、有身相、有色相、有語言相，成爲無相念佛，更容易與自身言語道斷、無身根相貌之自性彌陀相應，可以現前親見過去、現在、未來諸佛，此自性彌陀乃是未來諸佛之因地佛心，亦是現在、過去諸佛之果地佛心。得親見自性彌陀，於大乘法之修學更能因此從外門而轉入內門，實依此自性彌陀之本來自性清淨涅槃性而次第進修。

或者行者因緣未具而不能親見自性彌陀，然以無聲相、身相、色相、語言相之憶念來念佛，以意識之專注與清淨之念來念法身佛，由於已經去除了粗重念之障礙，於意識心中很容易生起輕安之相應善心，也很容易念佛念到淨念相繼，感受到所憶念之　佛實際上是在心中；此時很篤定的可以知道，持續這樣念佛，此生必定可以上品中生於極樂國了。

以意識心專注憶念法身佛，必須要意根末那識的全分作意配合才能成就，此方法為　大勢至菩薩《念佛圓通章》中所說之憶佛念佛方法。末法時期之衆生，越發放恣於五欲之追求，貪瞋癡之煩惱粗重、雜念不斷，要其一分一秒之意識心不打妄想，眞是難上加難；若更要求他專心憶念於無語言、文字、聲相、形象之佛號意思，那躁動如猿猴般的意根與意識，此刻雖能安住，下一刻就已飛到九霄雲外了。因此，念法身佛之念佛方式，入門較難；但是如果有善知識詳細解說，有善知識之經驗及善巧方便教導，那麼入門雖難，一旦學會了，不但念佛而入大乘門，更能利益大乘之修學，並可加速此生往生西方極樂世界時品位之提升。

恩師　平實導師之著作《無相念佛》與《念佛三昧修學次第》，書中詳細說明了行者從持名念佛、心中默念佛號之有相念佛，轉折到念法身佛之無相念佛過程，以　大勢至菩薩之憶佛念佛精神，加上修證經驗之修學次第解說；行者仔細閱讀，依書中所說次第自己修練，假以時日，也能成就無相念佛功德。倘若行者之時間地點與因緣可以配合，應當報名參加正覺同修會之禪淨班共修；每班都有專責之親教師隨時指導，要成就此淨土行門最上勢力之念佛方法，乃至成就淨土之聖道門境界，並不困難。在禪淨班所傳授之整套課程中可以了知大乘聖道門之內涵；於定慧等持之行持中，如實的勝解與習行三賢位之菩薩行，往生西方極樂淨土以後，將加速於大乘聖道之修證，速證諸地無生法忍；然後再迴入娑婆廣度有緣眾生，迅速增長十度波羅蜜之功德，速能成就佛道。這樣，於淨土門與聖道門互相含攝、互相圓融下，死此（娑婆）生彼（極樂），或者捨彼（極樂）生此（娑婆），淨土門之聖道或者聖道門之淨土，是可以永遠圓融，而且互相增上的，也可以因爲淨土往生門與聖道淨土門的通達而早成佛道。

佛菩提二主要道次第概要表——二道並修，以外無別佛法

佛菩提道——大菩提道

十信位修集信心——一劫乃至一萬劫

資糧位

初住位修集布施功德（以財施爲主）。

二住位修集持戒功德。

三住位修集忍辱功德。

四住位修集精進功德。

五住位修集禪定功德。

六住位修集般若功德（熏習般若中觀及斷我見，加行位也）。

（外門廣修六度萬行）

七住位明心般若正觀現前，親證本來自性清淨涅槃。

八住位起於一切法現觀般若中道。漸除性障。

十住位眼見佛性，世界如幻觀成就。

一至十行位，於廣行六度萬行中，依般若中道慧，現觀陰處界猶如陽焰，至第十行滿心位，陽焰觀成就。

一至十迴向位熏習一切種智；修除性障，唯留最後一分思惑不斷。第十迴向滿心位成就菩薩道如夢觀。

（內門廣修六度萬行）

見道位

初地：第十迴向位滿心時，成就道種智一分（八識心王一一親證後，領受五法、三自性、七種第一義、七種性自性、二種無我法）復由勇發十無盡願，成通達位菩薩。復又永伏性障而不具斷，能證慧解脫而不取證，由大願故留惑潤生。此地主修法施波羅蜜多及百法明門。證「猶如鏡像」現觀，故滿初地心。

遠波羅蜜多

二地：初地功德滿足以後，再成就道種智一分而入二地；主修戒波羅蜜多及一切種智。滿心位成就「猶如光影」現觀，戒行自然清淨。

解脫道：二乘菩提

→ 斷三縛結，成初果解脫

→ 薄貪瞋癡，成二果解脫

→ 斷五下分結，成三果解脫

入地前的四加行令煩惱障現行悉斷，成四果解脫，留惑潤生。分段生死已斷，煩惱障習氣種子開始斷除，兼斷無始無明上煩惱。

近波羅蜜多

修道位

三地：二地滿心再證道種智一分，故入三地。此地主修忍波羅蜜多及四禪八定、四無量心、五神通。能成就俱解脫果而不取證，留惑潤生。滿心位成就「猶如谷響」現觀及無漏妙定意生身。

四地：由三地再證道種智一分故入四地。主修精進波羅蜜多，於此土及他方世界廣度有緣，無有疲倦。進修一切種智，滿心位成就「如水中月」現觀。

五地：由四地再證道種智一分故入五地。主修禪定波羅蜜多及一切種智，斷除下乘涅槃貪。滿心位成就「變化所成」現觀。

六地：由五地再證道種智一分故入六地。此地主修般若波羅蜜多——依道種智現觀十二因緣一一有支及意生身化身，皆自心眞如變化所現，「非有似有」，成就細相觀，不由加行而自然證得滅盡定，成俱解脫大乘無學。

七地：由六地「非有似有」現觀，再證道種智一分故入七地。此地主修一切種智及方便波羅蜜多，由重觀十二有支一一支中之流轉門及還滅門一切細相，成就方便善巧，念念隨入滅盡定。滿心位證得「如犍闥婆城」現觀。

大波羅蜜多

八地：由七地極細相觀成就故再證道種智一分而入八地。此地主修一切種智及願波羅蜜多。至滿心位純無相觀任運恆起，故於相土自在，滿心位復證「如實覺知諸法相意生身」故。

九地：由八地再證道種智一分故入九地。主修力波羅蜜多及一切種智，成就四無礙，滿心位證得「種類俱生無行作意生身」。

十地：由九地再證道種智一分故入此地。此地主修一切種智——智波羅蜜多。滿心位起大法智雲，及現起大法智雲所含藏種種功德，成受職菩薩。

等覺：由十地道種智成就故入此地。此地應修一切種智，圓滿等覺地無生法忍；於百劫中修集極廣大福德，以之圓滿三十二大人相及無量隨形好。

圓滿波羅蜜多

究竟位

妙覺：示現受生人間已斷盡煩惱障一切習氣種子，並斷盡所知障一切隨眠，永斷變易生死無明，成就大般涅槃，四智圓明。人間捨壽後，報身常住色究竟天利樂十方地上菩薩；以諸化身利樂有情，永無盡期，成就究竟佛道。

七地滿心斷除故意保留之最後一分思惑時，煩惱障所攝色、受、想三陰有漏習氣種子全部斷盡。←

煩惱障所攝行、識二陰無漏習氣種子任運漸斷，所知障所攝上煩惱任運漸斷。←

斷盡變易生死
成就大般涅槃

圓滿成就究竟佛果

佛子蕭平實 謹製
（二〇〇九、〇二 修訂）
（二〇一二、〇二 增補）

佛教正覺同修會〈修學佛道次第表〉

第一階段

＊以憶佛及拜佛方式修習動中定力。
＊學第一義佛法及禪法知見。
＊無相拜佛功夫成就。
＊具備一念相續功夫—動靜中皆能看話頭。
＊努力培植福德資糧，勤修三福淨業。

第二階段

＊參話頭，參公案。
＊開悟明心，一片悟境。
＊鍛鍊功夫求見佛性。
＊眼見佛性〈餘五根亦如是〉親見世界如幻，成就如幻觀。
＊學習禪門差別智。
＊深入第一義經典。
＊修除性障及隨分修學禪定。
＊修證十行位陽焰觀。

第三階段

＊學一切種智真實正理—楞伽經、解深密經、成唯識論…。
＊參究末後句。
＊解悟末後句。
＊透牢關—親自體驗所悟末後句境界，親見實相，無得無失。
＊救護一切衆生迴向正道。護持了義正法，修證十迴向位如夢觀。
＊發十無盡願，修習百法明門，親證猶如鏡像現觀。
＊修除五蓋，發起禪定。持一切善法戒。親證猶如光影現觀。
＊進修四禪八定、四無量心、五神通。進修大乘種智，求證猶如谷響現觀。

佛教正覺同修會 共修現況 及 招生公告　2018/10/17

一、共修現況：（請在共修時間來電，以免無人接聽。）

台北正覺講堂 103 台北市承德路三段 277 號九樓 捷運淡水線圓山站旁
Tel..總機 02-25957295（晚上）（**分機：九樓**辦公室 10、11；知客櫃檯 12、13。 **十樓**知客櫃檯 15、16；書局櫃檯 14。 **五樓**辦公室 18；知客櫃檯 19。**二樓**辦公室 20；知客櫃檯 21。）
Fax..25954493

第一講堂　台北市承德路三段 277 號九樓

禪淨班：週一晚班、週三晚班、週四晚班、週五晚班、週六下午班、週六上午班（共修期間二年半，全程免費。皆須報名建立學籍後始可參加共修，欲報名者詳見本公告末頁。）

進階班：週一晚班、週三晚班、週四晚班、週五晚班（禪淨班結業後轉入共修）。

增上班：瑜伽師地論詳解：每月單數週之週末 17.50～20.50。平實導師講解，2003 年 2 月開講至今，預計 2019 年圓滿，僅限已明心之會員參加。

禪門差別智：每月第一週日全天　平實導師主講（事冗暫停）。

大法鼓經詳解　詳解末法時代大乘佛法修行之道。佛教正法消毒妙藥塗於大鼓而以擊之，凡有眾生聞之者，一切邪見鉅毒悉皆消殞；此經即是大法鼓之正義，凡聞之者，所有邪見之毒悉皆滅除，見道不難；亦能發起菩薩無量功德，是故諸大菩薩遠從諸方佛土來此娑婆聞修此經。平實導師主講，定於 2017 年 12 月底起，每逢周二晚上開講，第一至第六講堂都可同時聽聞，歡迎已發成佛大願的菩薩種性學人，攜眷共同參與此殊勝法會現場聞法，不限制聽講資格。本會學員憑上課證進入第一至第四講堂聽講，會外學人請以身分證件換證進入聽講（此爲大樓管理處安全管理規定之要求，敬請諒解）；第五及第六講堂（B1、B2）對外開放，不需出示任何證件，請由大樓側門直接進入。

第二講堂　台北市承德路三段 267 號十樓。

禪淨班：週一晚上班。

進階班：週三晚班、週四晚班、週五晚班、週六下午班。禪淨班結業後轉入共修。

大法鼓經詳解：平實導師講解。每週二 18.50~20.50 影像音聲即時傳輸

第三講堂　台北市承德路三段 277 號五樓。

禪淨班：週六下午班。

進階班：週一晚班、週三晚班、週四晚班、週五晚班。

大法鼓經詳解：平實導師講解。每週二 18.50~20.50 影像音聲即時傳輸

第四講堂　台北市承德路三段 267 號二樓。

進階班：週一晚上班、週三晚上班、週四晚上班（禪淨班結業後轉入共修）。

大法鼓經詳解：平實導師講解。每週二 18.50~20.50 影像音聲即時傳輸

第五、第六講堂

念佛班　每週日晚上，第六講堂共修（B2），一切求生極樂世界的三寶弟子皆可參加，不限制共修資格。

進階班：週一晚班、週三晚班、週四晚班。

大法鼓經詳解：平實導師講解。每週二 18.50~20.50 影像音聲即時傳輸。第五、第六講堂爲**開放式講堂**，不需以身分證件換證即可進入聽講，台北市承德路三段 267 號地下一樓、地下二樓。每逢週二晚上講經時段開放給會外人士自由聽經，請由大樓側面梯階逕行進入聽講。**聽講者請尊重講者的著作權及肖像權，請勿錄音錄影，以免違法；若有錄音錄影被查獲者，將依法處理。**

正覺祖師堂　大溪區美華里信義路 650 巷坑底 5 之 6 號（台 3 號省道 34 公里處　妙法寺對面斜坡道進入）電話 03-3886110　　傳眞 03-3881692　本堂供奉　克勤圓悟大師，專供會員每年四月、十月各三次精進禪三共修，兼作本會出家菩薩掛單常住之用。除禪三時間以外，公元 2018 年前每逢單月第一週之週日 9:00~17:00 開放會內、外人士參訪，當天並提供午齋結緣，自公元 2019 年後開放參訪日期請參見本會公告。教內共修團體或道場，得另申請其餘時間作團體參訪，務請事先與常住確定日期，以便安排常住菩薩接引導覽，亦免妨礙常住菩薩之日常作息及修行。

桃園正覺講堂（第一、第二講堂）：桃園市介壽路 286、288 號 10 樓（陽明運動公園對面）電話：03-3749363（請於共修時聯繫，或與台北聯繫）

禪淨班：週一晚上班（1）、週一晚上班（2）、週三晚上班、週四晚上班、週五晚上班。

進階班：週四晚班、週五晚班、週六上午班。

增上班：雙週六晚上班（增上重播班）。

大法鼓經詳解：平實導師講解。每週二晚上，以台北正覺講堂所錄 DVD 放映；歡迎會外學人共同聽講，不需出示身分證件。

新竹正覺講堂　新竹市東光路 55 號二樓之一　電話 03-5724297（晚上）

第一講堂：

禪淨班：週一晚上班、週五晚上班、週六上午班。

進階班：週三晚上班、週四晚上班（由禪淨班結業後轉入共修）。

增上班：單週六晚上班。雙週六晚上班（重播班）。

大法鼓經詳解：平實導師講解。每週二晚上，以台北正覺講堂所錄 DVD 放映。歡迎會外學人共同聽講，不需出示身分證件。

第二講堂：

禪淨班：週三晚上班、週四晚上班。

大法鼓經詳解：每週二晚上與第一講堂同步播放講經 DVD。

第三、第四講堂：裝修完畢，即將開放。

台中正覺講堂　04-23816090（晚上）

第一講堂　台中市南屯區五權西路二段 666 號 13 樓之四（國泰世華銀行樓上。鄰近縣市經第一高速公路前來者，由五權西路交流道可以快速到達，大樓旁有停車場，對面有素食館）。

禪淨班：週三晚上班、週四晚上班。

進階班：週一晚上班、週六上午班（由禪淨班結業後轉入共修）。

增上班：增上班：單週六晚上班。雙週六晚上班（重播班）。

大法鼓經詳解：平實導師講解。每週二晚上，以台北正覺講堂所錄 DVD 放映。歡迎會外學人共同聽講，不需出示身分證件。

第二講堂　台中市南屯區五權西路二段 666 號 4 樓

禪淨班：週一晚上班、週三晚上班、週六上午班。

進階班：週五晚上班（由禪淨班結業後轉入共修）。

大法鼓經詳解：每週二晚上與第一講堂同步播放講經 DVD。

第三講堂、第四講堂：台中市南屯區五權西路二段 666 號 4 樓。

嘉義正覺講堂　嘉義市友愛路 288 號八樓之一　電話：05-2318228

第一講堂：

禪淨班：週一晚上班、週四晚上班、週五晚上班、週六上午班。

進階班：週三晚上班（由禪淨班結業後轉入共修）。

增上班：單週六晚上班。雙週六晚上班（重播班）。

大法鼓經詳解：平實導師講解。每週二晚上，以台北正覺講堂所錄 DVD 放映。歡迎會外學人共同聽講，不需出示身分證件。

第二講堂　嘉義市友愛路 288 號八樓之二。

台南正覺講堂

第一講堂　台南市西門路四段 15 號 4 樓。06-2820541（晚上）

禪淨班：週一晚上班、週三晚上班、週四晚上班、週五晚上班、週六下午班。

增上班：增上班：單週六晚上班。雙週六晚上班（重播班）。

大法鼓經詳解：平實導師講解。每週二晚上，以台北正覺講堂所錄 DVD 放映。歡迎會外學人共同聽講，不需出示身分證件。

第二講堂　台南市西門路四段 15 號 3 樓。

大法鼓經詳解：每週二晚上與第一講堂同步播放講經 DVD。

第三講堂　台南市西門路四段 15 號 3 樓。

進階班：週三晚上班、週四晚上班、週六上午班（由禪淨班結業後轉入共修）。

大法鼓經詳解：每週二晚上與第一講堂同步播放講經 DVD。

高雄正覺講堂　高雄市新興區中正三路 45 號五樓 07-2234248（晚上）

第一講堂（五樓）：

禪淨班：週一晚班、週三晚班、週四晚班、週五晚班、週六上午班。

增上班：單週週末下午，以台北增上班課程錄成 DVD 放映之，限已明心之會員參加。

大法鼓經詳解：平實導師講解。每週二晚上，以台北正覺講堂所錄 DVD 放映。歡迎會外學人共同聽講，不需出示身分證件。

第二講堂（四樓）：

進階班：週三晚上班、週四晚上班、週六上午班（由禪淨班結業後轉入共修）。

大法鼓經詳解：每週二晚上與第一講堂同步播放講經 DVD。

第三講堂（三樓）：

進階班：週四晚班（由禪淨班結業後轉入共修）。

香港正覺講堂　☆**已遷移新址**☆

九龍觀塘，成業街 10 號，電訊一代廣場 27 樓 E 室。

（觀塘地鐵站 B1 出口，步行約 4 分鐘）。電話：(852) 23262231

英文地址：Unit E，27th Floor, TG Place, 10 Shing Yip Street, Kwun Tong, Kowloon

禪淨班：雙週六下午班 14:30-17:30，已經額滿。
雙週日下午班 14:30-17:30。
單週六下午班 14:30-17:30，已經額滿。

進階班：雙週五晚上班（由禪淨班結業後轉入共修）。

增上班：單週週末上午，以台北增上班課程錄成 DVD 放映之。

增上重播班：雙週週末上午，以台北增上班課程錄成 DVD 放映之。

大法鼓經詳解：平實導師講解。雙週六 19:00-21:00，以台北正覺講堂所錄 DVD 放映；歡迎會外學人共同聽講，不需出示身分證件。

美國洛杉磯正覺講堂　☆**已遷移新址**☆

825 S. Lemon Ave Diamond Bar, CA 91789 U.S.A.

Tel. (909) 595-5222（請於週六 9:00~18:00 之間聯繫）

Cell. (626) 454-0607

禪淨班：每逢週末 15：30~17：30 上課。

進階班：每逢週末上午 10：00~12：00 上課。

大法鼓經詳解：平實導師講解。每週六下午 13：00~15：00 以台北所錄 DVD 放映。歡迎各界人士共享第一義諦無上法益，不需報名。

二、招生公告　本會台北講堂及全省各講堂、香港講堂，每逢四月、十月下旬開新班，每週共修一次（每次二小時。開課日起三個月內仍可插班）；但美國洛杉磯共修處之禪淨班得隨時插班共修。各班共修期間皆為二年半，全程免費，欲參加者請向本會函索報名表（各共修處皆於共修時間方有人執事，非共修時間請勿電詢或前來洽詢、請書），或直接從本會官方網站(http://www.enlighten.org.tw/newsflash/class)或成佛之道網站下載報名表。共修期滿時，若經報名禪三審核通過者，可參加四天三夜之禪三精進共修，有機會明心、取證如來藏，發起般若實相智慧，成為實義菩薩，脫離凡夫菩薩位。

三、新春禮佛祈福 農曆年假期間停止共修：自農曆新年前七天起停止共修與弘法，正月 8 日起回復共修、弘法事務。新春期間正月初一～初七 9.00～17.00 開放台北講堂、正月初一~初三開放桃園、新竹、台中、嘉義、台南、高雄講堂，以及大溪禪三道場（正覺祖師堂），方便會員供佛、祈福及會外人士請書。美國洛杉磯共修處之休假時間，請逕詢該共修處。

密宗四大派修雙身法，是外道性力派的邪法；又以生滅的識陰作為常住法，是常見外道，是假的藏傳佛教。

西藏覺囊巴以他空見弘揚第八識如來藏勝法，才是真藏傳佛教

佛教正覺同修會　弘法行事表　2017/12/07

1、**禪淨班**　以無相念佛及拜佛方式修習動中定力，實證一心不亂功夫。傳授解脫道正理及第一義諦佛法，以及參禪知見。共修期間：二年六個月。每逢四月、十月開新班，詳見招生公告表。

2、**進階班**　禪淨班畢業後得轉入此班，進修更深入的佛法，期能證悟明心。各地講堂各有多班，繼續深入佛法、增長定力，悟後得轉入增上班修學道種智，期能證得無生法忍。

3、**增上班　瑜伽師地論**詳解　詳解論中所言凡夫地至佛地等 17 師之修證境界與理論，從凡夫地、聲聞地……宣演到諸地所證無生法忍、一切種智之眞實正理。由平實導師開講，每逢一、三、五週之週末晚上開示，僅限已明心之會員參加。2003 年二月開講至今，預定 2019 年講畢。

4、**大法鼓經**詳解　詳解末法時代大乘佛法修行之道。佛教正法消毒妙藥塗於大鼓而以擊之，凡有眾生聞之者，一切邪見鉅毒悉皆消殞；此經即是大法鼓之正義，凡聞之者，所有邪見之毒悉皆滅除，見道不難；亦能發起菩薩無量功德，是故諸大菩薩遠從諸方佛土來此娑婆聞修此經。平實導師主講。定於 2017 年 12 月底開講，歡迎已發成佛大願的菩薩種性學人，攜眷共同參與此殊勝法會聽講。

本經破「有」而顯涅槃，以此名爲眞實的「法」；眞法即是第八識如來藏，《金剛經》《法華經》中亦名之爲「此經」。若墮在「有」中，皆名「非法」，「有」即是五陰、六入、十二處、十八界及內我所、外我所，皆非眞實法。若人如是俱說「法」與「非法」而宣揚佛法，名爲擊大法鼓；如是依「法」而捨「非法」，據以建立山門而爲眾說法，方可名爲眞正的法鼓山。此經中說，以「此經」爲菩薩道之本，以證得「此經」之正知見及法門作爲度人之「法」，方名眞實佛法，否則盡名「非法」。本經中對法與非法、有與涅槃，有深入之闡釋，歡迎教界一切善信（不論初機或久學菩薩），一同親沐　如來聖教，共沾法喜。由平實導師詳解。不限制聽講資格。

5、**精進禪三**　主三和尙：平實導師。於四天三夜中，以克勤圓悟大師及大慧宗杲之禪風，施設機鋒與小參、公案密意之開示，幫助會員剋期取證，親證不生不滅之眞實心——人人本有之如來藏。每年四月、十月各舉辦三個梯次；平實導師主持。僅限本會會員參加禪淨班共修期滿，報名審核通過者，方可參加。並選擇會中定力、慧力、福德三條件皆已具足之已明心會員，給以指引，令得眼見自己無形無相之佛性遍布山河大地，眞實而無障礙，得以肉眼現觀世界身心悉皆如幻，具足成就如幻觀，圓滿十住菩薩之證境。

6、**不退轉法輪經**詳解　本經所說妙法極為甚深難解，時至末法，已然無有知者；而其甚深絕妙之法，流傳至今依舊多人可證，顯示佛學眞是義學而非玄談，其中甚深極妙令人拍案稱絕之第一義諦妙義，平實導師將會加以解說。待《大法鼓經》宣講完畢時繼續宣講此經。

7、**阿含經**詳解　選擇重要之阿含部經典，依無餘涅槃之實際而加以詳解，令大眾得以現觀諸法緣起性空，亦復不墮斷滅見中，顯示經中所隱說之涅槃實際—如來藏—確實已於四阿含中隱說；令大眾得以聞後觀行，確實斷除我見乃至我執，證得**見到**眞現觀，乃至**身證**……等眞現觀；已得大乘或二乘見道者，亦可由此聞熏及聞後之觀行，除斷我所之貪著，成就慧解脫果。由平實導師詳解。不限制聽講資格。

8、**解深密經**詳解　重講本經之目的，在於令諸已悟之人明解大乘法道之成佛次第，以及悟後進修一切種智之內涵，確實證知三種自性性，並得據此證解七眞如、十眞如等正理。每逢週二 18.50~20.50 開示，由平實導師詳解。將於《大法鼓經》講畢後開講。不限制聽講資格。

9、**成唯識論**詳解　詳解一切種智眞實正理，詳細剖析一切種智之微細深妙廣大正理；並加以舉例說明，使已悟之會員深入體驗所證如來藏之微密行相；及證驗見分相分與所生一切法，皆由如來藏—阿賴耶識—直接或展轉而生，因此證知一切法無我，證知無餘涅槃之本際。將於增上班《瑜伽師地論》講畢後，由平實導師重講。僅限已明心之會員參加。

10、**精選如來藏系經典**詳解　精選如來藏系經典一部，詳細解說，以此完全印證會員所悟如來藏之眞實，得入不退轉住。另行擇期詳細解說之，由平實導師講解。僅限已明心之會員參加。

11、**禪門差別智**　藉禪宗公案之微細淆訛難知難解之處，加以宣說及剖析，以增進明心、見性之功德，啓發差別智，建立擇法眼。每月第一週日全天，由平實導師開示，僅限破參明心後，復又眼見佛性者參加（事冗暫停）。

12、**枯木禪**　先講智者大師的《小止觀》，後說《釋禪波羅蜜》，詳解四禪八定之修證理論與實修方法，細述一般學人修定之邪見與岔路，及對禪定證境之誤會，消除枉用功夫、浪費生命之現象。已悟般若者，可以藉此而實修初禪，進入大乘通教及聲聞教的三果心解脫境界，配合應有的大福德及後得無分別智、十無盡願，即可進入初地心中。親教師：平實導師。未來緣熟時將於正覺寺開講。不限制聽講資格。

註：本會例行年假，自 2004 年起，改爲每年農曆新年前七天開始停息弘法事務及共修課程，農曆正月 8 日回復所有共修及弘法事務。新春期間（每日 9.00~17.00）開放台北講堂，方便會員禮佛祈福及會外人士請書。大溪區的正覺祖師堂，開放參訪時間，詳見〈正覺電子報〉或成佛之道網站。本表得因時節因緣需要而隨時修改之，不另作通知。

佛教正覺同修會　贈閱書籍 目錄　　2018/10/20

1.**無相念佛**　平實導師著　回郵 36 元
2.**念佛三昧修學次第**　平實導師述著　回郵 52 元
3.**正法眼藏—護法集**　平實導師述著　回郵 76 元
4.**真假開悟簡易辨正法&佛子之省思**　平實導師著　回郵 26 元
5.**生命實相之辨正**　平實導師著　回郵 31 元
6.**如何契入念佛法門**（附：印順法師否定極樂世界）平實導師著　回郵 26 元
7.**平實書箋**—答元覽居士書　平實導師著　回郵 52 元
8.**三乘唯識**—如來藏系經律彙編　平實導師編　回郵 80 元
（精裝本　長 27 cm　寬 21 cm　高 7.5 cm　重 2.8 公斤）
9.**三時繫念全集**—修正本　回郵掛號 52 元（長 26.5 cm×寬 19 cm）
10.**明心與初地**　平實導師述　回郵 31 元
11.**邪見與佛法**　平實導師述著　回郵 36 元
12.**甘露法雨**　平實導師述　回郵 36 元
13.**我與無我**　平實導師述　回郵 36 元
14.**學佛之心態**—修正錯誤之學佛心態始能與正法相應 孫正德老師著 回郵52元
附錄：平實導師著**《略說八、九識並存…等之過失》**
15.**大乘無我觀**—《悟前與悟後》別說　平實導師述著　回郵 36 元
16.**佛教之危機**—中國台灣地區現代佛教之真相（附錄：公案拈提六則）
平實導師著　回郵 52 元
17.**燈　影**—燈下黑（覆「求教後學」來函等）　平實導師著　回郵 76 元
18.**護法與毀法**—覆上平居士與徐恒志居士網站毀法二文
張正圜老師著　回郵 76 元
19.**淨土聖道**—兼評**選擇本願念佛**　正德老師著　**由正覺同修會購贈** 回郵 52 元
20.**辨唯識性相**—對「紫蓮心海《辯唯識性相》書中否定阿賴耶識」之回應
正覺同修會 台南共修處法義組 著　回郵 52 元
21.**假如來藏**—對法蓮法師《如來藏與阿賴耶識》書中否定阿賴耶識之回應
正覺同修會 台南共修處法義組 著　回郵 76 元
22.**入不二門**—公案拈提集錦 第一輯（於平實導師公案拈提諸書中選錄約二十則，
合輯爲一冊流通之）平實導師著　回郵 52 元
23.**真假邪說**—西藏密宗索達吉喇嘛《破除邪說論》真是邪說
釋正安法師著　上、下冊回郵各 52 元
24.**真假開悟**—真如、如來藏、阿賴耶識間之關係　平實導師述著　回郵 76 元
25.**真假禪和**—辨正釋傳聖之謗法謬說　孫正德老師著　回郵 76 元
26.**眼見佛性**—駁慧廣法師**眼見佛性的含義**文中謬說
游正光老師著　回郵 52 元

27.**普門自在**—公案拈提集錦 第二輯（於平實導師公案拈提諸書中選錄約二十則，合輯爲一冊流通之）平實導師著　回郵 52 元

28.**印順法師的悲哀**—以現代禪的質疑為線索　恒毓博士著　回郵 52 元

29.**識蘊真義**—現觀識蘊內涵、取證初果、親斷三縛結之具體行門。
—依《成唯識論》及《唯識述記》正義，略顯安慧《大乘廣五蘊論》之邪謬
平實導師著　回郵 76 元

30.**正覺電子報** 各期紙版本　免附回郵　每次最多函索三期或三本。
（已無存書之較早各期，不另增印贈閱）

31.**現代人應有的宗教觀**　蔡正禮老師 著　回郵 31 元

32.**遠惑趣道**—正覺電子報般若信箱問答錄　第一輯　回郵 52 元

33.**遠惑趣道**—正覺電子報般若信箱問答錄　第二輯　回郵 52 元

34.**確保您的權益**—器官捐贈應注意自我保護　游正光老師 著　回郵 31 元

35.**正覺教團電視弘法三乘菩提 DVD 光碟（一）**
由正覺教團多位親教師共同講述錄製 DVD 8 片，MP3 一片，共 9 片。有二大講題：一爲「三乘菩提之意涵」，二爲「學佛的正知見」。內容精闢，深入淺出，精彩絕倫，幫助大眾快速建立三乘法道的正知見，免被外道邪見所誤導。有志修學三乘佛法之學人不可不看。（製作工本費 100 元，回郵 52 元）

36.**正覺教團電視弘法 DVD 專輯（二）**
總有二大講題：一爲「三乘菩提之念佛法門」，一爲「學佛正知見（第二篇）」，由正覺教團多位親教師輪番講述，內容詳細闡述如何修學念佛法門、實證念佛三昧，以及學佛應具有的正確知見，可以幫助發願往生西方極樂淨土之學人，得以把握往生，更可令學人快速建立三乘法道的正知見，免於被外道邪見所誤導。有志修學三乘佛法之學人不可不看。（一套 17 片，工本費 160 元。回郵 76 元）

37.**喇嘛性世界**—揭開假藏傳佛教譚崔瑜伽的面紗　張善思 等人合著
由正覺同修會購贈　回郵 52 元

38.**假藏傳佛教的神話**—性、謊言、喇嘛教　張正玄教授編著
由正覺同修會購贈　回郵 52 元

39.**隨 緣**—理隨緣與事隨緣　平實導師述　回郵 52 元。

40.**學佛的覺醒**　正枝居士 著　回郵 52 元

41.**導師之真實義**　蔡正禮老師 著　回郵 31 元

42.**淺談達賴喇嘛之雙身法**—兼論解讀「密續」之達文西密碼
吳明芷居士 著　回郵 31 元

43.**魔界轉世**　張正玄居士 著　回郵 31 元

44.**一貫道與開悟**　蔡正禮老師 著　回郵 31 元

45.**博愛**—愛盡天下女人　正覺教育基金會 編印　回郵 36 元

46.**意識虛妄經教彙編**—實證解脱道的關鍵經文　正覺同修會編印　回郵 36 元

47.**邪箭囈語**—破斥藏密外道多識仁波切《破魔金剛箭雨論》之邪說
陸正元老師著　上、下冊回郵各52元

48.**真假沙門**—依 佛聖教闡釋佛教僧寶之定義
蔡正禮老師著　俟正覺電子報連載後結集出版

49.**真假禪宗**—藉評論釋性廣《印順導師對變質禪法之批判及對禪宗之肯定》以顯示真假禪宗
附論一：凡夫知見 無助於佛法之信解行證
附論二：世間與出世間一切法皆從如來藏實際而生而顯
余正偉老師著　俟正覺電子報連載後結集出版　回郵未定

★ 上列贈書之郵資，係台灣本島地區郵資，大陸、港、澳地區及外國地區，請另計酌增（大陸、港、澳、國外地區之郵票不許通用）。尚未出版之書，請勿先寄來郵資，以免增加作業煩擾。

★ 本目錄若有變動，唯於後印之書籍及「成佛之道」網站上修正公佈之，不另行個別通知。

函索書籍請寄：佛教正覺同修會　103台北市承德路3段277號9樓
台灣地區函索書籍者請附寄郵票，無時間購買郵票者可以等值現金抵用，但不接受郵政劃撥、支票、匯票。大陸地區得以人民幣計算，國外地區請以美元計算（請勿寄來當地郵票，在台灣地區不能使用）。欲以掛號寄遞者，請另附掛號郵資。

親自索閱：正覺同修會各共修處。　★請於共修時間前往取書，餘時無人在道場，請勿前往索取；共修時間與地點，詳見書末正覺同修會共修現況表（以近期之共修現況表爲準）。

註：正智出版社發售之局版書，請向各大書局購閱。若書局之書架上已經售出而無陳列者，請向書局櫃台指定洽購；若書局不便代購者，請於正覺同修會共修時間前往各共修處請購，正智出版社已派人於共修時間送書前往各共修處流通。 郵政劃撥購書及 大陸地區 購書，請詳別頁正智出版社發售書籍目錄最後頁之說明。

成佛之道 網站：http://www.a202.idv.tw　正覺同修會已出版之結緣書籍，多已登載於 成佛之道 網站，若住外國、或住處遙遠，不便取得正覺同修會贈閱書籍者，可以從本網站閱讀及下載。　書局版之《宗通與說通》亦已上網，台灣讀者可向書局洽購，售價300元。《狂密與眞密》第一輯~第四輯，亦於 2003.5.1.全部於本網站登載完畢；台灣地區讀者請向書局洽購，每輯約400頁，售價300元（網站下載紙張費用較貴，容易散失，難以保存，亦較不精美）。

＊＊假藏傳佛教修雙身法，非佛教＊＊

正智出版社 籌募弘法基金發售書籍目錄 2018/10/20

1.**宗門正眼**—公案拈提 第一輯 重拈 平實導師著 500 元
因重寫內容大幅度增加故，字體必須改小，並增爲 576 頁 主文 546 頁。比初版更精彩、更有內容。初版《禪門摩尼寶聚》之讀者，可寄回本公司免費調換新版書。免附回郵，亦無截止期限。(2007 年起，每冊附贈本公司精製公案拈提〈超意境〉CD 一片。市售價格 280 元，多購多贈。)

2.**禪淨圓融** 平實導師著 200 元(第一版舊書可換新版書。)

3.**真實如來藏** 平實導師著 400 元

4.**禪—悟前與悟後** 平實導師著 上、下冊，每冊 250 元

5.**宗門法眼**—公案拈提 第二輯 平實導師著 500 元
(2007 年起，每冊附贈本公司精製公案拈提〈超意境〉CD 一片)

6.**楞伽經詳解** 平實導師著 全套共 10 輯 每輯 250 元

7.**宗門道眼**—公案拈提 第三輯 平實導師著 500 元
(2007 年起，每冊附贈本公司精製公案拈提〈超意境〉CD 一片)

8.**宗門血脈**—公案拈提 第四輯 平實導師著 500 元
(2007 年起，每冊附贈本公司精製公案拈提〈超意境〉CD 一片)

9.**宗通與說通**—成佛之道 平實導師著 主文 381 頁 全書 400 頁售價 300 元

10.**宗門正道**—公案拈提 第五輯 平實導師著 500 元
(2007 年起，每冊附贈本公司精製公案拈提〈超意境〉CD 一片)

11.**狂密與真密 一～四輯** 平實導師著 西藏密宗是人間最邪淫的宗教，本質不是佛教，只是披著佛教外衣的印度教性力派流毒的喇嘛教。此書中將西藏密宗密傳之男女雙身合修樂空雙運所有祕密與修法，毫無保留完全公開，並將全部喇嘛們所不知道的部分也一併公開。內容比大辣出版社喧騰一時的《西藏慾經》更詳細。並且函蓋藏密的所有祕密及其錯誤的中觀見、如來藏見……等，藏密的所有法義都在書中詳述、分析、辨正。每輯主文三百餘頁 每輯全書約 400 頁 售價每輯 300 元

12.**宗門正義**—公案拈提 第六輯 平實導師著 500 元
(2007 年起，每冊附贈本公司精製公案拈提〈超意境〉CD 一片)

13.**心經密意**—心經與解脫道、佛菩提道、祖師公案之關係與密意 平實導師述 300 元

14.**宗門密意**—公案拈提 第七輯 平實導師著 500 元
(2007 年起，每冊附贈本公司精製公案拈提〈超意境〉CD 一片)

15.**淨土聖道**—兼評「選擇本願念佛」 正德老師著 200 元

16.**起信論講記** 平實導師述著 共六輯 每輯三百餘頁 售價各 250 元

17.**優婆塞戒經講記** 平實導師述著 共八輯 每輯三百餘頁 售價各 250 元

18.**真假活佛**—略論附佛外道盧勝彥之邪說(對前岳靈犀網站主張「盧勝彥是證悟者」之修正) 正犀居士(岳靈犀)著 流通價 140 元

19.**阿含正義**—唯識學探源 平實導師著 共七輯 每輯 300 元

20.**超意境** CD 以平實導師公案拈提書中超越意境之頌詞，加上曲風優美的旋律，錄成令人嚮往的超意境歌曲，其中包括正覺發願文及平實導師親自譜成的黃梅調歌曲一首。詞曲雋永，殊堪翫味，可供學禪者吟詠，有助於見道。內附設計精美的彩色小冊，解說每一首詞的背景本事。每片 280 元。【每購買公案拈提書籍一冊，即贈送一片。】

21.**菩薩底憂鬱** CD 將菩薩情懷及禪宗公案寫成新詞，並製作成超越意境的優美歌曲。 1.主題曲〈菩薩底憂鬱〉，描述地後菩薩能離三界生死而迴向繼續生在人間，但因尚未斷盡習氣種子而有極深沈之憂鬱，非三賢位菩薩及二乘聖者所知，此憂鬱在七地滿心位方才斷盡；本曲之詞中所說義理極深，昔來所未曾見；此曲係以優美的情歌風格寫詞及作曲，聞者得以激發嚮往諸地菩薩境界之大心，詞、曲都非常優美，難得一見；其中勝妙義理之解說，已印在附贈之彩色小冊中。 2.以各輯公案拈提中直示禪門入處之頌文，作成各種不同曲風之超意境歌曲，值得玩味、參究；聆聽公案拈提之優美歌曲時，請同時閱讀內附之印刷精美說明小冊，可以領會超越三界的證悟境界；未悟者可以因此引發求悟之意向及疑情，眞發菩提心而邁向求悟之途，乃至因此眞實悟入般若，成眞菩薩。 3.正覺總持咒新曲，總持佛法大意；總持咒之義理，已加以解說並印在隨附之小冊中。本 CD 共有十首歌曲，長達 63 分鐘。每盒各附贈二張購書優惠券。每片 280 元。

22.**禪意無限** CD 平實導師以公案拈提書中偈頌寫成不同風格曲子，與他人所寫不同風格曲子共同錄製出版，幫助參禪人進入禪門超越意識之境界。盒中附贈彩色印製的精美解說小冊，以供聆聽時閱讀，令參禪人得以發起參禪之疑情，即有機會證悟本來面目而發起實相智慧，實證大乘菩提般若，能如實證知般若經中的眞實意。本 CD 共有十首歌曲，長達 69 分鐘，每盒各附贈二張購書優惠券。每片 280 元。

23.**我的菩提路**第一輯　釋悟圓、釋善藏等人合著　售價 300 元

24.**我的菩提路**第二輯　郭正益、張志成等人合著　售價 300 元

25.**我的菩提路**第三輯　王美伶等人合著　售價 300 元

26.**我的菩提路**第四輯　陳晏平等人合著　售價 300 元

27.**鈍鳥與靈龜**—考證後代凡夫對大慧宗杲禪師的無根誹謗。

平實導師著　共 458 頁　售價 350 元

28.**維摩詰經講記**　平實導師述　共六輯　每輯三百餘頁　售價各 250 元

29.**真假外道**—破劉東亮、杜大威、釋證嚴常見外道見　正光老師著　200 元

30.**勝鬘經講記**—兼論印順《勝鬘經講記》對於《勝鬘經》之誤解。

平實導師述　共六輯　每輯三百餘頁　售價250 元

31.**楞嚴經講記**　平實導師述　共 **15** 輯，每輯三百餘頁　售價 300 元

32.**明心與眼見佛性**—駁慧廣〈蕭氏「眼見佛性」與「明心」之非〉文中謬說

正光老師著　共 448 頁　售價 300 元

33.**見性與看話頭** 黃正倖老師 著，本書是禪宗參禪的方法論。
內文 375 頁，全書 416 頁，售價 300 元。
34.**達賴真面目**—玩盡天下女人 白正偉老師 等著 中英對照彩色精裝大本 800 元
35.**喇嘛性世界**—揭開假藏傳佛教譚崔瑜伽的面紗 張善思 等人著 200 元
36.**假藏傳佛教的神話**—性、謊言、喇嘛教 正玄教授編著 200 元
37.**金剛經宗通** 平實導師述 共九輯 每輯售價 250 元。
38.**空行母**—性別、身分定位，以及藏傳佛教。
珍妮·坎貝爾著 呂艾倫 中譯 售價 250 元
39.**末代達賴**—性交教主的悲歌 張善思、呂艾倫、辛燕編著 售價 250 元
40.**霧峰無霧**—給哥哥的信 辨正釋印順對佛法的無量誤解
游宗明 老師著 售價 250 元
41.**第七意識與第八意識？**—穿越時空「超意識」
平實導師述 每冊 300 元
42.**黯淡的達賴**—失去光彩的諾貝爾和平獎
正覺教育基金會編著 每冊 250 元
43.**童女迦葉考**—論呂凱文〈佛教輪迴思想的論述分析〉之謬。
平實導師 著 定價 180 元
44.**人間佛教**—實證者必定不悖三乘菩提
平實導師 述，定價 400 元
45.**實相經宗通** 平實導師述 共八輯 每輯 250 元
46.**真心告訴您(一)**—達賴喇嘛在幹什麼？
正覺教育基金會編著 售價 250 元
47.**中觀金鑑**—詳述應成派中觀的起源與其破法本質
孫正德老師著 分爲上、中、下三冊，每冊 250 元
48.**藏傳佛教要義**—《狂密與真密》之簡體字版 平實導師 著 上、下冊
僅在大陸流通 每冊 300 元
49.**法華經講義** 平實導師述 共二十五輯 每輯 300 元
已於 2015/05/31 起開始出版，每二個月出版一輯
50.**西藏「活佛轉世」制度**—附佛、造神、世俗法
許正豐、張正玄老師合著 定價 150 元
51.**廣論三部曲** 郭正益老師著 定價 150 元
52.**真心告訴您(二)**—達賴喇嘛是佛教僧侶嗎？補祝達賴喇嘛八十大壽
正覺教育基金會編著 售價 300 元
53.**次法**—實證佛法前應有的條件
張善思居士著 分爲上、下二冊，每冊 250 元
54.**涅槃**—解說四種涅槃之實證及內涵 平實導師著 上、下冊 各 350 元
55.**假鋒虛焰金剛乘**—揭示顯密正理，兼破索達吉師徒《般若鋒兮金剛焰》
釋正安法師著 簡體字版 即將出版 售價未定
56.**廣論之平議**—宗喀巴《菩提道次第廣論》之平議 正雄居士著
約二或三輯 俟正覺電子報連載後結集出版 書價未定

57.**救護佛子向正道**—對印順法師中心思想之綜合判攝
游宗明老師著　書價未定
58.**菩薩學處**—菩薩四攝六度之要義　陸正元老師著　出版日期未定。
59.**八識規矩頌**詳解　○○居士 註解　出版日期另訂　書價未定。
60.**印度佛教史**—法義與考證。依法義史實評論印順《印度佛教思想史、佛教史地考論》之謬說　正偉老師著　出版日期未定　書價未定
61.**中國佛教史**—依中國佛教正法史實而論。○○老師 著　書價未定。
62.**中論正義**—釋龍樹菩薩《中論》頌正理。
孫正德老師著　出版日期未定　書價未定
63.**中觀正義**—註解平實導師《中論正義頌》。
○○法師（居士）著　出版日期未定　書價未定
64.**佛藏經講記**　平實導師述　出版日期未定　書價未定
65.**阿含經講記**—將選錄四阿含中數部重要經典全經講解之，講後整理出版。
平實導師述　約二輯　每輯300元　出版日期未定
66.**實積經講記**　平實導師述　每輯三百餘頁 優惠價300元 出版日期未定
67.**解深密經講記**　平實導師述 約四輯　將於重講後整理出版
68.**成唯識論略解**　平實導師著　五～六輯　每輯300元　出版日期未定
69.**修習止觀坐禪法要講記**　平實導師述　每輯三百餘頁
將於正覺寺建成後重講、以講記逐輯出版　出版日期未定
70.**無門關**—《無門關》公案拈提　平實導師著　出版日期未定
71.**中觀再論**—兼述印順《中觀今論》謬誤之平議。正光老師著 出版日期未定
72.**輪迴與超度**—佛教超度法會之真義。
○○法師（居士）著　出版日期未定　書價未定
73.《**釋摩訶衍論**》**平議**—對偽稱龍樹所造《釋摩訶衍論》之平議
○○法師（居士）著　出版日期未定　書價未定
74.**正覺發願文**註解—以真實大願為因 得證菩提
正德老師著　出版日期未定　書價未定
75.**正覺總持咒**—佛法之總持　正圜老師著　出版日期未定　書價未定
76.**三自性**—依四食、五蘊、十二因緣、十八界法，說三性三無性。
作者未定　出版日期未定
77.**道品**—從三自性說大小乘三十七道品　作者未定　出版日期未定
78.**大乘緣起觀**—依四聖諦七真如現觀十二緣起 作者未定　出版日期未定
79.**三德**—論解脫德、法身德、般若德。　作者未定　出版日期未定
80.**真假如來藏**—對印順《如來藏之研究》謬說之平議　作者未定 出版日期未定
81.**大乘道次第**　作者未定　出版日期未定　書價未定
82.**四緣**—依如來藏故有四緣。　作者未定　出版日期未定
83.**空之探究**—印順《空之探究》謬誤之平議　作者未定 出版日期未定
84.**十法義**—論阿含經中十法之正義　作者未定　出版日期未定
85.**外道見**—論述外道六十二見　作者未定　出版日期未定

正智出版社有限公司　書籍介紹

禪淨圓融：言淨土諸祖所未曾言，示諸宗祖師所未曾示；禪淨圓融，另闢成佛捷徑，兼顧自力他力，闡釋淨土門之速行易行道，亦同時揭櫫聖教門之速行易行道；令廣大淨土行者得免緩行難證之苦，亦令聖道門行者得以藉著淨土速行道而加快成佛之時劫。乃前無古人之超勝見地，非一般弘揚禪淨法門典籍也，先讀為快。平實導師著　200元。

宗門正眼—公案拈提第一輯：繼承克勤圜悟大師碧巖錄宗旨之禪門鉅作。先則舉示當代大法師之邪說，消弭當代禪門大師鄉愿之心態，摧破當今禪門「世俗禪」之妄談；次則旁通教法，表顯宗門正理；繼以道之次第，消弭古今狂禪；後藉言語及文字機鋒，直示宗門入處。悲智雙運，禪味十足，數百年來難得一睹之禪門鉅著也。平實導師著　500元（原初版書《禪門摩尼寶聚》，改版後補充為五百餘頁新書，總計多達二十四萬字，內容更精彩，並改名為《宗門正眼》，讀者原購初版《禪門摩尼寶聚》皆可寄回本公司免費換新，免附回郵，亦無截止期限）（2007年起，凡購買公案拈提第一輯至第七輯，每購一輯皆贈送本公司精製公案拈提〈超意境〉CD一片，市售價格280元，多購多贈）。

禪—悟前與悟後：本書能建立學人悟道之信心與正確知見，圓滿具足而有次第地詳述禪悟之功夫與禪悟之內容，指陳參禪中細微淆訛之處，能使學人明自真心、見自本性。若未能悟入，亦能以正確知見辨別古今中外一切大師究係真悟？或屬錯悟？便有能力揀擇，捨名師而選明師，後時必有悟道之緣。一旦悟道，遲者七次人天往返，便出三界，速者一生取辦。學人欲求開悟者，不可不讀。　平實導師著。上、下冊共500元，單冊250元。

眞實如來藏：如來藏眞實存在，乃宇宙萬有之本體，並非印順法師、達賴喇嘛等人所說之「唯有名相、無此心體」。如來藏是涅槃之本際，是一切有智之人竭盡心智、不斷探索而不能得之生命實相；是古今中外許多大師自以爲悟而當面錯過之生命實相。如來藏即是阿賴耶識，乃是一切有情本自具足、不生不滅之眞實心。當代中外大師於此書出版之前所未能言者，作者於本書中盡情流露、詳細闡釋。眞悟者讀之，必能增益悟境、智慧增上；錯悟者讀之，必能檢討自己之錯誤，免犯大妄語業；未悟者讀之，能知參禪之理路，亦能以之檢查一切名師是否眞悟。此書是一切哲學家、宗教家、學佛者及欲昇華心智之人必讀之鉅著。　平實導師著　售價400元。

宗門法眼—公案拈提第二輯：列舉實例，闡釋土城廣欽老和尚之悟處；並直示這位不識字的老和尚妙智橫生之根由，繼而剖析禪宗歷代大德之開悟公案，解析當代密宗高僧卡盧仁波切之錯悟證據，並例舉當代顯宗高僧、大居士之錯悟證據（凡健在者，爲免影響其名聞利養，皆隱其名）。藉辨正當代名師之邪見，向廣大佛子指陳禪悟之正道，彰顯宗門法眼。悲勇兼出，強捋虎鬚；慈智雙運，巧探驪龍；摩尼寶珠在手，直示宗門入處，禪味十足；若非大悟徹底，不能爲之。禪門精奇人物，允宜人手一冊，供作參究及悟後印證之圭臬。本書於2008年4月改版，增寫爲大約500頁篇幅，以利學人研讀參究時更易悟入宗門正法，以前所購初版首刷及初版二刷舊書，皆可免費換取新書。平實導師著　500元（2007年起，凡購買公案拈提第一輯至第七輯，每購一輯皆贈送本公司精製公案拈提〈超意境〉CD一片，市售價格280元，多購多贈）。

宗門道眼—公案拈提第三輯：繼宗門法眼之後，再以金剛之作略、慈悲之胸懷、犀利之筆觸，舉示寒山、拾得、布袋三大士之悟處，消弭當代錯悟者對於寒山大士……等之誤會及誹謗。　亦舉出民初以來與虛雲和尚齊名之蜀郡鹽亭袁煥仙夫子——南懷瑾老師之師，其「悟處」何在？並蒐羅許多眞悟祖師之證悟公案，顯示禪宗歷代祖師之睿智，指陳部分祖師、奧修及當代顯密大師之謬悟，作爲殷鑑，幫助禪子建立及修正參禪之方向及知見。假使讀者閱此書已，一時尚未能悟，亦可一面加功用行，一面以此宗門道眼辨別眞假善知識，避開錯誤之印證及歧路，可免大妄語業之長劫慘痛果報。欲修禪宗之禪者，務請細讀。平實導師著　售價500元（2007年起，凡購買公案拈提第一輯至第七輯，每購一輯皆贈送本公司精製公案拈提〈超意境〉CD一片，市售價格280元，多購多贈）。

楞伽經詳解：本經是禪宗見道者印證所悟眞僞之根本經典，亦是禪宗見道者悟後起修之依據經典；故達摩祖師於印證二祖慧可大師之後，將此經典連同佛缽祖衣一併交付二祖，令其依此經典佛示金言、進入修道位，修學一切種智。由此可知此經對於眞悟之人修學佛道，是非常重要之一部經典。此經能破外道邪說，亦破佛門中錯悟名師之謬說，亦破禪宗部分祖師之狂禪：不讀經典、一向主張「一悟即成究竟佛」之謬執。並開示愚夫所行禪、觀察義禪、攀緣如禪、如來禪等差別，令行者對於三乘禪法差異有所分辨；亦糾正禪宗祖師古來對於如來禪之誤解，嗣後可免以訛傳訛之弊。此經亦是法相唯識宗之根本經典，禪者悟後欲修一切種智而入初地者，必須詳讀。平實導師著，全套共十輯，已全部出版完畢，每輯主文約320頁，每冊約352頁，定價250元。

宗門血脈—公案拈提第四輯：末法怪象—許多修行人自以爲悟，每將無念靈知認作眞實；崇尚二乘法諸師及其徒衆，則將外於如來藏之緣起性空—無因論之無常空、斷滅空、一切法空—錯認爲 佛所說之般若空性。這兩種現象已於當今海峽兩岸及美加地區顯密大師之中普遍存在；人人自以爲悟，心高氣壯，便敢寫書解釋祖師證悟之公案，大多出於意識思惟所得，言不及義，錯誤百出，因此誤導廣大佛子同陷大妄語之地獄業中而不能自知。彼等書中所說之悟處，其實處處違背第一義經典之聖言量。彼等諸人不論是否身披袈裟，都非佛法宗門血脈，或雖有禪宗法脈之傳承，亦只徒具形式；猶如螟蛉，非眞血脈，未悟得根本眞實故。禪子欲知 佛、祖之眞血脈者，請讀此書，便知分曉。平實導師著，主文452頁，全書464頁，定價500元（2007年起，凡購買公案拈提第一輯至第七輯，每購一輯皆贈送本公司精製公案拈提〈超意境〉CD一片，市售價格280元，多購多贈）。

宗通與說通：古今中外，錯誤之人如麻似粟，每以常見外道所說之靈知心，認作眞心；或妄想虛空之勝性能量爲眞如，或錯認物質四大元素藉冥性（靈知心本體）能成就吾人色身及知覺，或認初禪至四禪中之了知心爲不生不滅之涅槃心。此等皆非通宗者之見地。復有錯悟之人一向主張「宗門與教門不相干」，此即尚未通達宗門之人也。其實宗門與教門互通不二，宗門所證者乃是眞如與佛性，故教門所說者乃說宗門證悟之眞如佛性，故教門與宗門不二。本書作者以宗教二門互通之見地，細說「宗通與說通」，從初見道至悟後起修之道、細說分明；並將諸宗諸派在整體佛教中之地位與次第，加以明確之教判，學人讀之即可了知佛法之梗概也。欲擇明師學法之前，允宜先讀。平實導師著，主文共381頁，全書392頁，只售成本價300元。

宗門正道—公案拈提第五輯：修學大乘佛法有二果須證—解脫果及大菩提果。二乘人不證大菩提果，唯證解脫果；此果之智慧，名為聲聞菩提、緣覺菩提。大乘佛子所證二果之菩提果為佛菩提，故名大菩提果，其慧名為一切種智—函蓋二乘解脫果。然此大乘二果修證，須經由禪宗之宗門證悟方能相應。而宗門證悟極難，自古已然；其所以難者，咎在古今佛教界普遍存在三種邪見：1.以修定認作佛法，2.以無因論之緣起性空—否定涅槃本際如來藏以後之一切法空作為佛法，3.以常見外道邪見（離語言妄念之靈知性）作為佛法。如是邪見，或因自身正見未立所致，或因邪師之邪教導所致，或因無始劫來虛妄熏習所致。若不破除此三種邪見，永劫不悟宗門真義、不入大乘正道，唯能外門廣修菩薩行。平實導師於此書中，有極為詳細之說明，有志佛子欲摧邪見、入於內門修菩薩行者，當閱此書。主文共496頁，全書512頁。售價500元（2007年起，凡購買公案拈提第一輯至第七輯，每購一輯皆贈送本公司精製公案拈提〈超意境〉CD一片，市售價格280元，多購多贈）。

狂密與真密：密教之修學，皆由有相之觀行法門而入，其最終目標仍不離顯教經典所說第一義諦之修證；若離顯教第一義經典、或違背顯教第一義經典，即非佛教。西藏密教之觀行法，如灌頂、觀想、遷識法、寶瓶氣、大聖歡喜雙身修法、喜金剛、無上瑜伽、大樂光明、樂空雙運等，皆是印度教兩性生生不息思想之轉化，自始至終皆以如何能運用交合淫樂之法達到全身受樂為其中心思想，純屬欲界五欲的貪愛，不能令人超出欲界輪迴，更不能令人斷除我見；何況大乘之明心與見性，更無論矣！故密宗之法絕非佛法也。而其明光大手印、大圓滿法教，又皆同以常見外道所說離語言妄念之無念靈知心錯認為佛地之真如，不能直指不生不滅之真如。西藏密宗所有法王與徒眾，都尚未開頂門眼，不能辨別真偽，以依人不依法、依密續不依經典故，不肯將其上師喇嘛所說對照第一義經典，純依密續之藏密祖師所說為準，因此而誇大其證德與證量，動輒謂彼祖師上師為究竟佛、為地上菩薩；如今台海兩岸亦有自謂其師證量高於 釋迦文佛者，然觀其師所述，猶未見道，仍在觀行即佛階段，尚未到禪宗相似即佛、分證即佛階位，竟敢標榜為究竟佛及地上法王，誑惑初機學人。凡此怪象皆是狂密，不同於真密之修行者。近年狂密盛行，密宗行者被誤導者極眾，動輒自謂已證佛地真如，自視為究竟佛，陷於大妄語業中而不知自省，反謗顯宗真修實證者之證量粗淺；或如義雲高與釋性圓…等人，於報紙上公然誹謗真實證道者為「騙子、無道人、人妖、癩蛤蟆…」等，造下誹謗大乘勝義僧之大惡業；或以外道法中有為有作之甘露、魔術……等法，誑騙初機學人，狂言彼外道法為真佛法。如是怪象，在西藏密宗及附藏密之外道中，不一而足，舉之不盡，學人宜應慎思明辨，以免上當後又犯毀破菩薩戒之重罪。密宗學人若欲遠離邪知邪見者，請閱此書，即能了知密宗之邪謬，從此遠離邪見與邪修，轉入真正之佛道。 平實導師著 共四輯 每輯約400頁（主文約340頁） 每輯售價300元。

宗門正義—公案拈提第六輯：佛教有六大危機，乃是藏密化、世俗化、膚淺化、學術化、宗門密意失傳、悟後進修諸地之次第混淆；其中尤以宗門密意之失傳，爲當代佛教最大之危機。由宗門密意失傳故，易令 世尊本懷普被錯解，易令 世尊正法被轉易爲外道法，以及加以淺化、世俗化，是故宗門密意之廣泛弘傳與具緣佛弟子，極爲重要。然而欲令宗門密意之廣泛弘傳予具緣之佛弟子者，必須同時配合錯誤知見之解析、普令佛弟子知之，然後輔以公案解析之直示入處，方能令具緣之佛弟子悟入。而此二者，皆須以公案拈提之方式爲之，方易成其功、竟其業，是故平實導師續作宗門正義一書，以利學人。 全書500餘頁，售價500元（2007年起，凡購買公案拈提第一輯至第七輯，每購一輯皆贈送本公司精製公案拈提〈超意境〉CD一片，市售價格280元，多購多贈）。

心經密意—心經與解脫道、佛菩提道、祖師公案之關係與密意。 二乘菩提所證之解脫道，實依第八識心之斷除煩惱障現行而立解脫之名；大乘菩提所證之佛菩提道，實依親證第八識如來藏之涅槃性、清淨自性、及其中道性而立般若之名；禪宗祖師公案所證之眞心，即是此第八識如來藏；是故三乘佛法所修所證之三乘菩提，皆依此如來藏心而立名也。此第八識心，即是《心經》所說之心也。證得此如來藏已，即能漸入大乘佛菩提道，亦可因證知此心而了知二乘無學所不能知之無餘涅槃本際，是故《心經》之密意，與三乘佛菩提之關係極爲密切、不可分割，三乘佛法皆依此心而立名故。今者平實導師以其所證解脫道之無生智及佛菩提之般若種智，將《心經》與解脫道、佛菩提道、祖師公案之關係與密意，以演講之方式，用淺顯之語句和盤托出，發前人所未言，呈三乘菩提之眞義，令人藉此《心經密意》一舉而窺三乘菩提之堂奧，迥異諸方言不及義之說；欲求眞實佛智者、不可不讀！ 主文317頁，連同跋文及序文…等共384頁，售價300元。

宗門密意—公案拈提第七輯：佛教之世俗化，將導致學人以信仰作爲學佛，則將以感應及世間法之庇祐，作爲學佛之主要目標，不能了知學佛之主要目標爲親證三乘菩提。大乘菩提則以般若實相智慧爲主要修習目標，以二乘菩提解脫道爲附帶修習之標的；是故學習大乘法者，應以禪宗之證悟爲要務，能親入大乘菩提之實相般若智慧中故，般若實相智慧非二乘聖人所能知故。此書則以台灣世俗化佛教之三大法師，說法似是而非之實例，配合眞悟祖師之公案解析，提示證悟般若之關節，令學人易得悟入。平實導師著，全書五百餘頁，售價500元（2007年起，凡購買公案拈提第一輯至第七輯，每購一輯皆贈送本公司精製公案拈提〈超意境〉CD一片，市售價格280元，多購多贈）。

淨土聖道—兼評選擇本願念佛：佛法甚深極廣，般若玄微，非諸二乘聖僧所能知之，一切凡夫更無論矣！所謂一切證量皆歸淨土是也！是故大乘法中「聖道之淨土、淨土之聖道」，其義甚深，難可了知；乃至眞悟之人，初心亦難知也。今有正德老師眞實證悟後，復能深探淨土與聖道之緊密關係，憐憫眾生之誤會淨土實義，亦欲利益廣大淨土行人同入聖道，同獲淨土中之聖道門要義，乃振奮心神、書以成文，今得刊行天下。主文279頁，連同序文等共301頁，總有十一萬六千餘字，正德老師著，成本價200元。

起信論講記：詳解大乘起信論心生滅門與心眞如門之眞實意旨，消除以往大師與學人對起信論所說心生滅門之誤解，由是而得了知眞心如來藏之非常非斷中道正理；亦因此一講解，令此論以往隱晦而被誤解之眞實義，得以如實顯示，令大乘佛菩提道之正理得以顯揚光大；初機學者亦可藉此正論所顯示之法義，對大乘法理生起正信，從此得以眞發菩提心，眞入大乘法中修學，世世常修菩薩正行。平實導師演述，共六輯，都已出版，每輯三百餘頁，售價各250元。

優婆塞戒經講記：本經詳述在家菩薩修學大乘佛法，應如何受持菩薩戒？對人間善行應如何看待？對三寶應如何護持？應如何正確地修集此世後世證法之福德？應如何修集後世「行菩薩道之資糧」？並詳述第一義諦之正義：五蘊非我非異我、自作自受、異作異受、不作不受……等深妙法義，乃是修學大乘佛法、行菩薩行之在家菩薩所應當了知者。出家菩薩今世或未來世登地已，捨報之後多數將如華嚴經中諸大菩薩，以在家菩薩身而修行菩薩行，故亦應以此經所述正理而修之，配合《楞伽經、解深密經、楞嚴經、華嚴經》等道次第正理，方得漸次成就佛道；故此經是一切大乘行者皆應證知之正法。平實導師講述，每輯三百餘頁，售價各250元；共八輯，已全部出版。

真假活佛—略論附佛外道盧勝彥之邪說：人人身中都有眞活佛，永生不滅而有大神用，但衆生都不了知，所以常被身外的西藏密宗假活佛籠罩欺瞞。本來就眞實存在的眞活佛，才是眞正的密宗無上密！諾那活佛因此而說禪宗是大密宗，但藏密的所有活佛都不知道、也不曾實證自身中的眞活佛。本書詳實宣示眞活佛的道理，舉證盧勝彥的「佛法」不是眞佛法，也顯示盧勝彥是假活佛，直接的闡釋第一義佛法見道的眞實正理。眞佛宗的所有上師與學人們，都應該詳細閱讀，包括盧勝彥個人在內。正犀居士著，優惠價140元。

阿含正義—唯識學探源：廣說四大部《阿含經》諸經中隱說之眞正義理，一一舉示佛陀本懷，令阿含時期初轉法輪根本經典之眞義，如實顯現於佛子眼前。並提示末法大師對於阿含眞義誤解之實例，一一比對之，證實唯識增上慧學確於原始佛法之阿含諸經中已隱覆密意而略說之，證實 世尊確於原始佛法中已曾密意而說第八識如來藏之總相；亦證實 世尊在四阿含中已說此藏識是名色十八界之因、之本—證明如來藏是能生萬法之根本心。佛子可據此修正以往受諸大師（譬如西藏密宗應成派中觀師：印順、昭慧、性廣、大願、達賴、宗喀巴、寂天、月稱、……等人）誤導之邪見，建立正見，轉入正道乃至親證初果而無困難；書中並詳說三果所證的心解脫，以及四果慧解脫的親證，都是如實可行的具體知見與行門。全書共七輯，已出版完畢。平實導師著，每輯三百餘頁，售價300元。

超意境CD：以平實導師公案拈提書中超越意境之頌詞，加上曲風優美的旋律，錄成令人嚮往的超意境歌曲，其中包括正覺發願文及平實導師親自譜成的黃梅調歌曲一首。詞曲雋永，殊堪翫味，可供學禪者吟詠，有助於見道。內附設計精美的彩色小冊，解說每一首詞的背景本事。每片280元。【每購買公案拈提書籍一冊，即贈送一片。】

我的菩提路第一輯：凡夫及二乘聖人不能實證的佛菩提證悟，末法時代的今天仍然有人能得實證，由正覺同修會釋悟圓、釋善藏法師等二十餘位實證如來藏者所寫的見道報告，已為當代學人見證宗門正法之絲縷不絕，證明大乘義學的法脈仍然存在，為末法時代求悟般若之學人照耀出光明的坦途。由二十餘位大乘見道者所繕，敘述各種不同的學法、見道因緣與過程，參禪求悟者必讀。全書三百餘頁，售價300元。

我的菩提路第二輯：由郭正益老師等人合著，書中詳述彼等諸人歷經各處道場學法，一一修學而加以檢擇之不同過程以後，因閱讀正覺同修會、正智出版社書籍而發起抉擇分，轉入正覺同修會中修學；乃至學法及見道之過程，都一一詳述之。其中張志成等人係由前現代禪轉進正覺同修會，張志成原為現代禪副宗長，以前未閱本會書籍時，曾被人藉其名義著文評論 平實導師（詳見《宗通與說通》辨正及《眼見佛性》書末附錄…等）；後因偶然接觸正覺同修會書籍，深覺以前聽人評論平實導師之語不實，於是投入極多時間閱讀本會書籍、深入思辨，詳細探索中觀與唯識之關聯與異同，認為正覺之法義方是正法，深覺相應；亦解開多年來對佛法的迷雲，確定應依八識論正理修學方是正法。乃不顧面子，毅然前往正覺同修會面見平實導師懺悔，並正式學法求悟。今已與其同修王美伶（亦為前現代禪傳法老師），同樣證悟如來藏而證得法界實相，生起實相般若真智。此書中尚有七年來本會第一位眼見佛性者之見性報告一篇，一同供養大乘佛弟子。全書四百頁，售價300元。

我的菩提路第三輯：由王美伶老師等人合著。自從正覺同修會成立以來，每年夏初、冬初都舉辦精進禪三共修，藉以助益會中同修們得以證悟明心發起般若實相智慧；凡已實證而被平實導師印證者，皆書具見道報告用以證明佛法之真實可證而非玄學，證明佛法並非純屬思想、理論而無實質，是故每年都能有人證明正覺同修會的「實證佛教」主張並非虛語。特別是眼見佛性一法，自古以來中國禪宗祖師實證者極寡，較之明心開悟的證境更難令人信受；至2017年初，正覺同修會中的證悟明心者已近五百人，然而其中眼見佛性者至今唯十餘人爾，可謂難能可貴，是故明心後欲冀眼見佛性者實屬不易。黃正倖老師是懸絕七年無人見性後的第一人，她於2009年的見性報告刊於本書的第二輯中，為大眾證明佛性確實可以眼見；其後七年之中求見性者都屬解悟佛性而無人眼見，幸而又經七年後的2016冬初，以及2017夏初的禪三，復有三人眼見佛性，希冀鼓舞四眾佛子求見佛性之大心，今則具載一則於書末，顯示求見佛性之事實經歷，供養現代佛教界欲得見性之四眾弟子。全書四百頁，售價300元。

我的菩提路第四輯：由陳晏平等人著。中國禪宗祖師往往有所謂「見性」之言，所言多屬看見如來藏具有能令人發起成佛之自性，並非《大般涅槃經》中　如來所說之眼見佛性。眼見佛性者，於親見佛性之時，即能於山河大地眼見自己佛性，亦能於他人身上眼見自己佛性及對方之佛性，如是境界無法為尚未實證者解釋；勉強說之，縱使真實明心證悟之人聞之，亦只能以自身明心之境界想像之，但不論如何想像多屬非量，能有正確之比量者亦是稀有，故說眼見佛性極為困難。眼見佛性之人若所見極分明時，在所見佛性之境界下所眼見之山河大地、自己五蘊身心皆是虛幻，自有異於明心者之解脫功德受用，此後永不思證二乘涅槃，必定邁向成佛之道而進入第十住位中，已超第一阿僧祇劫三分有一，可謂之為超劫精進也。今又有明心之後眼見佛性之人出於人間，將其明心及後來見性之報告，連同其餘證悟明心者之精彩報告一同收錄於此書中，供養真求佛法實證之四眾佛子。全書380頁，售價300元。

鈍鳥與靈龜：鈍鳥及靈龜二物，被宗門證悟者說為二種人：前者是精修禪定而無智慧者，也是以定為禪的愚癡禪人；後者是或有禪定、或無禪定的宗門證悟者，凡已證悟者皆是靈龜。但後來被人虛造事實，用以嘲笑大慧宗杲禪師，說他雖是靈龜，卻不免被天童禪師預記「患背」痛苦而亡：「鈍鳥離巢易，靈龜脫殼難。」藉以貶低大慧宗杲的證量。同時將天童禪師實證如來藏的證量，曲解為意識境界的離念靈知。自從大慧禪師入滅以後，錯悟凡夫對他的不實毀謗就一直存在著，不曾止息，並且捏造的假事實也隨著年月的增加而越來越多，終至編成「鈍鳥與靈龜」的假公案、假故事。本書是考證大慧與天童之間的不朽情誼，顯現這件假公案的虛妄不實；更見大慧宗杲面對惡勢力時的正直不阿，亦顯示大慧對天童禪師的至情深義，將使後人對大慧宗杲的誣謗至此而止，不再有人誤犯毀謗賢聖的惡業。書中亦舉證宗門的所悟確以第八識如來藏為標的，詳讀之後必可改正以前被錯悟大師誤導的參禪知見，日後必定有助於實證禪宗的開悟境界，得階大乘真見道位中，即是實證般若之賢聖。全書459頁，售價350元。

維摩詰經講記：本經係　世尊在世時，由等覺菩薩維摩詰居士藉疾病而演說之大乘菩提無上妙義，所說函蓋甚廣，然極簡略，是故今時諸方大師與學人讀之悉皆錯解，何況能知其中隱含之深妙正義，是故普遍無法為人解說；若強為人說，則成依文解義而有諸多過失。今由平實導師公開宣講之後，詳實解釋其中密意，令維摩詰菩薩所說大乘不可思議解脫之深妙正法得以正確宣流於人間，利益當代學人及與諸方大師。書中詳實演述大乘佛法深妙不共二乘之智慧境界，顯示諸法之中絕待之實相境界，建立大乘菩薩妙道於永遠不敗不壞之地，以此成就護法偉功，欲冀永利娑婆人天。已經宣講圓滿整理成書流通，以利諸方大師及諸學人。全書共六輯，每輯三百餘頁，售價各250元。

真假外道：本書具體舉證佛門中的常見外道知見實例，並加以教證及理證上的辨正，幫助讀者輕鬆而快速的了知常見外道的錯誤知見，進而遠離佛門內外的常見外道知見，因此即能改正修學方向而快速實證佛法。游正光老師著　。成本價200元。

勝鬘經講記：如來藏爲三乘菩提之所依，若離如來藏心體及其含藏之一切種子，即無三界有情及一切世間法，亦無二乘菩提緣起性空之出世間法；本經詳說無始無明、一念無明皆依如來藏而有之正理，藉著詳解煩惱障與所知障間之關係，令學人深入了知二乘菩提與佛菩提相異之妙理；聞後即可了知佛菩提之特勝處及三乘修道之方向與原理，邁向攝受正法而速成佛道的境界中。平實導師講述，共六輯，每輯三百餘頁，售價各250元。

楞嚴經講記：楞嚴經係密教部之重要經典，亦是顯教中普受重視之經典；經中宣說明心與見性之內涵極爲詳細，將一切法都會歸如來藏及佛性—妙眞如性；亦闡釋佛菩提道修學過程中之種種魔境，以及外道誤會涅槃之狀況，旁及三界世間之起源。然因言句深澀難解，法義亦復深妙寬廣，學人讀之普難通達，是故讀者大多誤會，不能如實理解佛所說之明心與見性內涵，亦因是故多有悟錯之人引爲開悟之證言，成就大妄語罪。今由平實導師詳細講解之後，整理成文，以易讀易懂之語體文刊行天下，以利學人。全書十五輯，全部出版完畢。每輯三百餘頁，售價每輯300元。

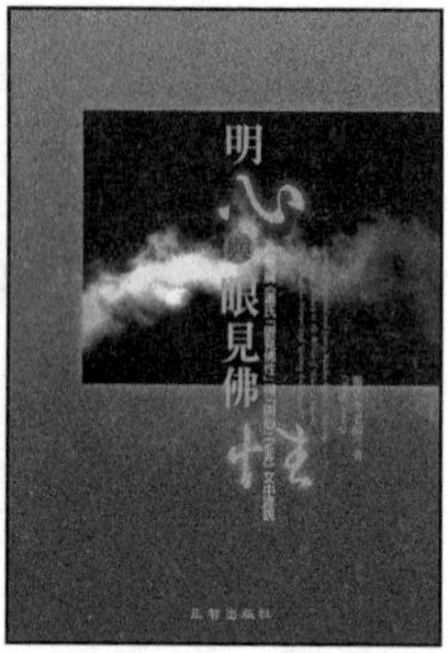

明心與眼見佛性：本書細述明心與眼見佛性之異同，同時顯示了中國禪宗破初參明心與重關眼見佛性二關之間的關聯；書中又藉法義辨正而旁述其他許多勝妙法義，讀後必能遠離佛門長久以來積非成是的錯誤知見，令讀者在佛法的實證上有極大助益。也藉慧廣法師的謬論來教導佛門學人回歸正知正見，遠離古今禪門錯悟者所墮的意識境界，非唯有助於斷我見，也對未來的開悟明心實證第八識如來藏有所助益，是故學禪者都應細讀之。游正光老師著　共448頁　售價300元。

菩薩底憂鬱CD：將菩薩情懷及禪宗公案寫成新詞，並製作成超越意境的優美歌曲。1.主題曲〈菩薩底憂鬱〉，描述地後菩薩能離三界生死而迴向繼續生在人間，但因尚未斷盡習氣種子而有極深沈之憂鬱，非三賢位菩薩及二乘聖者所知，此憂鬱在七地滿心位方才斷盡；本曲之詞中所說義理極深，昔來所未曾見；此曲係以優美的情歌風格寫詞及作曲，聞者得以激發嚮往諸地菩薩境界之大心，詞、曲都非常優美，難得一見；其中勝妙義理之解說，已印在附贈之彩色小冊中。2.以各輯公案拈提中直示禪門入處之頌文，作成各種不同曲風之超意境歌曲，值得玩味、參究；聆聽公案拈提之優美歌曲時，請同時閱讀內附之印刷精美說明小冊，可以領會超越三界的證悟境界；未悟者可以因此引發求悟之意向及疑情，眞發菩提心而邁向求悟之途，乃至因此眞實悟入般若，成眞菩薩。3.正覺總持咒新曲，總持佛法大意；總持咒之義理，已加以解說並印在隨附之小冊中。本CD共有十首歌曲，長達63分鐘，附贈二張購書優惠券。每片280元。

禪意無限CD：平實導師以公案拈提書中偈頌寫成不同風格曲子，與他人所寫不同風格曲子共同錄製出版，幫助參禪人進入禪門超越意識之境界。盒中附贈彩色印製的精美解說小冊，以供聆聽時閱讀，令參禪人得以發起參禪之疑情，即有機會證悟本來面目，實證大乘菩提般若。本CD共有十首歌曲，長達69分鐘，每盒各附贈二張購書優惠券。每片280元。

金剛經宗通：三界唯心，萬法唯識，是成佛之修證內容，是諸地菩薩之所修；般若則是成佛之道（實證三界唯心、萬法唯識）的入門，若未證悟實相般若，即無成佛之可能，必將永在外門廣行菩薩六度，永在凡夫位中。然而實相般若的發起，全賴實證萬法的實相；若欲證知萬法的眞相，則必須探究萬法之所從來，則須實證自心如來—金剛心如來藏，然後現觀這個金剛心的金剛性、眞實性、如如性、清淨性、涅槃性、能生萬法的自性性、本住性，名爲證眞如；進而現觀三界六道唯是此金剛心所成，人間萬法須藉八識心王和合運作方能現起。如是實證《華嚴經》的「三界唯心、萬法唯識」以後，由此等現觀而發起實相般若智慧，繼續進修第十住位的如幻觀、第十行位的陽焰觀、第十迴向位的如夢觀，再生起增上意樂而勇發十無盡願，方能滿足三賢位的實證，轉入初地；自知成佛之道而無偏倚，從此按部就班、次第進修乃至成佛。第八識自心如來是般若智慧之所依，般若智慧的修證則要從實證金剛心自心如來開始；《金剛經》則是解說自心如來之經典，是一切三賢位菩薩所應進修之實相般若經典。這一套書，是將平實導師宣講的《金剛經宗通》內容，整理成文字而流通之；書中所說義理，迴異古今諸家依文解義之說，指出大乘見道方向與理路，有益於禪宗學人求開悟見道，及轉入內門廣修六度萬行。講述完畢後結集出版，總共9輯，每輯約三百餘頁，售價各250元。

空行母—性別、身分定位，以及藏傳佛教：本書作者爲蘇格蘭哲學家，因爲嚮往佛教深妙的哲學內涵，於是進入當年盛行於歐美的假藏傳佛教密宗，擔任卡盧仁波切的翻譯工作多年以後，被邀請成爲卡盧的空行母（又名佛母、明妃），開始了她在密宗裡的實修過程；後來發覺在密宗雙身法中的修行，其實無法使自己成佛，也發覺密宗對女性岐視而處處貶抑，並剝奪女性在雙身法中擔任一半角色時應有的身分定位。當她發覺自己只是雙身法中被喇嘛利用的工具，沒有獲得絲毫應有的尊重與基本定位時，發現了密宗的父權社會控制女性的本質；於是作者傷心地離開了卡盧仁波切與密宗，但是卻被恐嚇不許講出她在密宗裡的經歷，也不許她說出自己對密宗的教義與教制下對女性剝削的本質，否則將被咒殺死亡。後來她去加拿大定居，十餘年後方才擺脫這個恐嚇陰影，下定決心將親身經歷的實情及觀察到的事實寫下來並且出版，公諸於世。出版之後，她被流亡的達賴集團人士大力攻訐，誣指她爲精神狀態失常、說謊……等。但有智之士並未被達賴集團的政治操作及各國政府政治運作吹捧達賴的表相所欺，使她的書銷售無阻而又再版。正智出版社鑑於作者此書是親身經歷的事實，所說具有針對「藏傳佛教」而作學術研究的價值，也有使人認清假藏傳佛教剝削佛母、明妃的男性本位實質，因此洽請作者同意中譯而出版於華人地區。珍妮·坎貝爾女士著，呂艾倫 中譯，每冊250元。

霧峰無霧—給哥哥的信 本書作者藉兄弟之間信件往來論義，略述佛法大義；並以多篇短文辨義，舉出釋印順對佛法的無量誤解證據，並一一給予簡單而清晰的辨正，令人一讀即知。久讀、多讀之後即能認清楚釋印順的六識論見解，與眞實佛法之牴觸是多麼嚴重；於是在久讀、多讀之後，於不知不覺之間提升了對佛法的極深入理解，正知正見就在不知不覺間建立起來了。當三乘佛法的正知見建立起來之後，對於三乘菩提的見道條件便將隨之具足，於是聲聞解脫道的見道也就水到渠成；接著大乘見道的因緣也將次第成熟，未來自然也會有親見大乘菩提之道的因緣，悟入大乘實相般若也將自然成功，自能通達般若系列諸經而成實義菩薩。作者居住於南投縣霧峰鄉，自喻見道之後不復再見霧峰之霧，故鄉原野美景一一明見，於是立此書名爲《霧峰無霧》；讀者若欲撥霧見月，可以此書爲緣。游宗明 老師著 售價250元。

假藏傳佛教的神話—性、謊言、喇嘛教：本書編著者是由一首名叫「阿姊鼓」的歌曲爲緣起，展開了序幕，揭開假藏傳佛教—喇嘛教—的神秘面紗。其重點是蒐集、摘錄網路上質疑「喇嘛教」的帖子，以揭穿「假藏傳佛教的神話」爲主題，串聯成書，並附加彩色插圖以及說明，讓讀者們瞭解西藏密宗及相關人事如何被操作爲「神話」的過程，以及神話背後的眞相。作者：張正玄教授。售價200元。

達賴真面目—玩盡天下女人：假使您不想戴綠帽子，請記得詳細閱讀此書；假使您不想讓好朋友戴綠帽子，請您將此書介紹給您的好朋友。假使您想保護家中的女性，也想要保護好朋友的女眷，請記得將此書送給家中的女性和好友的女眷都來閱讀。本書爲印刷精美的大本彩色中英對照精裝本，爲您揭開達賴喇嘛的眞面目，內容精彩不容錯過，爲利益社會大眾，特別以優惠價格嘉惠所有讀者。編著者：白志偉等。大開版雪銅紙彩色精裝本。售價800元。

童女迦葉考—論呂凱文〈佛教輪迴思想的論述分析〉之謬：童女迦葉是佛世率領五百大比丘遊行於人間的歷史事實，是以童貞行而依止菩薩戒弘化於人間的大菩薩，不依別解脫戒（聲聞戒）來弘化於人間。這是大乘佛教與聲聞佛教同時存在於佛世的歷史明證，證明大乘佛教不是從聲聞法中分裂出來的部派佛教的產物，卻是聲聞佛教分裂出來的部派佛教聲聞凡夫僧所不樂見的史實；於是古今聲聞法中的凡夫都欲加以扭曲而作詭說，更是末法時代高聲大呼「大乘非佛說」的六識論聲聞凡夫極力想要扭曲的佛教史實之一，於是想方設法扭曲迦葉菩薩爲聲聞僧，以及扭曲迦葉童女爲比丘僧等荒謬不實之論著便陸續出現，古時聲聞僧寫作的《分別功德論》是最具體之事例，現代之代表作則是呂凱文先生的《佛教輪迴思想的論述分析》論文。鑑於如是假藉學術考證以籠罩大眾之不實謬論，未來仍將繼續造作及流竄於佛教界，繼續扼殺大乘佛教學人法身慧命，必須舉證辨正之，遂成此書。平實導師 著，每冊180元。

末代達賴—性交教主的悲歌：簡介從藏傳僞佛教（喇嘛教）的修行核心—性力派男女雙修，探討達賴喇嘛及藏傳僞佛教的修行內涵。書中引用外國知名學者著作、世界各地新聞報導，包含：歷代達賴喇嘛的祕史、達賴六世修雙身法的事蹟，以及《時輪續》中的性交灌頂儀式……等；達賴喇嘛書中開示的雙修法、達賴喇嘛的黑暗政治手段；達賴喇嘛所領導的寺院爆發喇嘛性侵兒童；新聞報導《西藏生死書》作者索甲仁波切性侵女信徒、澳洲喇嘛秋達公開道歉、美國最大假藏傳佛教組織領導人邱陽創巴仁波切的性氾濫，等等事件背後眞相的揭露。作者：張善思、呂艾倫、辛燕。售價250元。

國家圖書館出版品預行編目資料

淨土聖道：兼評選擇本願念佛／正德老師著
--二版.--臺北市：正智，2005〔民94〕
面；　公分

ISBN 957-28743-8-1（平裝）

1.淨土宗－修持

226.56　　　　94000465

淨土聖道

——兼評選擇本願念佛

作　者：正德老師
校　對：正元老師
出版者：正智出版社有限公司
電話：○二 28327495　28316727
傳眞：○二 28344822
111台北郵政73-151號信箱
郵政劃撥帳號：一九○六八二四一
正覺講堂：總機○二 25957295（夜間）
總經銷：飛鴻國際行銷股份有限公司
231台北縣新店市中正路501-9號二樓
電話：○二 82186688 五線代表號
傳眞：○二 82186458　82186459
初版及二刷：2003、9及2004、12　各一萬冊
二版六刷：公元二○一八年十一月　一萬冊
成本價：二○○元